Torsten und Michael Kleiber

On Tour

Das Buch zum Fotobuch

Autor: Michael Kleiber
Umschlaggestaltung, Illustration: Michael Kleiber
Lektorat, Korrektorat: Michael Kleiber
Weitere Mitwirkende: Torsten Kleiber

Verlag & Druck: tredition GmbH, Halenreie 40-44, 22359 Hamburg
ISBN: 978-3-347-16223-5 (Paperback)
ISBN: 978-3-347-16224-2 (Paperback)
ISBN: 978-3-347-16225-9 (Paperback)

Bibliographische Information der Deutschen Nationalbibliothek:
Die Deutsche Nationalbibliothek verzeichnet diese Publikation in der Deutschen Nationalbibliografie; detaillierte bibliografische Daten sind im Internet über http://dnb.d-nb.de abrufbar.

Coverbild: Kathedrale von Sevilla bei Nacht mit Giralda-Turm

Die Vorgeschichte

Am 9. November 1989 gab Politbüro-Mitglied Günter Schabowski in Ost-Berlin eine bemerkenswerte Pressekonferenz. Auf die Reisefreiheit der DDR-Bürger angesprochen, versicherte er, dass ein Gesetz in Kraft treten werde, wonach jeder DDR-Bürger vollständige Reisefreiheit bekommen würde. Niemand wusste, was er damit meinen könnte. Vorsichtig fragte ein Journalist, wann das denn in Kraft treten würde. Schabowski kramte in seinen Papieren, die er offensichtlich nicht kannte, und gab die Antwort: "Nach meiner Kenntnis ist das sofort ... unverzüglich." Wenige Stunden später probierten die DDR-Bürger das aus, und es klappte. Ein paar Wochen später feierten Bürger aus West und Ost ein denkwürdiges Silvester am Brandenburger Tor. Torsten und ich beschlossen, dort im nächsten Jahr auch zu feiern. Und so ging es dann los.

Silvester 1990 war nicht so aufregend wie 1989. Ja, natürlich war es voll am Brandenburger Tor, und immer noch ging man dort etwas ungläubig hindurch. Aber von einer magischen Atmosphäre war nichts zu merken, zuviele Pöbler waren zu hören, mit Rufen wie "Helmut Kohl ist unser Boss". Wir machten uns bald nach dem Feuerwerk auf den Weg nach Hause. Das war eine Jugendherberge am Rathaus Schöneberg. Komfort nahe null, aber doch gut zentral. Besucht haben wir u.a. den Zoo mit dem Pandabären und das Aquarium, in dem wir die Lebensweise des größten dort ansässigen Krokodils studierten. Sie gefiel uns. Nach einem ausgedehnten Gähner schwamm ihm ein Blatt zwischen Oberkiefer und Unterkiefer hindurch, angetrieben durch die äußerst moderate Strömung in dem künstlichen Flussbett. Ohne in operative Hektik zu verfallen, wartete das Reptil geduldig ab, bis die unplanmäßige pflanzliche Nahrung seinen Einzugsbereich passiert hatte, und schloss dann doch sein Maul, gerade noch rechtzeitig, bevor das nächste Pflanzenteil vom rechten Weg abkam. In Ost-Berlin waren wir am Sowjetischen Ehrenmal im Treptower Park. Auch einen Ausflug nach Potsdam haben wir unternommen, mit dem Schloss Sanssouci und dem Cecilienhof. Wir besichtigten das Schloss und machten uns lustig über Knobelsdorff, den Chef-Architekten von Friedrich dem Großen. Der Alte Fritz hatte seine Fontänen nie in bestimmungsgemäßem Betrieb gesehen. Jahr für Jahr, wenn er im Sommer nach Sancoussi kam, wird er Knobelsdorff gefragt haben, ob denn in diesem Jahr die Fontänen gingen ... und jedesmal wird sich Knobelsdorff eine andere Ausrede zurechtgelegt haben.
Im Cecilienhof wurde auf der Potsdamer Konferenz die Einteilung Deutschlands in Besatzungszonen beschlossen. Der runde Tisch mit 17 m Durchmesser ist das bemerkenswerteste Exponat. Nie werde ich die Dame vergessen, die die noch aus DDR-Zeiten stammenden Erläuterungen las, wonach der große Stalin die kommunistischen Ideale zum Wohle aller Werktätigen und zum Aufbau des Sozialismus verteidigte, um den Kräften des Imperialismus Einhalt zu gebieten. Offensichtlich in der DDR aufgewachsen, meinte sie ironisch: "Das tut mal wieder so richtig gut!" Ein Flyer wurde uns in die Hand gedrückt, mit dem Hinweis, wo wir danach essen gehen könnten. Z.B. in Eiche-Golm. Liebenswert unprofessionell wurde die Wegbeschreibung gegeben: "... an der ersten Gaststätte vorbei, dann ..". Wir mussten einfach dorthin fahren, und es war gar nicht schlecht. Etwas, was ich schon immer machen wollte, war, einmal mit meinem VW Käfer die Straße "Unter den Linden" langzufahren. Ich weiß nicht warum, aber es gab mir noch ein bisschen mehr das Gefühl, dass es so in Berlin jetzt ganz normal war - 1990 konnte man es immer noch

schwer glauben, wie schnell alles gegangen war.
Mit dem festen Vorsatz, im nächsten Jahr wieder zusammen auf Reisen zu gehen, fuhren wir nach Hause.

Das passierte dann auch. Im August 1991 flogen wir mit der Dan Air nach London-Gatwick. Die Landung, oder vielleicht sollte man es auch den Absturz nennen, überstanden wir gut. Aber mit den Gedanken waren wir halb woanders. Am 19. August, am Geburtstag unseres Vaters, hatte es in der Sowjetunion einen Putsch gegeben. Der war glücklicherweise nicht erfolgreich, aber es war spannend, wie es da weiterging. Wir konnten ja Englisch, dachten wir, und so lasen wir regelmäßig den Grauniad[1]. Aber so ganz sicher waren wir uns nicht. "Jelzin verbietet die Kommunistische Partei" lautete eine riesige Überschrift. Konnte doch nun nicht sein. Wir kamen zu dem Schluss, dass wir den britischen Humor wohl doch nicht verstehen. Ist aber auch merkwürdig, dass die eine offensichtliche Satire als Headline verarbeiteten ... Es kam uns so unwahrscheinlich vor, dass wir das erst glaubten, als wir es zuhause lasen.
Das Hotel war, wie wir es wollten: gute Lage, aber preiswert. Torsten sinnierte einmal auf dem Weg zum Frühstück: "Ich habe heute nacht geträumt, dass die Brötchen heute knusprig sind...". Sie waren es nicht. Aber schön war es trotzdem.

Unser erweiterter Englischunterricht hatte ein weiteres bemerkenswertes Kapitel am ersten Abend in einem indischen Restaurant, dem "Spice of India". Natürlich gingen wir nicht "englisch" essen; es ist schließlich kein Zufall, dass es in Deutschland chinesische, italienische, spanische, russische, griechische, indische, thailändische, mexikanische, persische, brasilianische und sogar amerikanische und äthiopische Restaurants gibt, aber keine englischen. Der Inder war nicht gerade preiswert, und die Gerichte waren alle "hot". Ich beruhigte meinen Bruder; als Thermodynamiker wusste ich, dass ein "hottes" Gericht nach dem 2. Hauptsatz nach einer Zeit nur noch "warm" ist, und wenn man sich dann nicht beeilt, kann es sogar "cold" werden. Trotzdem nett, dass man uns auf diesen Umstand hinwies. Die andere Bedeutung von "hot"[2] war uns weniger geläufig. Wir lernten sie an diesem Abend fürs Leben.

Unsere Metro-Station war Paddington, wir suchten Miss Marple ("16.50 Uhr ab Paddington"), fanden sie aber nicht. Für unsere Metro-Ausweise mussten wir Fotos vom Automaten schießen lassen; die gehören noch heute zu unserem Horror-Kabinett und wurden erst viele Jahre später von den biometrischen Passbildern übertroffen. Zunächst gingen wir zu dem bekannten Flohmarkt in der Portobello Road. Sie liegt im Stadtteil Notting Hill, dem Namensgeber des niedlichen Films mit Hugh Grant und Julia Roberts. Zu unseren Zielen gehörten weiter das Naturhistorische Museum, die wunderbare Westminster Abbey mit dem Grab von Newton; St. Paul's Cathedral, Downing Street No. 10 (damals war John Major Premierminister), oder auch der Dungeon, der damals noch ein kleines Foltermuseum war; heute ist es eine Event-Show mit Ablegern u.a. in Hamburg, Berlin und San Francisco. Ein weiteres Highlight war eine abendliche Jack-the-Ripper-Tour, wo uns ein Guide in Whitechapel zu den einzelnen Tatorten führte und uns die Morde schilderte. Ich glaube, es war dieser Abend, als wir ins Hotel zurückkamen und unser Zimmer auch den Eindruck machte, als wäre Jack the Ripper dort gewesen. Unser Zimmer war außerplanmäßig aufgeräumt worden. Da hatten uns doch tatsächlich Einbrecher heimgesucht, es

[1] Der "Guardian" gilt bis heute als ein übles Druckfehlerblättchen.
[2] höllisch scharf

Trafalgar Square Panorama. Man beachte die Lady in Pink.

müssen mehrere gewesen sein, einer alleine hätte nie so viel Unordnung machen können. Es fehlte freilich nichts; was uns etwas beleidigt einschlafen ließ. Der Lebensstandard deutscher Studenten wurde von den Einbrechern wohl überschätzt. Wir haben am Buckingham Palace die Wachablösung gesehen und hatten von der Lisbeth eine Einladung zum Tee auf Schloss Windsor Castle, die aber dann doch abgesagt wurde. Dafür sahen wir im Tower ihren Hut mit der Mineraliensammlung obendrauf. Das Britische Museum war eher eine Enttäuschung; ich kann mich außer an den Stein von Rosette[3] an kein Exponat mehr erinnern, es machte den Eindruck eines gut aufgeräumten Diebesgutlagers. Nachdem alle japanischen Touristen sich in sämtlichen kombinatorisch möglichen Zusammenstellungen fotografiert hatten, konnten wir vom Stein von Rosette endlich auch selbst ein Foto machen. Dieses gelang, ansonsten gab es in dieser Hinsicht doch einige Anzeichen, dass es bei der Fotografierkunst noch Luft nach oben gab. Unschlagbar mein 4fach-Bild vom Trafalgar Square, das ich zuhause zu einem beeindruckenden Panorama zusammensetzte. Und es wäre auch alles gut gegangen, wenn nicht eine Dame in knallpink mit ihrer Bekannten von einem Ende des Platzes zum anderen gegangen wäre. Sie waren auf jedem Teilbild des Panoramas zu sehen und das so auffällig, dass das Bild bei jedem Betrachter Fragen aufwirft.

Der Piccadilly Circus war auch nicht mehr das, was er mal war; es ist kein Kreisverkehr mehr wie damals in unserem Englisch-Buch dargestellt, sondern schlicht eine verwuselte Kreuzung mit einem Beatles-Museum, in dem Torsten eine gute Zeit verbringen konnte. Das Englischbuch übertrieb auch die Bedeutung von "Speakers Corner". Ja, man kann sich dort auf eine Apfelsinenkiste stellen und ungefragt über alles reden, aber die Zuhörerschaft war doch überschaubar, die Themen und ihre Aufarbeitung waren, sagen wir, minderkomplex, und keiner der Redner von damals wurde Premierminister. Ob später Boris Johnson hier geübt hat, wissen wir nicht. Wenn Du in London bist, darf natürlich auch "Madame Tussauds" nicht auf der Liste fehlen. Torsten konnte hier Altkanzler Kohl mal die Meinung geigen (schon die zweite Spitze gegen ihn, wir mochten ihn wirklich nicht), und ich diskutierte lange mit dem damaligen Premierminister John Major[4].

Wir fuhren nach Greenwich raus, in das Observatorium. Man konnte dort auf dem 0. Längengrad stehen, mit einem Bein in der östlichen, mit dem anderen in der geographisch westlichen Hälfte der Welt. Auf den Bildern sehen wir aus, als wäre der nächste Toilettengang bald fällig, aber immerhin. Immer wieder wurden wir darauf hingewiesen, dass um Punkt 12 Uhr die große rote Kugel über einem Gebäude herunterfällt und die Seeleute ihre Uhr danach stellen. Sie fiel dann

[3]Mit dem Stein von Rosette wurden Anfang des 19. Jhs. die ägyptischen Hieroglyphen entziffert.
[4]zu deutsch: Hans Meier

auch, vielleicht nicht ganz um 12, und auch nicht mit dem erwarteten signifikanten Geräusch verbunden. Ein traumhafter Blick vom Observatorium auf die Stadt entschädigte dafür.
Wir verließen England wieder über den Flughafen Gatwick. Die Sicherheitskontrollen waren zehn Jahre vor dem 11. September noch nicht so streng, trotzdem wurde mir mulmig, als ich feststellte, dass ich mit meiner unschuldig desorientierten Art in den Sicherheitsbereich gekommen war, ohne dass man mich kontrolliert hatte.

Wir nahmen uns vor, im nächsten Jahr wieder "on tour" zu gehen. Aber diesmal sollte es etwas länger dauern. Es kam etwas dazwischen - wir lernten unsere Frauen kennen, heirateten, wurden Väter, machten mit unseren Familien Urlaub, mussten dabei aber die ungeliebten Kompromisse gehen, wenn der Nachwuchs sich diese Kirche nicht auch noch ansehen wollte. Auch Schwiegereltern können da mitspielen. Mein Schwiegervater wollte sich einmal eine mittelalterliche Kirche nicht ansehen, und wir boten ihm an, dass wir durch die Kirche durchgingen und er außen herum. Am anderen Ende würden wir uns dann wieder treffen, er möge doch auf uns warten. Dass er warten musste, verstand er nicht: "Wieso, ich geh' doch den Umweg!"
Neunzehn Jahre nach dem London-Trip waren wir wieder so weit: Wir wollten zusammen einen Kurzurlaub machen, bei dem wir uns alles ansehen konnten, keine langen Diskussionen über das "Wie kommen wir dahin?" führen mussten, und sehen, was man sonst nicht sieht, weil es sich für den Jahresurlaub nicht lohnt, nicht zu weit weg, weil sonst für die Reise zuviel Zeit drauf geht. Nichts gegen unsere Familien - aber wir wollten "Männerurlaub".
Welches Ziel zuerst? Was kannten wir noch nicht? In Rom waren wir mal mit unseren Eltern zusammen, auch im Vatikan. Aber wer interessiert sich schon für die Babylonische Gefangenschaft der Kirche? Damals residierte der Papst in einem riesigen Palast in Avignon, einer Kleinstadt in Südfrankreich. Wir schauten uns an: "Das machen wir!"

Los geht's!

Kammerzellhaus in Straßburg

Avignon 2010

Ein furchtbarer Tag. Es goss in Strömen. Mit dem Auto wollten wir nach Avignon runterfahren, knapp 900 km. Aber eine gute Zwischenstation hatten wir. Bis zum Mittag würden wir in Straßburg sein. Wir bekamen einen Parkplatz in der Nähe der Innenstadt und gingen dann in selbige, ein schöner Spaziergang, wenn es nicht so geregnet hätte. Aber im Münster war es trocken.
Bis 1874 war es das höchste Gebäude der Welt, 1439 vollendet, ganz aus Sandstein, gotisch durch und durch. Aber es fehlt etwas: irgendwie hat man bei der Planung den zweiten Turm vergessen. Man kommt sich bei der Betrachtung vor wie bei einer optischen Täuschung. Die Stelle gegenüber vom (ersten) Turm hatte man wohl extra freigelassen, es sieht aus, als wäre der zweite Turm abgesägt worden, und ein Taschendieb hätte ihn mitgenommen. Innen an der Westfront ist diese beeindruckende Rosette, gegenüber im Osten die große astronomische Uhr, die die Planetenbahnen und sogar die Präzession der Erdachse mit einer Periode von 26000 Jahren nachbilden soll - nachvollziehen konnten wir das freilich nicht. Aber nichtsdestotrotz - für diese Kirche kann man auch mal nass werden. Und es gibt noch eine Entschädigung.

Am Nordende des Münsterplatzes ist das Kammerzellhaus, ein herrlicher Fachwerkbau mit einem Restaurant. Letzte Weihnachten waren wir wieder in Straßburg und konnten uns davon überzeugen, dass auch Präsident Macron hier speist, wenn er mal in Straßburg ist. Und das Restaurant hat eine Spezialität: Sauerkraut mit Fisch! Als ich das zum ersten Mal hörte, glaubte ich an einen Scherz und hielt Ausschau nach der versteckten Kamera. Aber es stimmt. Geschmacklich passt das wunderbar zusammen. Natürlich ist der Fisch vom Feinsten, das ist kein Rollmops oder Matjes, sondern eher Lachs oder andere etwas vornehmere Fische. Eine Delikatesse. Durch den weiter mit Begeisterung auf uns einströmenden Regen gingen wir zurück zum Auto, um die letzten paar Kilometer zurückzulegen, gerade mal noch 700. Gleich hinter Straßburg gerieten wir in einen Stau und verloren eine gute Stunde. Aber der Regen hörte auf. Des Französischen unkundig, beschäftigten wir uns viel mit Schildern wie "Rappel 110". Schön, dass wir Jana hatten; die konnte uns das am Handy zwar auch nicht übersetzen, legte aber nahe, dass es sich um die örtliche Geschwindigkeitsbegrenzung handeln könnte.

Wir wechselten uns alle 100 km mit dem Fahren ab, und bei jedem Aussteigen hatten wir das Gefühl, dass es wärmer geworden war. Klarer Fall - wir waren auf dem Weg nach Südfrankreich. Die Zeit vertrieben wir uns mit dem Hörbuch "Die Entdeckung der Currywurst". Eine Frau, die sich darüber bewusst ist, dass ihre besten Jahre vorbei sind, versteckt in den letzten Kriegstagen einen Deserteur, von dem sie noch einmal Liebe erfährt. Und sie erzählt ihm nicht, dass der Krieg inzwischen vorbei ist ... Wir fuhren durch Lyon auf einer Art Stadtautobahn, da hatten wir noch etwas über 200 km. Auf der rechten Seite türmte sich das Zentralmassiv auf, dann fuhren wir in das Rhonetal, die letzten 15 km noch einmal Landstraße, und dann waren wir da. Es war schon dunkel, aber der Papstpalast war hell beleuchtet, so dass wir ihn schon von der anderen Seite der Rhone aus sehen konnten. Das Hotel war etwa 1 km davon entfernt, es war das Citea Avignon. Wie auch in den folgenden Jahren wollten wir kein Nobelhotel; die Unterkunft sollte nur nachts den Regen abhalten, die Tage würden wir uns schon irgendwie um die Ohren hauen.
Zunächst sah es freilich so aus, dass wir das auch mit der Nacht tun müssten - wir kamen nicht rein, kein Personal war mehr da, wir konnten da klingeln, wie wir wollten. Aus irgendwelchen Untiefen seines Portemonnaies zauberte Torsten noch eine Telefonnummer hervor, und nachdem wir die Funkverbindung zustande gebracht hatten, wurden wir darüber aufgeklärt, wo der Schlüssel hinterlegt war. Wir fanden es im Nachhinein eigentlich ganz witzig; schön, dass unsere Familien das nicht mitmachen mussten. Wie zwei Steine fielen wir ins Bett; wenn es tatsächlich ins Zimmer geregnet hätte, wäre es uns auch egal gewesen. Morgen gleich mal zu diesem Papstpalast - das waren unsere letzten artikulierten Worte. Aber wie kommt der eigentlich dahin?

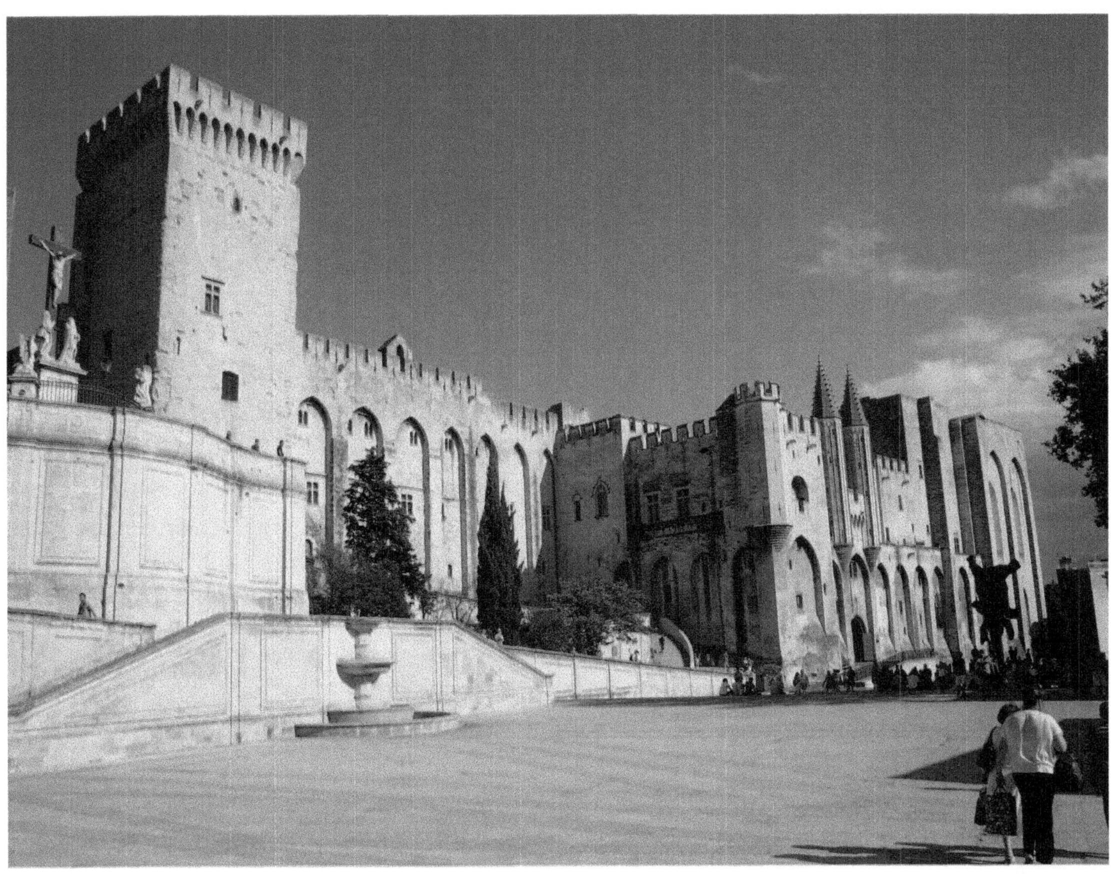

Der Papstpalast in Avignon

Die Babylonische Gefangenschaft der Kirche

Im 13. Jahrhundert war Frankreich die maßgebliche Macht in Europa, die auch das Papsttum für sich in Anspruch nahm. Die Zahl französischer Kardinäle nahm immer weiter zu, und schließlich wurde 1305 mit Clemens V. auch ein Franzose zum Papst gewählt. Der begab sich gar nicht erst nach Rom, sondern ließ sich in Lyon zum Papst krönen und dann in Avignon nieder. Das Papsttum war damit ein französischer Vasallenstaat geworden. Die Stadt Avignon wurde komplett gekauft, und als Residenz diente ab 1335 der Papstpalast - ausdrücklich "Palast", nicht etwa Kirche oder Dom. Und das ist er auch, er wirkt mächtig, eher eine Trutzburg als ein Ort der inneren Einkehr.

Erst 1376 kehrte Papst Gregor XI. nach Rom zurück, von der Hl. Katharina von Siena überzeugt. Wie die nun wieder eine maßgebliche Autorität werden konnte, erschließt sich uns aus heutiger Sicht sehr schwer - stigmatisiert mit den Wundmalen Jesu, die freilich nur sie selbst sehen konnte, war sie zu einer Heiligen geworden. Sie starb 1380 mit gerade mal 33 Jahren; es gehört dazu, dass sich an Ihrem Grab danach Wunder ereigneten und dass Ihr Leichnam bei den Exhumierungen 1430 und 1855 unversehrt war - oder, wie man bei der zweiten Exhumierung mit einem Hauch Ehrlichkeit schrieb, in einem "erstaunlich" guten Zustand. Doch die Rückkehr nach Rom brachte nur eine kurze Pause; es kam zu einer Doppelwahl, und da zwei Päpste einer zuviel sind, ging einer von ihnen wieder nach Avignon. Erst 1417, nach über hundert Jahren, fand diese "Babylonische Gefangenschaft der Kirche" ihr Ende.

Der Papstpalast ist eines der größten gotisch geprägten Gebäude in Europa. Man betritt ihn durch die große Hauptfassade und denkt sich: "Was für ein Trümmer!" Man braucht gute zwei Stunden, um ihn mit dem Audioguide zu besichtigen. Im Gedächtnis geblieben ist uns der Speisesaal, wo ein Gastmahl geschildert und die Unmengen an Speisen und Ressourcen aufgezählt wurden - beim Kalorienzählen wären die damals verzweifelt und hätten zusätzliche Kurse in Mathematik gebucht. Der Speisesaal ist mit ungefähr 50 m Länge der größte Raum im Papstpalast. Auch gibt es irgendwo innendrin einige Kapellen, schmucklose Steinhallen - war wohl nicht so wichtig. Allerdings ist die Bude während der Französischen Revolution auch geplündert und als Kaserne genutzt worden, wobei sich die wahrscheinlich reichlich vorhandene Dekoration verflüchtigt hat. Ansonsten ist der Eindruck einer Festung richtig, deutlich sind die Schießscharten zu sehen. Das sogenannte Hirschzimmer zeigt zeitgenössische Jagdszenen, es ist der kunstgeschichtlich wertvollste Raum. Und damit beschäftigte man sich in diesem Palast offenbar viel lieber als mit den lästigen Glaubensfragen.

Wir aßen in der Umgebung des Papstpalastes zu Mittag in einem kleinen Restaurant mit Innenhof. Es war südfranzösisch warm, wir konnten draußen sitzen. Danach gingen wir noch ein paar hundert Meter zur Rhone, durch ein Loch in der Stadtmauer durch, wir besorgten uns wieder einen Audioguide, und dann standen wir "Sur le pons d'Avignon".
Das Lied kennt wirklich jeder. Unweigerlich summt man es vor sich hin, wenn man auf der Brücke steht. Sie ist eigentlich ein katastrophaler Misserfolg, aber was wäre Avignon ohne sie? Nur eine Kleinstadt mit 90000 Einwohnern und einem Papstpalast. Die Legende sagt, dass der Hl. Benezet, ein Schäferjunge, durch eine innere Stimme veranlasst an der miesesten Stelle des Flusses eine Brücke errichtete. Man lachte ihn aus und hatte recht. Die Rhone, die an dieser Stelle gute 200 m bis zu einer Insel breit ist, hat wohl recht hohe Strömungsgeschwindigkeiten, und wenn die Belastung durch ein Hochwasser noch größer wird, gerät die Konstruktion unter Druck. Nach dem sie mehrfach zersört worden war, gab man im Jahre 1660 auf und ließ die Brücke so stehen, wie sie war - sie endet auf der Hälfte im Nichts. Immerhin gibt es für den Hl. Benezet eine kleine Kapelle, in der er begraben ist. Und das Lied? Ein niedliches Kinderlied aus dem 19. Jahrhundert, das einige Male überarbeitet wurde und nach dem Kinder zum Tanzen angeregt werden können. Getanzt wurde auf der Brücke allerdings nie.

Avignon ist ein sehr lebendiger Ort. Abends, wenn es noch warm ist, sind die Straßen voll von Leuten, überall Gaukler, Straßenverkäufer, kleine Musikgruppen und Stände mit köstlichem Essen. Dazu das Ambiente mit dem abends beleuchteten Papstpalast und der mittelalterlichen Stadtmauer - das hat uns schon gefallen, und wir ließen es uns auch an den folgenden Abenden nicht nehmen, nochmal einen Spaziergang durch die Stadt zu machen. In den Restaurants konnten wir immer noch draußen essen. In Ermangelung von Kenntnissen der französischen Sprache bestellten wir eher nach Gefühl als nach Wissen - mit wechselndem Erfolg, da kamen doch ein paar Kuriositäten heraus, insbesondere ein paar Inkongruenzen zwischen der Menge der Speisen und unserem Appetit. Gut, dass es diese Stände gab, wo wir dann immer nochmal auffüllen konnten.

Wir wollten ja nicht nur Avignon, sondern allgemein Südfrankreich besuchen. Am nächsten Morgen machen wir uns also auf nach Monaco, gute 250 km. Auf dem Weg

Sur le pons d'Avignon

Einkaufsmeile in Avignon

Avignon-Panorama

passierten wir gefühlte 50 Stellen, wo Autobahngebühren kassiert wurden. Natürlich jedesmal nach einem anderen Prinzip, und wenn man den Betrieb aufhält, zieht man sich leicht den Zorn der Hintermänner zu. Gegen Ende der Fahrt dominierte dann doch die Variante, wonach man ein paar Münzen aus mittlerer Entfernung in einen Trichter werfen musste. Das war machbar, sogar für uns. Wir erreichten Monaco am späten Vormittag, und die Angst, lange nach einem Parkplatz suchen zu müssen, erwies sich als unbegründet. Gleich am Eingang von Monaco gibt es ein Parkhaus, in dem wir zwar suchen mussten, doch im 7. Untergeschoss fanden wir etwas; das Parkhaus war so groß, da waren wir noch nicht einmal unruhig.

"Monaco ist so groß wie Dortmund, und Bürgermeister ist der Rainer" - so erklärte einst Jürgen von Manger (heute würde man ihn einen Comedian nennen) den kleinen Staat. Das war ein bisschen grob vereinfacht: Monaco ist nach dem Vatikan der zweitkleinste Staat der Erde und hat nur 2 km^2. Auf diesen drängen sich 37000 Einwohner, da hat Dortmund dann doch mindestens fünfzehnmal mehr. Trotzdem gibt der Quotient eine ganz nette Bevölkerungsdichte, mit der nicht einmal Singapur oder Bahrain mitkommen. Und der Fürst ist seit 2005 der Albert, Fürst Rainier starb 2005 etwa zur gleichen Zeit wie Papst Johannes Paul II. Monaco macht einen viel größeren Eindruck. Es ist eine "3D-Stadt", mehr in die Höhe als in das bisschen Fläche gebaut. Wir gingen vom Parkhaus vielleicht 500 m relativ steil nach unten, und dann waren wir auch schon praktisch am Hafen. Das wäre auch recht schnell gegangen, aber in einer Nebenstraße gab es einen Ferrari-Laden, wo uns klar wurde, dass hier offenbar das Geld locker sitzt. Dagegen ist die Frankfurter Filiale ein kleines Schaufenster. Allein fünf ausgewachsene Sportwagen standen draußen, davon allerdings einer in blau und einer in schwarz[5]. Unten am Hafen fühlten wir uns dann gleich wie zu Hause, das kannten wir aus dem Fernsehen: Wir standen auf der Straße, wo jedes Jahr im Mai der Große Preis von Monaco gestartet wird.

Wir hatten Pech. Ein Platzregen setzte ein, so heftig, dass wir in einer Telefonzelle Schutz suchen mussten. Als der Regen etwas nachließ, schafften wir es zur Rascasse, der Kurve vor Start und Ziel, und gingen dort in eine Kneipe, in der es massenweise Formel-1-Devotionalien gab, man konnte sich kaum sattsehen. Wir aßen eine Pizza, und die war nicht so teuer, wie wir es erwartet hatten. Dann hörte der Regen

[5]Ein Ferrari kann jede Farbe haben. Hauptsache, sie ist rot.

Schietwetter an der Riviera

dankenswerterweise auf. Wir beschlossen, die Formel-1-Strecke mal abzugehen. Dabei hat man herrliche Aussichten auf den Hafen und die kleinen Bötchen, die dort vor Anker gegangen waren. Highlight dieser Runde ist natürlich der Kasinoplatz. Hier beginnt die Fernsehserie "die 2'. Im Hotel de Paris neben dem Kasino ist es, wo sie sich höchst ungeniert wegen einer Olive[6] im Cocktail herumprügeln und so dem Richter Fulton einen Gefallen für das Fallenlassen der Anklage schuldig sind, der Aufhänger der ganzen Serie.
Natürlich wollten wir auch ins Kasino rein. Das freilich wäre nicht so einfach, dachten wir. Wir hatten nämlich nicht damit gerechnet, dass wir da so einfach hinein könnten. Als wir vom Parkhaus aufbrachen, war es knalleheiß, und wir beschlossen, in kurzen Hosen loszuziehen. Die waren inzwischen wieder trocken, doch wir sahen keine Chance, dem im Kasino üblichen Dresscode zu entsprechen. Erstaunlicherweise war das kein Problem, es reichte völlig, den Personalausweis vorzuzeigen. Wir setzten jeder einen niedrigen zweistelligen €-Betrag ein, so dass wir sagen konnten, mal in Monte Carlo gespielt zu haben. Der war dann auch bemerkenswert schnell weg. Da auch keine Aussicht bestand, dass jemand einen größeren Vorrat an Chips fallen ließ, zogen wir weiter unserer Wege entlang der Formel-1-Strecke - Loews, Tunnel, Schikane, und in der Rascasse konnten wir dann wieder Start und Ziel schon sehen.

[6]Danny Wilde: "wegen zwei"

Der Große Preis von Monaco

Niki Lauda sagte einmal, Autorennen in Monaco sei wie Hubschrauberfliegen im Wohnzimmer. Der Kurs von Monaco ist so eng, dass ein Überholen praktisch ausgeschlossen ist. Das Rennen wird in der Regel schon beim Start entschieden; wenn der Pole-Man vernünftig durch die erste Kurve kommt, ist kaum noch etwas zu machen, es sei denn, Regen bringt alles durcheinander (was beim Monaco Grand Prix relativ häufig geschieht), oder es passiert ein Fehler. So wie 2015, als Lewis Hamilton ein paar Runden vor Schluss bei 19 s Vorsprung auf Nummer Ganz Sicher gehen wollte und noch einmal die Reifen wechselte. Leider dauerte die ganze Aktion 21 s, so dass Hamilton nur einen guten dritten Platz erreichte. Oder Jack Brabham 1970, der bis zur letzten Kurve das Rennen anführte und in Panik geriet, als sein Verfolger Jochen Rindt im Rückspiegel auftauchte. Nie im Leben hätte der in der letzten Kurve überholen können, außer wenn man so viel Platz lässt, dass man in der Leitplanke landet.
Der Kurs ist der langsamste in der Formel 1, die Durchschnittsgeschwindigkeit ist nur 150 km/h, und die Runde hat nur 3.3 km. Davon werden nur 78 gefahren, das macht knapp 260 km statt der üblichen 300, so dass wenigstens bei trockener Witterung die max. 2 h Rennzeit eingehalten werden können. Der Kurs geht nach Start und Ziel zuerst in die scharfe Rechtskurve Sainte Devote, dann geht es steil den Berg hoch zum Kasino, wie steil das ist, nimmt man im Fernsehen nicht wahr. Die Autos fahren um das Kasino herum und beschleunigen danach auf einer Straße, die man auf dem Fahrrad als eng empfinden würde. Dann biegen sie rechts ab und fahren im Schritttempo durch eine Haarnadelkurve, die "Loews". Hier ist vielleicht die einzige Stelle, wo man überholen kann; es klappt freilich sehr selten und nur, wenn der andere Fahrer mitspielt. Dann kommen zwei Rechtskurven, in denen wieder Fahrt aufgenommen wird, und anschließend kommt ein Tunnel bei Höchstgeschwindigkeit. Nach dem Tunnel gibt es eine Schikane, dann geht es am Hafen vorbei, und über die Rascasse, eine Doppelrechtskurve, geht es wieder zurück zu Start und Ziel.
Der Sieger wird vom Fürsten bei der Siegerehrung mit den Worten "Ich freue mich, dass Sie es sind" begrüßt.
Es dauert mehrere Wochen, die Strecke für das Rennen herzurichten. Vier Wochen vor dem Rennen ist Monaco für Autos noch unzugänglicher als sonst.

Jetzt gingen wir hoch zum Grimaldi-Palast. Man konnte den Wachwechsel sehen, und wir lösten Karten zu einer Audioguide-Führung durch den Palast. Kein soo berühmter Palast, die Grimaldis waren Raubritter, die im 13. Jahrhundert die Felsenfestung Monaco eroberten und nie wieder hergaben. Aber schön fanden wir, dass Fürst Albert selbst den Audioguide besprochen hatte, er spricht fließend und praktisch akzentfrei deutsch. Wieder draußen, gingen wir noch durch die anliegenden Gassen. Grace Kelly, oder Fürstin Gracia Patricia, ging hier oft spazieren, und viele Läden zeigen Fotos von ihr. Bei den Dreharbeiten zu "Über den Dächern von Nizza" lernte sie den Rainer kennen, bzw. Fürst Rainier. Für mich einer der besten Hitchcocks, vielleicht nicht unbedingt spannend, aber die knisternde Erotik von Grace Kelly schlägt jeden Mann in seinen Bann. Am ersten Abend ist Cary Grant die ganze Zeit hinter ihr her und muss doch mit ihrer Mutter vorlieb nehmen. Aber als

Spielkasino

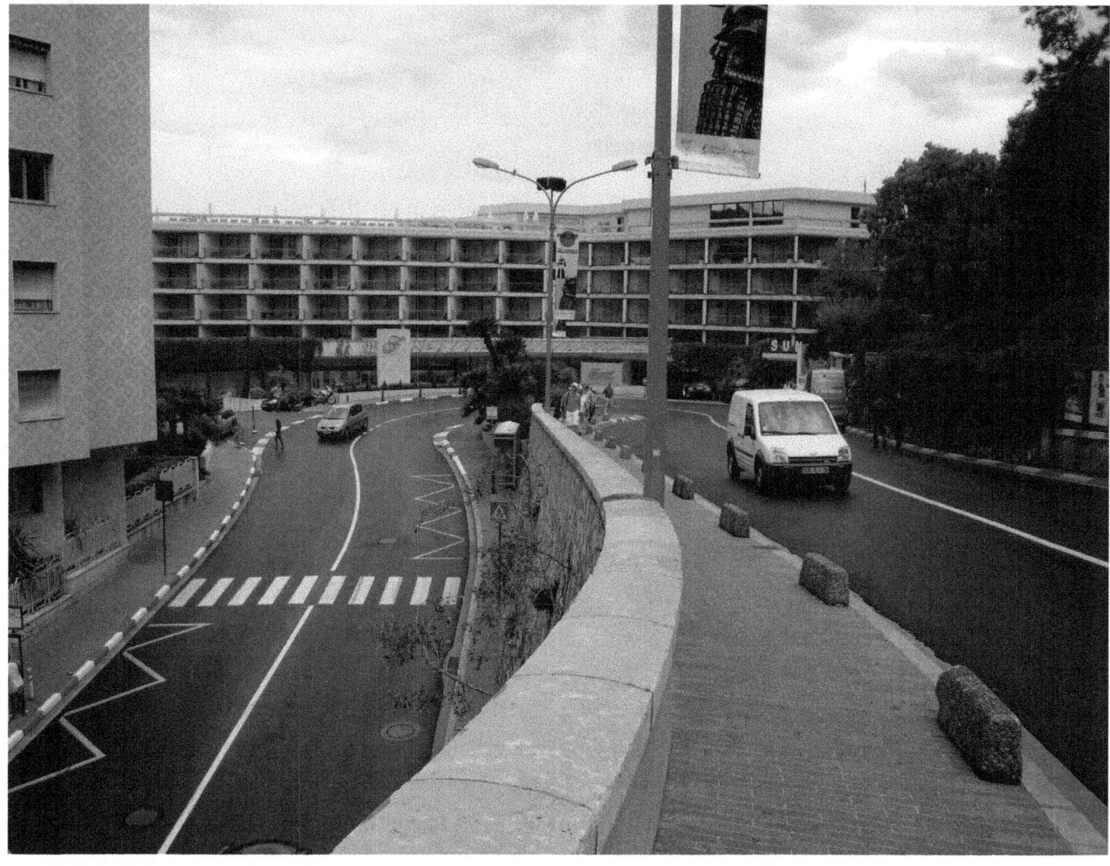
Loews-Kurve

Tunnel

er sie zum Zimmer bringt, dreht sie sich unvermittelt um und küsst ihn. Oder der Dialog, während sie verführerisch auf dem Sofa sitzt: "Sie wissen genauso gut wie ich, dass Ihr Collier eine Imitation ist." - "Aber ich bin keine ..." Im Film gibt es auch eine Verfolgungsjagd in den Bergen mit vielen Serpentinen. 1982 kam Grace Kelly genau dort bei einem Autounfall ums Leben.

Wir fuhren zurück nach Avignon, gingen nochmal durch die Stadt, und am nächsten Morgen fuhren wir dann mehr oder weniger die gleiche Strecke zurück nach Monaco, fuhren aber ein paar Ausfahrten früher ab in Richtung Nizza und setzten unsere Studien über den Hitchcock-Film fort. Wir parkten das Auto in einem Mini-Parkhaus in einer Nebenstraße und begaben uns in Richtung Strand, wo Cary Grant und Grace Kelly sich im Film kennenlernen. Klarer Fall, auch wenn es etwas ernüchternd ist: "Über den Dächern von Nizza" spielt nicht in Nizza! Nizza hat keinen Sandstrand, sondern einen holprigen Steinstrand, baden möchte man hier nicht für Geld, trotzdem tun es einige. Zwar entschädigt der tolle Ausblick auf die Promenade, aber der Strand aus dem Film ist es definitiv nicht. Wir gingen die Promenade entlang, bei herrlichem Wetter. An einem Strandrestaurant aßen wir zu Mittag - natürlich nahmen wir beide den Nizzasalat, auf französisch "Salad Niçoise", eine wertvolle Vokabel im Französisch-Unterricht, nie kann man sonst vernünftig das 'ç" üben. Wir gingen nochmal in eine Parallelstraße und fanden tatsächlich den Blumenmarkt, auf dem Cary Grant seinen Verfolgern entwischte, indem er zum Verdruss der Inhaberin einen Stand umwarf. Wiedererkennen konnte man nichts. Am frühen Nachmittag machten wir uns auf den Weg nach Cannes. Wir waren nicht so ganz zufrieden, zu Nizza hatten wir keine Möglichkeit zur effektiven Erkundung gefunden - Nizza in drei Stunden geht so nicht.

Monaco-Panorama

Grimaldi-Palast

Strandpromenade in Nizza

Die Promenade war 2016 Schauplatz eines furchtbaren Terroranschlags am französischen Nationalfeiertag. Ein islamistischer Attentäter fuhr mit einem LKW auf die für den Verkehr gesperrte Strandpromenade, auf der zu diesem Zeitpunkt ca. 30000 Menschen flanierten. Es war das erste Attentat dieser Art; weitere sollten leider folgen. 86 Menschen kamen ums Leben. Auf unseren folgenden Herbsttrips sollten wir noch öfter ungewollt den Spuren von Terroranschlägen folgen oder sie vorwegnehmen.

Aber jetzt noch ein Highlight:

Cannes - Cannes warm sein, Cannes kalt sein,
Cannes schön sein - Hauptsache man Cannes!

Von allen schnoddrigen Rainer-Brandt-Sprüchen aus "die 2" ist das wohl der blödeste. Jeden, der auch nur ein paar Brocken Französisch kann, kann man damit zur Weißglut bringen. Doch Cannes ist wirklich einen Besuch wert, wenn man einen Parkplatz gefunden hat. Danny Wilde löst das dadurch, dass er ein Schild "Doctor on emergency call" verwendet und so seinen Handlungsspielraum erheblich erweitert, uns stand diese Option nicht zur Verfügung, und wir mussten in ein enges Parkhaus fahren, bei dem man sich fragte, ob da je überhaupt ein Auto problemlos fahren konnte. Dafür war man sehr schnell im Zentrum, am Kongresspalast, wo jährlich die Internationalen Filmfestspiele stattfinden; schön zu sehen der rote Teppich auf der Treppe. Wir sahen ein paar Schiffchen im Hafen, die denen in Monaco in nichts nachstanden, zweifellos gab es auch hier Leute, die über das notwendige Kleingeld verfügen. Von Nizza bis Cannes ist es noch nicht einmal eine halbe Stunde Autofahrt, Monaco ist etwas weiter, das wird eine Viertelstunde länger dauern.

Mit dem Boot dürfte das incl. An- und Ablegen schon zwei-drei Stunden in Anspruch nehmen, der Personentransport ist da wohl nicht der Hauptzweck. Vom Strand aus konnten wir ein paar herrliche Aufnahmen von der Hotelzeile machen, und wir stellten fest, dass es hier tatsächlich Sandstrand gab. Man konnte eine kleine Stadtrundfahrt mit einer Bimmelbahn buchen. Die fuhr als erstes die Strandpromenade "Boulevard de la Croisette" entlang, und da erfuhren wir es: "Über den Dächern von Nizza" wurde hier gedreht, und das Hotel von Cary Grant und Grace Kelly war das "Ritz-Carlton", ein wunderbar repräsentativer Bau, dem

Kongresspalast in Cannes

man ansieht, dass da die Prominenz verkehrt, nicht zuletzt an dem Fuhrpark, der vor dem Hotel parkte. Der Audioguide erzählte dann auch recht sprudelnd, wer immer wo übernachtet hat und übernachtet. Am Ende der Straße kam das Casino, in das auch Roger Moore in "die 2" eingekehrt war. Das Shopping-Center der Stadt ist die Rue d'Antibes, wo sich alle möglichen Juweliere und Klamottenläden vereint haben. Ein bisschen eng ist die Straße, aber wenn man Geld übrig hat, kann man hier mal lang gehen. Zum Schluss ging es noch einen Berg hinauf zur alten gotischen Kirche "Notre Dame d'Esperance", wo die Bahn 20 min Rast machte und von wo man einen herrlichen Blick auf die Stadt hatte. Die Kirche ist aus dem 17. Jahrhundert, sieht aber älter aus.

Wieder unten, beschlossen wir, uns das Ritz-Carlton genauer anzuschauen und zu fotografieren. Und am meisten faszinierte uns der Fuhrpark. Der Star war ein Bugatti Veyron mit arabischem Kennzeichen, das PS-stärkste Auto, das es so in freier Wildbahn damals zu kaufen gab. Davor und dahinter zwei Lamborghinis, auch mit arabischem Kennzeichen[7]. Die Lamborghinis waren seltsam lackiert, einer in lila, einer in pink. Man stelle sich einen Autolackierer vor, der den Auftrag bekommt, solche Arbeiten auszuführen. Er traut sich kaum, den Wagen in die Halle zu fahren, legt vorher eine Decke auf den Sitz und zieht Handschuhe an, um bloß keine Spuren zu hinterlassen ... und dann sagt man ihm, dass die neue Farbe ein knalliges Rosa sein soll. Er fragt dreimal nach in der Hoffnung, dass es sich um ein Missverständnis handelt, aber das Schicksal ist hart zu ihm: Er soll dieses herrliche Auto tatsächlich ruinieren! - Vor dem Hotel standen auch noch ein Porsche Panamera und ein Mercedes SL - bei uns ein Hingucker, uns kam es aber so vor, dass sie

[7]Pikanterweise gehören sowohl Bugatti als auch Lamborghini zum VW-Konzern. VW ist die Abkürzung für Volkswagen.

Ritz-Carlton-Hotel in Cannes

vor dem Ritz-Carlton nur geduldet wurden; wahrscheinlich mussten die Fahrer für die Parkerlaubnis ordentlich was springen lassen.

Ein bisschen gingen wir noch durch die Gassen, tranken in einem Restaurant draußen noch jeder eine Cola, und dann machten wir uns auf den Heimweg. Cannes in drei Stunden hatte funktioniert, die Stadt ist überschaubarer (noch keine Großstadt, 75000 Einwohner), und die kleine Stadtrundfahrt trug sehr viel zur Übersicht bei. Der Rückweg war anstrengend; der Weg aus Cannes heraus ist lang, und viele waghalsige Motorradfahrer scheinen Kollisionen aller Art gegenüber aufgeschlossen zu sein. Es passierte aber nichts. Ein paar Stunden später kamen wir wieder in unserem Avignon an.

Am folgenden Tag fuhren wir zurück. Auch wieder eine 900-km-Tour. Die Navigation führte uns über das Saarland, dann Richtung Mainz, und von dort war es nur noch ein Katzensprung. Wohin sollte es im nächsten Jahr gehen? Es ergab sich dann einfach.

Bugatti Veyron vor dem Ritz-Carlton

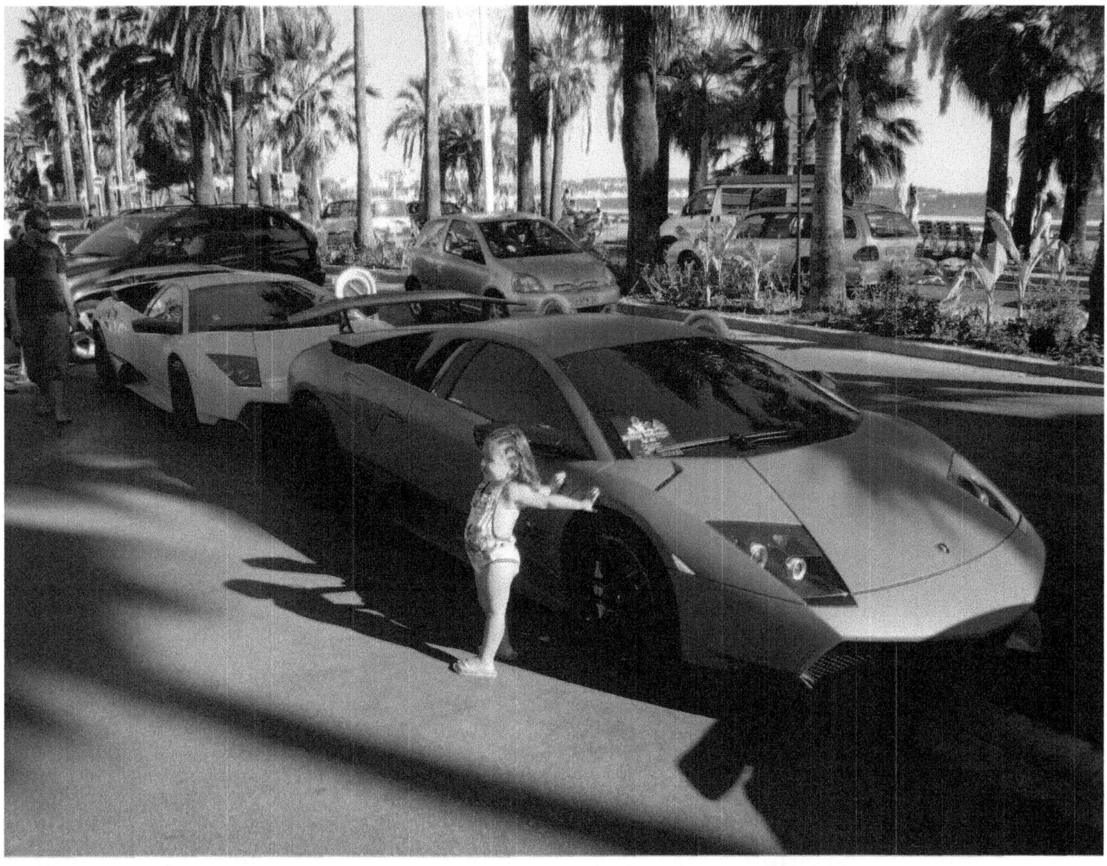

Lamborghinis in lila und pink, Damenbegleitung offenbar inclusive

New York 2011

Es wird Zeit, dass wir Bettina vorstellen. Bettina ist eine Schulkameradin von mir, und auch in der Zeit nach dem Abitur haben wir den Kontakt zueinander nie verloren. Sie betreibt ein kleines Reisebüro, und wenn wir eine Reise machen, rufen wir sie an oder schicken ihr eine Mail mit unseren Vorstellungen. Dann bekommen wir erklärt, was wir wirklich wollen, und nach ein paar Tagen kommt sie mit einem Reiseplan, der erstens realistisch und zweitens hinreichend kostengünstig ist. Während der Reise bleibt sie mit uns in Verbindung und informiert sich, ob alles so läuft wie geplant. Ich war mit Familie einmal in Mexiko mit einem Hotel sehr unglücklich. Abends schickten wir ihr eine Mail. Während wir die Nacht verbrachten, hatte sie wegen der Zeitverschiebung die Möglichkeit, das Hotel vorzeitig zu kündigen und uns ein neues zu besorgen. Nach dem Aufstehen hatten wir eine Mail mit der Instruktion, nach dem Frühstück das Hotel zu verlassen und zum neuen zu fahren. So etwas geht nur mit Bettina, man ist einfach in besten Händen. Bei unseren Herbsttrips nahmen wir sie nun ebenfalls in Anspruch und hatten jedesmal die Sorge, dass sie da mehr Arbeit hineinsteckt als an Provision wieder hereinkommt. Ganz pflegeleichte Kunden waren wir nie, unser immerwährender Wunsch nach dem billigsten Hotel lässt schon nichts Gutes ahnen.

Mit dem Reiseziel New York, anlässlich zu Torstens 40. Geburtstag, war die kurze Tradition, dass das Reiseziel mit dem Auto erreichbar sein sollte, schon wieder beendet. Mit der Delta Airlines flogen wir die 8 h nach New York und füllten auf dem Flug zum Zeitvertreib das beliebte Formular "Was stelle ich in dem Land alles an" aus, mit interessanten Fragestellungen wie:

- Wollen Sie in den USA einen terroristischen Anschlag verüben?
- Führen Sie Sprengstoff mit sich?
- Sind Sie abhängig von Drogen oder handeln Sie mit Ihnen?
- Sind Sie schon einmal wegen eines Gewaltverbrechens verurteilt worden?
- Ist Ihnen die Einreise in die USA schon einmal verweigert worden?
- Führen Sie Schusswaffen mit sich?
- Führen Sie mehr als 10000 $ in bar mit sich?

usw. Wichtig ist, dass man die alle ernsthaft beantwortet, auch wenn das später vom Grenzbeamten gefragt wird. Bloß keine flapsige Bemerkung, die sowohl Torsten als auch ich so lieben (etwa: "Zählt TNT als Sprengstoff?"). Die sind da absolut humorlos, und wenn man die Bilder von 9/11 sieht, kann man auch verstehen, warum. Der Grenzbeamte am JFK Flughafen quälte uns dann auch und ließ uns die Formulare noch ein zweites Mal ausfüllen, weil wir in der Zeile verrutscht waren, oder so etwas ähnliches. Nachdem wir ihm Lebewohl gesagt hatten, nahmen wir einen Transferbus ins Stadtzentrum. Unser Hotel war vier Blocks von der Haltestelle entfernt. Mit Gepäck im Regen ist das ganz schön viel, aber auch das ging vorbei, und wir legten uns erst einmal eine Stunde hin - und damit waren wir mit unserem Jetlag auch durch.

Chrysler-Building bei Nacht

Das Hotel Carter war in der 43. Straße. Ausblick durch das Fenster in einen Schacht, kein Frühstück, das Zimmer eng - wir hatten das Gefühl, dass Bettina etwas missverstanden hatte, sie sollte schließlich das billigste Hotel nehmen, nicht das schlechteste. Aber natürlich war uns klar, dass diese beiden Dinge irgendwie zusammenhängen. Eigentlich war es genau richtig für uns, es war schön im Zentrum, anderthalb Gehminuten zum Times Square - besser ging es nicht! Und so machten wir uns nach unserem Nickerchen noch auf zu einer Abendtour, Broadway, 5th Avenue mit dem Rockefeller Centre, und das Chrysler-Building bei Nacht ist den kleinen Spaziergang allemal wert. Völlig überrascht waren wir, dass der Times Square zu einer Fußgängerzone gemacht worden war. Ich war vorher schon zweimal in New York gewesen - auf der einen Seite vermisst man die vielen gelben Taxis, die da während der Rush-Hour Stoßstange an Stoßstange stehen. Andrerseits gewinnt der Platz dadurch natürlich, und trotz der Leuchtreklame, des Börsen-Livetickers und der ständigen Einblendung von Nachrichten bekommt er so etwas ähnliches wie Gemütlichkeit.

Der 11. September 2001 ist in New York allgegenwärtig. Jeder von uns weiß noch, was er tat, als er von den Anschlägen erfuhr. Ich selbst ging in Höchst gerade zur Toilette, als ich zwei Kollegen sagen hörte: "... da ist in New York etwas merkwürdig, schau unbedingt mal ins Internet". Beim ersten Flugzeug redete man sich noch ein, dass es auch ein Unfall gewesen sein könnte, nach dem zweiten gab es diese Möglichkeit nicht mehr. Am Tag danach musste ich nach Offenbach, am Frankfurter Flughafen vorbei. Bei jedem Flugzeug, das man sah, verfolgte man misstrauisch die Flugbahn - was, wenn der jetzt kehrt macht und beschleunigt zur Frankfurter Innenstadt fliegt? Im Sommer 2002 flogen wir das erste Mal in die USA. Auf dem Flug von New York nach Atlanta drehte das Flugzeug plötzlich. Erst 10 min später machte der Pilot die Ansage, dass er wegen schlechten Wetters in Atlanta eine Warteschleife drehen müsste. Das waren sehr unangenehme 10 min.

New York

New York ist mit etwa 8.5 Mio. Einwohnern (Region: 19 Mio.!) die mit Abstand größte Stadt der USA vor Los Angeles, Chicago und Houston. Sie wurde Anfang des 17. Jhs. von niederländischen Kaufleuten als Neu-Amsterdam gegründet und 1664 von den Briten erobert und in "New York" umbenannt. Die Stadt gliedert sich in fünf Teile:

- Manhattan ist das, was wir mit New York verbinden. In Manhattan ist der Hochhauswald mit den "Concrete Canyons", die Wall Street mit der Börse, Chinatown, die Hauptstraßen 5th Avenue und 42nd Street, der Broadway, Tiffany, der Trump Tower, das Rockefeller Centre, der Times Square, der Central Park, die Vereinten Nationen usw. Manhattan ist eine Insel und bei weitem nicht der größte Stadtteil (1.6 Mio. Einwohner). Wir als Touristen halten uns praktisch ausschließlich hier auf. Manhattan hatte lange Zeit die höchsten Gebäude der Welt: zuerst das Chrysler Building (1930-1931), danach das Empire State Building (1931-1972), und schließlich eine Zeitlang die Zwillingstürme des World Trade Center.
- Brooklyn im Südosten ist der größte Stadtteil (2.5 Mio. Einwohner). Brooklyn gehört seit 1898 zu New York; allein wäre es die Nr. 4 unter den Städten der USA.
- Queens ist der flächenmäßig größte Stadtteil im Westen. Queens wurde ebenfalls 1898 in New York eingegliedert und hat etwas über 2 Mio. Einwohner. Die beiden größten Flughäfen, JFK und LaGuardia, sind hier.
- The Bronx liegt auf dem Festland im Norden und hat 1.4 Mio. Einwohner.
- Staten Island liegt im Südwesten und hat etwa 500000 Einwohner.

Unsere erste Station war das Empire State Building, damals nach dem Einsturz der Twin Towers das höchste Gebäude New Yorks. Der Name "Empire" ist ein Spitzname des Staates New York. Es wird tatsächlich gewerblich genutzt, was man als Tourist so überhaupt nicht wahrnimmt. Nach dem 11. September war es wieder das höchste Gebäude New Yorks, bis der "One World Trade Center"-Turm eröffnet wurde. Es hat auch eine gewichtige symbolische Bedeutung. So gibt es einen bekannten Spielfilm "Die große Liebe meines Lebens", wo sich die verliebten Protagonisten nach einem halben Jahr Pause voneinander auf dem Dach des Empire State Buildings treffen wollen, es aber durch einen dummen Zufall nicht schaffen. Der Film mit Cary Grant und Deborah Kerr ist in den USA wesentlich bekannter als in Deutschland, hierzulande war aber der darauf aufbauende Streifen "Schlaflos in Seattle" mit Tom Hanks und Meg Ryan in den 90er Jahren sehr populär. Auch hier trifft man sich auf der Aussichtsplattform im 102. Stock, der Zufall verhindert das Treffen auch diesmal, aber dann gibt es noch einen zweiten, der alles wieder in die Reihe bringt.
Wir waren ganz früh da und konnten dann hoch auf die Aussichtsplattform fahren.

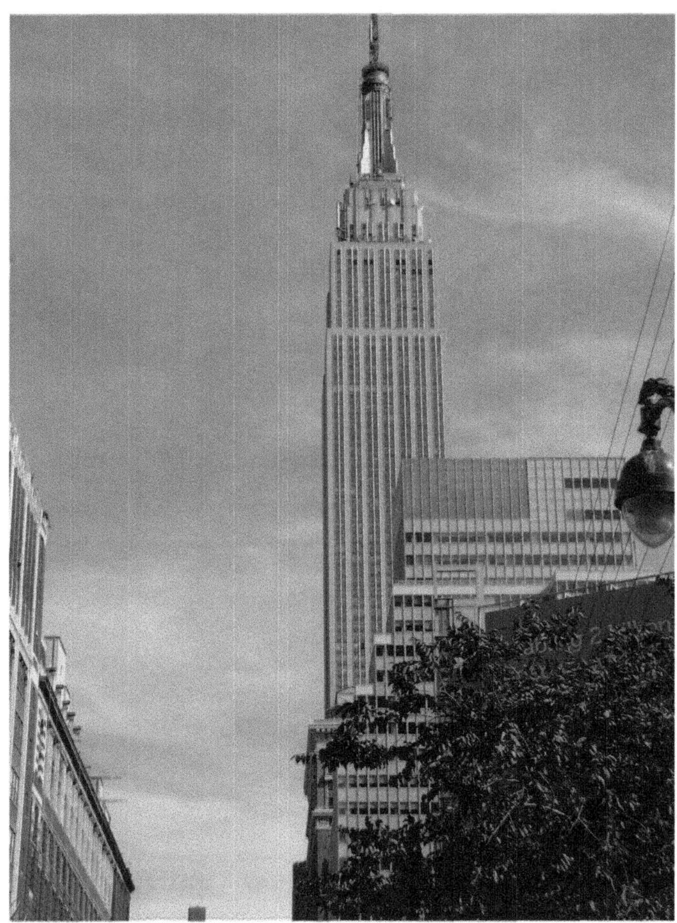

Empire State Building

Und da stellt man sich dann auch vor: Wie mag man sich gefühlt haben, wenn man am 11. September damals hier oben gestanden und beobachtet hätte, dass da ein Flugzeug geradewegs auf die Twin Towers zufliegt?
Der Ausblick vom Empire State Building ist Wahnsinn. Man sieht das Meer von Hochhäusern und kann hinten noch die Freiheitsstatue auf Liberty Island erkennen. Auf der anderen Seite erkennt man, wenn auch etwas verdeckt, den Central Park und, ganz toll, das gar nicht so weit entfernte Chrysler Building. Das Empire State Building ist 448 m hoch, wenn man den Fernmeldeturm nicht mitzählt, immerhin 381 m. Die Bauzeit betrug nur 13 Monate, und das 1931! Sogar das Budget wurde eingehalten[8]. Vom Bau gibt es ein berühmtes Foto, wo die Arbeiter in der Höhe auf einem Ausleger sitzen, die Beine baumeln lassen und seelenruhig ihr Frühstück einnehmen. Mir wird schon schwindlig, wenn ich das Bild sehe.

Wieder unten (auch schön, wenn man wieder festen Boden unter den Füßen hat) begannen wir dann die Hop-On-Hop-Off-Touren, die wir gebucht hatten. Heute gibt es das in fast jeder Großstadt[9], die etwas auf sich hält, 2011 war es noch auf echte Metropolen beschränkt. Schon eine feine Sache, wenn auch nicht ganz billig. Man kann an jedem Haltepunkt aus- und wieder einsteigen, die Busse verkehren sehr regelmäßig, so dass man nicht lange warten muss. Ein Guide (so war es in New York) oder ein Tonband erzählen, wo man gerade vorbeifährt und was man gerade sieht. Bei gutem Wetter kann man oben sitzen und die Aussicht genießen. Dabei

[8] Es gibt keinen Grund, jetzt auf den Berliner Flughafen hinzuweisen, und ich tue es auch nicht.
[9] Sogar in Granada. Aber das erzählen wir im Kapitel 2014.

sollte man gut auf Sonnenschutz achten (tue ich oft) und darauf, dass einem vom Fahrtwind das Mützchen nicht weggeweht wird (tue ich oft nicht).

Die erste Tour führte uns zunächst mal am Central Park lang. An der südwestlichen Ecke des Parks ist der Columbus Circle mit dem Time Warner Center, das so ein bisschen an die Zwillingstürme erinnert. Die beiden Türme sind aber nur 229 m hoch, deutlich höher als der Messeturm in Frankfurt, aber für New Yorker Verhältnisse nichts besonderes. Time Warner ist ein Medienkonzern, der von der bekannteren AOL übernommen wurde und große Teile des Gebäudekomplexes nutzte. Es ging weiter die Westseite des Central Parks entlang. Auf der linken Seite sah man das Dakota Building, dadurch bekannt, dass es Schauplatz des Polanski-Horrorfilms "Rosemaries Baby" war und dass John Lennon hier vor dem Gebäude ermordet wurde. Was auffällt: Es gibt in New York keine auffälligen Kirchen, die wie in anderen Städten ds Stadtbild bestimmen. Es gibt zwar welche; wir fuhren mit dem Bus an der Kathedrale "St. John the Divine" vorbei. Immerhin die viertgrößte Kirche der Welt, trotzdem geht sie im Rauschen unter, ich musste den Namen jetzt nachschlagen.
Der Bus fuhr weiter nach Harlem, wo noch einmal die niederländischen Wurzeln der Stadt im Namen des Stadtviertels sichtbar sind. Ganz typisch sind hier die Feuerleitern an den Gebäudefassaden. Der Stadtteil ist ein Zentrum der afroamerikanischen Kultur. Malcolm X, ein Anführer der Bürgerrechtsbewegung für Schwarze in den USA, wirkte hier und wurde hier 1965 ermordet; er hatte maßgeblichen Einfluss auf Muhammad Ali und dessen Übertritt zum Islam.
Über die Ostseite des Central Parks ging es zurück. Der Bus fuhr vorbei am Metropolitan Museum of Art, bekannt aus dem Film "Die Thomas-Crown-Affäre" mit Pierce Brosnan. Das Monet-Gemälde, um das es da geht, hängt dort freilich nicht. Wenig später fuhren wir dann am nächsten Kunst-Museum vorbei, dem Guggenheim-Museum, ein merkwürdiges rundes Gebäude, dessen Architektur nicht ganz unumstritten ist. Und an der Südost-Ecke des Central Parks ist dann eines der Wahrzeichen von New York, das Plaza Hotel, wo schon alle möglichen Promis übernachtet haben und das es an Ausstattung vermutlich sogar mit dem Carter aufnehmen kann. Wie so vieles hat es auch mal Donald Trump gehört, aber nicht zu der Zeit, als Alfred Hitchcock hier einige Szenen von "Der unsichtbare Dritte" drehte; u.a. wird hier die Hauptfigur "Roger Thornhill" in der Lobby entführt.

Am Times Square stiegen wir aus und sahen den M&M-Laden. In Amerika ist ja vieles größer und in New York noch ein bisschen mehr, doch dieser M&M-Laden über drei Stockwerke verblüfft einen dann doch. M&Ms in allen Farben und Geschmacksrichtungen in riesigen Glassilos, mit Vollmilchschokolade, dunkler Schokolade, Erdnüssen, Kokos, Kirschen, Zimt, Himbeere, kurz: alles. Und natürlich auch in allen Farben. M&M steht für die beiden Firmengründer Forrest Mars[10] und Bruce Murrie. Es gibt die Teile in den USA schon seit den 40er Jahren. Die Erfindung von Mars bestand darin, Schokolade mit einer harten Schale zu umgeben ("Schmilzt im Mund, nicht in der Hand"). Natürlich gibt es in dem Laden auch alle denkbaren Devotionalien, T-Shirts, Geschirr, Gläser, Tassen. Aber das beste war eine Freiheitsstatue in Form eines grünen M&M-Spenders, die ich käuflich erwarb. Bis heute ist sie das Highlight in meinem Büro, Kollegen kommen vorbei

[10] Die Vermutung ist richtig: Das "Mars" hat er auch erfunden!

Plaza-Hotel

Guggenheim-Museum

M&M Freiheitsstatue; diese war nicht zum Verkauf gedacht

und ziehen sich zwei von den Dingern, indem sie den rechten Arm mit der Fackel herunterziehen[11]. Und da zeigte sich mal wieder die Qualität des Carter-Hotels; es lag ja gleich um die Ecke und wir konnten die zerbrechliche Beute sicher verstauen. Übrigens entblödeten wir uns, das naheliegende zu tun und uns einen größeren M&M-Vorrat gleich in dem Laden zu besorgen. Ein unverbindliches Hochrechnen der Preise hielt uns davon ab. Und der Straßenhändler um die Ecke bot sie viel billiger an. Aber die mussten es dann sein!
Am Times Square ist dann auch noch der größte "ToysRus"-Laden der Welt; auch so ein Naturereignis. In dem Laden gibt es ein ausgewachsenes Riesenrad, und auch sonst gibt es von allem etwas mehr. Torstens Kommentar war nur "Heimatland!"

Wir machten dann die andere Bustour in den Süden von Manhattan. Es ging durch die Concrete Canyons, vorbei an "Macys", dem Riesenkaufhaus, durch "'Little Italy" und "Chinatown", um schließlich im Börsenviertel auszusteigen. Wir gingen in die Wall Street, eine lächerlich kleine Nebenstraße, von der aus die Finanzwelt regiert wird. Wie in Frankfurt gibt es eine Metallskulptur vom Bullen, der steigende Kurse repräsentiert. Er ist in New York deutlich dynamischer dargestellt. Der Bär scheint zu fehlen, an fallende Kurse möchte man offenbar nicht erinnert werden. Gleich um die Ecke ist dann Ground Zero. Das "One World Trade Center" war damals noch in Bau. Man konnte an Ground Zero nicht ganz heran, wir gingen durch eine Gedenkhalle, in der die Vorgänge vom 11. September geschildert wurden. Ein klammes Gefühl, daran zu denken, dass hier 3000 völlig unschuldige Menschen ihr

[11]Zugegeben: seit Corona ist sie leider nicht mehr "hipp"

Leben verloren haben.

Der Rückweg der Bustour führte am East River lang. Wir sahen einen Hochhauskomplex, in dem alleine 200000 Menschen wohnen, das Restaurant, in dem Meg Ryan in "Harry und Sally" den Orgasmus vorspielte, das Haus, in dem Katherine Hepburn wohnte und das Waldorf-Astoria-Hotel. Wir stiegen aus, um uns die Feuerwehrzentrale des 9. Bataillons anzusehen. Alle Diensthabenden kamen am 11. September 2001 bei ihrem Einsatz ums Leben.

Wir schoben uns in einem der vielen Fast-Food-Restaurants eine Pizza rein, und da uns für den Abend nur das Carter erwartete, beschlossen wir, noch die Nachttour mit dem Bus zu machen. Wenn die Temperaturen stimmen und es nicht zu kalt ist, ist das noch einmal ein toller Abschluss des Tages. Höhepunkt ist die Fahrt über die Brooklyn-Bridge eben nach Brooklyn, von wo aus man wiederum einen tollen Nachtblick auf die Südspitze von Manhattan hat. Wir waren dann noch einmal gute zwei Stunden unterwegs. Danach schauten wir uns noch die Central Station an (die aus "Der unsichtbare Dritte", wo Cary Grant verzweifelt versucht, eine Fahrkarte zu erwerben), und dann, man glaubt es nicht, suchten und fanden wir den Weg zum Carter, lösten noch ein paar Differentialgleichungen, um müde zu werden, prüften noch unsere Aktien-Portfolios, schickten noch ein paar Mails an unsere Lieben, informierten uns über die Lage auf der Welt im Allgemeinen und in Deutschland im Besonderen, und ... nein, nichts davon, wir fielen einfach so ins Bett, und bestenfalls träumten wir von Aktivitäten dieser Art.

Am nächsten Morgen fuhren wir noch einmal zur Südspitze Manhattans, um dann mit dem Boot nach Liberty Island und Ellis Island überzusetzen. Es gibt dort eine Fähre, die muss man buchen, und dann geht es los Richtung Freiheitsstatue. Sie ist ein Geschenk Frankreichs an die Vereinigten Staaten und wurde 1886 eingeweiht. Sie ist 93 m hoch, die Figur alleine misst 46 m. Was wir sehen, ist ein Korrosionsprodukt. Die Statue ist aus Kupfer. Das hatte sich wie üblich nach gut 20 Jahren mit einer grünen Patina überzogen. Ursprünglich wollte man das ganze noch einmal überstreichen, sogar eine Vergoldung wurde diskutiert, aber die Mehrheit war der Auffassung, dass das eigentlich ganz hübsch aussähe. Die Patina wirkt auch eher stabilisierend, so dass man alles so ließ, wie es war. Inzwischen kann man sogar mit einem Fahrstuhl auf eine Aussichtsplattform fahren, aber die Schlange davor macht einen so ein bisschen mutlos. Aber auch so bekommt man die Zeit auf Liberty Island bis zum Ablegen der Fähre gut rum. Man hat eine phantastische Aussicht auf die Skyline von New York, und auf der linken Seite sieht man schon New Jersey, der einen der kleinsten Flächenstaaten der USA darstellt. Mein bestes Panorama, bestehend aus sechs Einzelfotos, ist freilich so groß, dass es auf dem Laptop nicht mehr vernünftig dargestellt werden kann.

Auf Ellis Island wollte ich eigentlich nur, weil wir da beim letzten Mal auch schon waren und die Fähre da eh halt macht. Die Querverbindung, dass Torsten als professioneller Ahnenforscher eine besondere Beziehung dazu haben könnte, kam mir gar nicht in den Sinn.

Ellis Island

Ellis Island ist eine künstlich erweiterte Insel, die ursprünglich vorhandene wurde durch Aufschüttung mehr als verdoppelt. Nur die ursprüngliche Insel gehört zu New York, der aufgeschüttete Teil wird dem Staat New Jersey zugeordnet. Manchmal hat man das Gefühl, dass wir Germanen in Sachen Bürokratie vielleicht doch nicht die schlimmsten sind. lhren Namen hat die Insel von einem Herrn Samuel Ellis, der die Insel 1770 erwarb und wieder mit Gewinn verkaufen wollte, was nicht gelang. Nach seinem Tod übernahmen der Staat New York und später die Bundesregierung der USA die Insel, die dann als Gefängnis und später als Munitionslager diente. Als im späten 19. Jahrhundert die Einwandererzahlen stark anstiegen, wurde die Insel erweitert und als zentrale Anlaufstelle für Einwanderer genutzt. Insgesamt wurden bis 1954 ca. 12 Mio. Menschen durch Ellis Island geschleust.
Die Abfertigung eines Immigranten konnte mehrere Stunden, manchmal auch Tage dauern und war eine entwürdigende Prozedur. Man wollte mit leistungsfähigen Einwanderern wirtschaftliche Vorteile bekommen, stand das nicht in Aussicht, wurde ohne Gewissensbisse aussortiert. Gleich zu Beginn mussten die Kandidaten eine 50-stufige Treppe hochgehen, von den Ärzten beobachtet. Probleme dabei deuteten darauf hin, dass es mit der körperlichen Leistungsfähigkeit nicht zum besten stand, was genauer zu untersuchen war. Außerdem wurde auf Infektions- und Augenkrankheiten sowie psychische Erkrankungen geprüft. Zwischenergebnisse wurden gerne auf dem Körper der Person mit Kreide notiert. Nachts wurden die Familien getrennt, Männer und Frauen schliefen nicht zusammen. Bereits auf der Überfahrt starben 10% der Aussiedler, die hygienischen Verhältnisse auf den Schiffen waren katastrophal.
Diejenigen, die durchkamen, durften durch eine Tür mit der Aufschrift "Push to New York" gehen und suchten dann meistens die Stadtteile auf, in denen schon viele ihrer Landsleute waren. So enstanden dann Viertel wie Chinatown, Little Italy oder auch Kleindeutschland.

Die Besichtigung von Ellis Island wurde durch einen hervorragenden Audioguide unterstützt. Nach Ende der Führung gab es bei mir eine kurze Krise: Torsten war weg. Ich ging zweimal alle Stationen lang und fand ihn nicht, erst beim dritten Durchgang klappte es. Torsten war etwas tiefer in die Sache eingestiegen und hatte auch die inzwischen elektronischen Archive bemüht. Dabei gelang es ihm sogar, einige unserer Vorfahren zu identifizieren. Schon faszinierend, welche Möglichkeiten es heute gibt.

Wir hatten es jetzt durchaus eilig, wir hatten nämlich noch einen Termin. Mir war nicht klar, wie wir den noch schaffen wollten, aber mir war auch nicht klar, dass man nicht unbedingt durch das ganze Gewusel zurückfahren musste; der Taxifahrer nahm einen Weg außen um Manhattan herum, und das ging recht flott. Und alles war letztlich kein Problem, unser Besuch hatte Verspätung.

Wir wollten uns mit meiner alten Bekannten Haiqi treffen. Ich kenne sie seit 1985, als wir ein gutes halbes Jahr nebeneinander in Braunschweig im Studentenwohnheim verbrachten. Haiqi stammt aus Peking, wo ihre Eltern auch noch leben. Auch nachdem sie auszog, hielten wir weiter den Kontakt, zunächst in Braunschweig, dann in

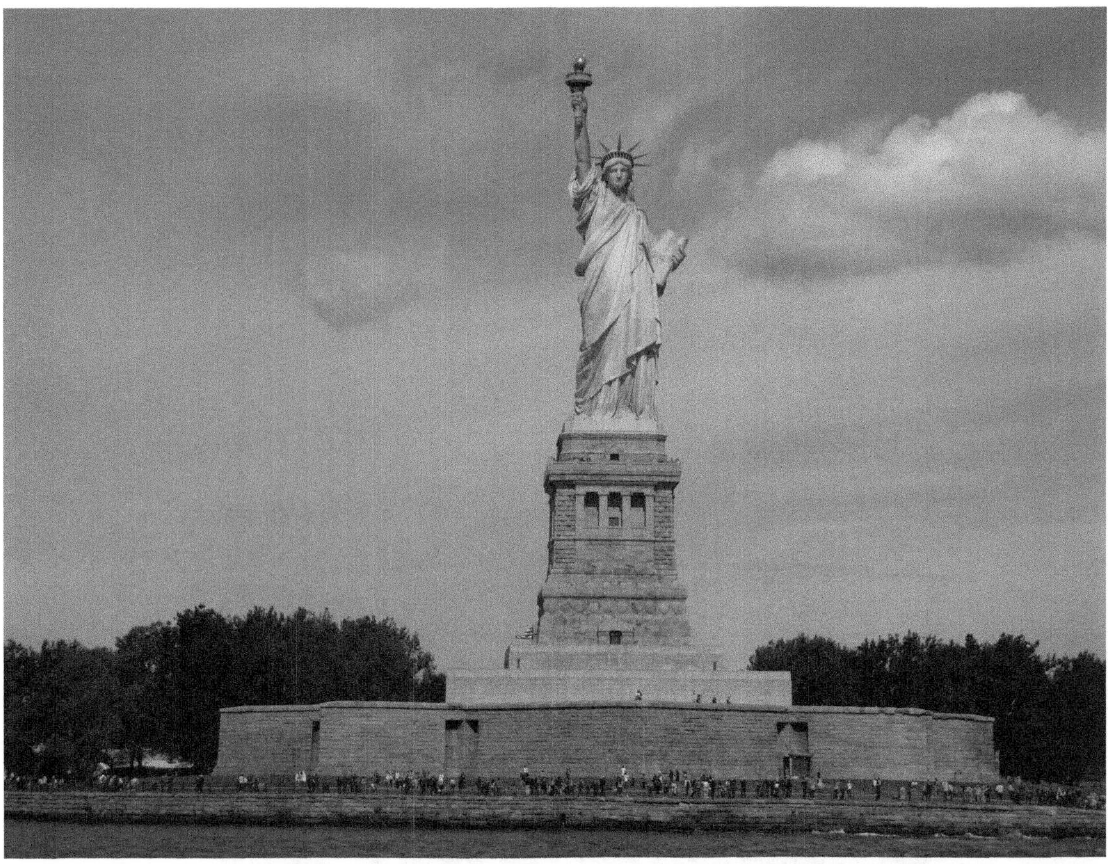

Freiheitsstatue

Gießen, wo ihr damaliger Mann eine Anstellung hatte. Anfang der 90er Jahre ging sie in die USA, und wir verloren den Kontakt. Mit dem Internet fanden wir uns wieder; sie war inzwischen neu mit Lumin verheiratet und hatte 2000 eine Tochter bekommen, Vivian. 2001 wollten wir uns besuchen, doch nach dem 11. September machten wir noch in letzter Minute einen Rückzieher. Wir kamen dann im Sommer 2002 und besuchten sie in ihrem damaligen Wohnort Atlanta. Seitdem haben wir uns immer wieder getroffen, 2003 in Acapulco, 2004 in Frankfurt, 2008 in New York (inzwischen hatten sie noch eine zweite Tochter bekommen, Sarah), jetzt 2011 in New York, und später noch 2015 in Washington, 2017 zur Sonnenfinsternis in ihrem neuen Wohnort Raleigh, zuletzt 2019 in Waycross / Georgia und kurz darauf in München. Und eine schöne Tradition ist es, dass wir uns zum Jahresende zweimal anrufen; sie hat am 24., ich am 31.12. Geburtstag.

Mit Lumin essen zu gehen ist ein eigenes Lehrstück. Er kennt sämtliche Fast-Food-Einrichtungen und ihr Angebot, und hat für fast alle größeren Städte Restaurant-Empfehlungen. So auch diesmal, er kannte einen guten Italiener in der Nähe des Times Square. Für uns Europäer ist das etwas ungewohnt. Man kann nicht einfach in ein Restaurant gehen und mal eben irgendwo Platz nehmen. Man muss sich vielmehr in einem Wartebereich gedulden, bis ein Kellner einem einen Platz zuweist. Und das auch dann, wenn das Restaurant völlig leer ist. Das zweite, was man lernen kann, sind Begründungen, die Rechnung zu übernehmen. Die war nun ganz klar unsere Sache, aber ehe wir es uns versahen, hatte Lumin schon wieder die Transaktion getätigt. Wir seien ja schließlich Gäste in seinem Land; dass er gerade 700 km gefahren war, um uns zu treffen, zählte angeblich nicht. Inzwischen schaffe ich es manchmal, ihn mit gutem Timing zu übertölpeln.

Times Square als Fußgängerzone

Wir gingen dann noch eine Weile über den Times Square und machten dann Schluss, für die jungen Damen wurde es Zeit.

Am nächsten Morgen schauten wir uns das Naturhistorische Museum in New York an. Was die Amerikaner wirklich können, sind gute Museen. Sie schaffen einen hervorragenden Mix aus Entertainment und Information. Während man in deutschen Museen oft durch lange Wandzeitungen genervt wird, die man sonst auch in einem Buch nachlesen könnte, bekommt man in den USA kurze und prägnante Beschreibungen; man erfährt genug und hat außerdem noch Zeit, sich die Exponate anzusehen. Und davon gibt es in diesem Museum schlappe 30 Mio.! Wer die gezählt hat, findet man so auf die Schnelle nicht heraus, aber sagen wir es mal so: Man kann dort locker einen ganzen Tag verbringen, und wir hatten nur einen halben. Phantastisch ist die Sammlung von Saurier-Skeletten, wo wir die meiste Zeit verbrachten; das faszinierte dann auch die beiden jungen Damen. Wir gingen danach auseinander. Für nicht ganz einen Tag mit uns hatten Haiqi und Familie wohl gute 1500 km

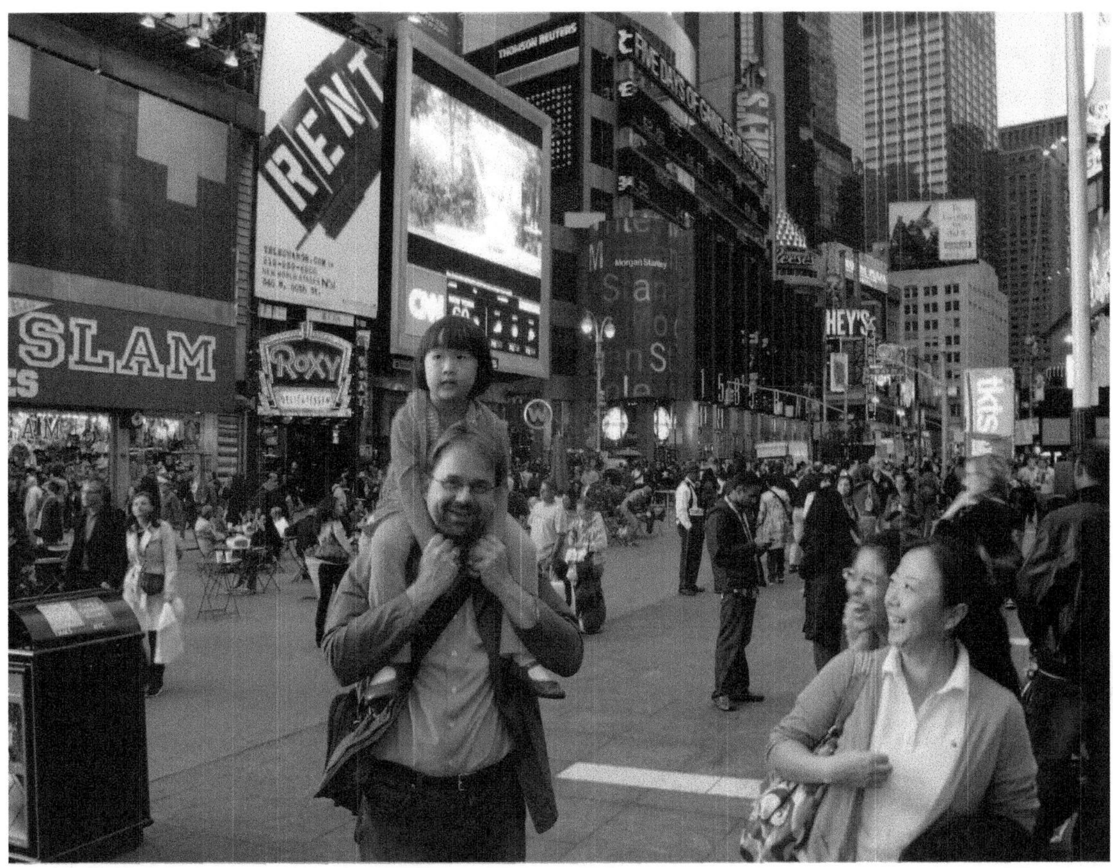

Torsten, Sarah und Haiqi auf dem Times Square

zurückgelegt, das ging uns ganz warm runter.

Auf dem Weg zurück gingen wir durch den Central Park und verließen ihn auf der Höhe des Dakota Buildings. Das ist für einen Musikfan wie Torsten natürlich ein Muss, denn vor diesem Gebäude starb John Lennon. Am 8. Dezember 1980 hatte sich Mark David Chapman, seit vielen Jahren ein irrsinniger Beatles-Fanatiker, in New York eingefunden. Bereits am Nachmittag lauerte er John Lennon vor dem Dakota Building auf, als der zu einem Interview fuhr. Lennon signierte ihm ein Album und wurde dabei fotografiert, es war das letzte Bild von ihm. Als er abends gegen 22.50 Uhr zurückkam, ließ Lennon fatalerweise den Wagen nicht bis in den Innenhof fahren. Er und seine Frau Yoko Ono stiegen vor dem Gebäude aus. Sie gingen an dem wartenden Chapman vorbei, als dieser kurz "Mr. John Lennon?" rief und fünf Kugeln auf ihn abfeuerte. John Lennon verlor Unmengen an Blut und starb um 23.07 Uhr.
Wahrscheinlich kann jeder Pförtner diese Geschichte jederzeit rauf und runter erzählen; das Dakota Building wird wahrscheinlich jeden Tag von Hunderten Musik-Fans besucht, die einfach traurig darüber sind, dass so ein begnadeter Mann so sinnlos sein Leben lassen musste. Yoko Ono kaufte einen kleinen Bereich des Central Parks nahe des Dakota Buildings und gestaltete ihn zu ener Gedenkstätte. Der Bereich heißt "Strawberry Fields", nach dem gleichnamigen Song von John Lennon.

Wir gingen dann nochmal die 5th Avenue entlang. Wenn man vom Central Park kommt, stößt man recht bald auf Tiffany. Genau der Laden, vor dem Audrey Hepburn ihr Brötchen zum "Frühstück bei Tiffany" verzehrte. Und wo sie mit ihrem Begleiter hingeht, um irgendetwas bei Tiffany zu kaufen. Da sie sich nichts lei-

Dakota Building

sten können, beschließen sie, sich eine Gravur auf einen Ring aus dem Kaugummi-Automaten machen zu lassen. Und der Verkäufer setzt die Unterhaltung freundlich-distinguiert fort: "Dieses Stück haben Sie wohl nicht bei Tiffany erworben ..." Und erzählt dann eine Geschichte aus seiner Jugend. Wir gingen hinein, und uns passierte etwas ähnliches. Es war deutlich auszumachen, dass wir wohl nichts zum Umsatz beitragen würden. Trotzdem kam ein Verkäufer auf uns zu und fragte freundlich und keineswegs bestimmt, was wir denn wünschten. Wir antworteten schuldbewusst, dass wir uns einfach umsehen wollten. Und er führte uns durch den Laden! Und zeigte uns das wertvollste Stück: den Tiffany-Diamanten, einen der größten gelben Diamanten der Welt mit 128 Karat, auf dem ein kleiner Vogel, auch aus Edelsteinen, montiert ist. Nur zwei Frauen auf der Welt hatten diesen Diamanten getragen: Eine Mary Whitehouse trug ihn 1957 auf dem Tiffany-Ball, und Audrey Hepburn selbst bei Publicity Aufnahmen zum Film. Später kam noch Lady Gaga dazu, sie trug ihn bei der Oscar-Verleihung 2019.

Wir aßen noch eine Pizza, schauten uns den Trump-Tower an mit den kleinen Bäumen auf dem Haus und schüttelten den Kopf über so viel Protzigkeit - nicht ahnend, dass der Kerl knapp fünf Jahre später Präsident sein würde. Dann gingen wir noch zum Rockefeller-Center - und das war es dann, der New York Trip 2011. Um 19.15 Uhr ging unser Flug vom JFK, und wir verpassten ihn nicht.

Ein bisschen freue ich mich ja, dass es noch ein Nachspiel gab. Torsten flog danach mit Familie noch einmal nach New York, und das gefiel seinen Mädels. Lea will sogar für ein Jahr als Au Pair nach Ohio gehen - die Leidenschaft für die USA nahm irgendwo hier ihren Anfang.

Und das nächste Mal? Millionenstädte sind doch eigentlich ein ganz gutes Ziel ...

Tiffany-Diamant

Istanbul 2012

2012 war für mich kein einfaches Jahr. Unsere Nachbarin, mit uns gut befreundet, starb mit gerade mal 46 Jahren an Krebs. Ich selbst musste mich an der Nase operieren lassen. Noch während des Heilungsprozesses kam eine Prostata-Entzündung dazu. Das war mir öfter vergönnt, aber diese war hartnäckig, und der Sommer war heiß, ich nahm nicht genug Flüssigkeit zu mir. Der PSA-Wert, ein Indikator für Prostatakrebs, schnellte hoch bis auf 27, bis 4 ist es tolerabel. Dass es kein Krebs war, war schnell klar, da wäre der PSA nicht so schnell gestiegen. Mitte Juli ging er dann in den Sinkflug über. Bei 14 gab man mir grünes Licht für den Sizilien-Urlaub mit Claudia und Timon. Da war es noch heißer, und einen Tag vor dem Rückflug ging gar nichts mehr. Ich musste selbst die ca. 15 km zum Krankenhaus zur Notaufnahme fahren. Die fand ich zunächst nicht, ich irrte durch das riesige Krankenhaus und sah keinen Menschen, keinen Arzt, keinen Patienten, keine Schwester, niemanden. Das ganze mit Schmerzen, wie in einem Horrorfilm. Schließlich fand ich sie. Niemand konnte dort Englisch, aber mit dem Google-Universal-Übersetzer wurde wohl ganz gut klar, was mit mir war. Der Arzt gab mir ein Schmerzmittel, und ich überstand den Rückflug und weitere drei Tage. Danach ging es wieder bergab, mein Urologe hatte genug und wies mich nach Höchst ins Krankenhaus ein. Meine Bakterienkulturen im Inneren waren inzwischen so gut durchtrainiert, dass sie über die normalen Antibiotika lachten und sich wahrscheinlich schon von ihnen ernährten. Man hat in Krankenhäusern noch einen Vorschlaghammer für alle Fälle; Zienam oder so ähnlich heißt das Zeug, wird intravenös verabreicht und brachte mich wieder auf Vordermann. Das Zerfallen der Bakterien erzeugt wohl so eine Art Fieber und lässt einen ganz erbärmlich frieren. Man deckt sich zu, eine Decke, dann zwei - schließlich wird mit Paracetamol gegen das Fieber gearbeitet. Es wird einem wärmer, eine Decke weg, die zweite Decke weg, dann gibt es zwei wunderbare Minuten, in denen alles richtig ist und man sich fühlt wie ein Pudel in seinem Körbchen - und dann fängt man an, ganz furchtbar zu schwitzen, und der ganze Mist geht von vorne los.
Torsten und Familie besuchten mich im Krankenhaus, kurz vor ihrem Urlaub in Kenia. Ich blieb das ganze Jahr hindurch noch wacklig, kam aber im August wieder auf die Beine. Eine Neigung zu hektischen Toilettengängen blieb mir erhalten, wenn sie nicht schon vorher da war. Und so war auch ich dann bereit für unseren dritten Streich. Ein Reiseziel, dass man sonst kaum wählen würde, das aber eine wahnsinnige Vielfalt an Sehenswürdigkeiten bietet: Istanbul.

Nach einem dreistündigen Flug fuhren wir mit einer Art S-Bahn in die Innenstadt, und von dem Bahnhof nahmen wir ein Taxi, das uns zu unserem Tayhan-Hotel bringen sollte. Das freilich war schwer aufzuspüren, es lag in einer Nebenstraße, die trotzdem einen recht dichten Verkehr aufwies. Das Hotel selbst passte in unsere illustre Sammlung gut rein, klein, unscheinbar, ein Dutzend Kioske für die Verpflegung in der Nähe, ein überschaubares Zimmer, in dem wir nach kurzer Zeit alle Wege kannten, und Regen drang nicht durch das Dach. Und die Lage war einfach genial: 20 min zu Fuß geradeaus bis in die Innenstadt, in der wir zunächst auf die Blaue

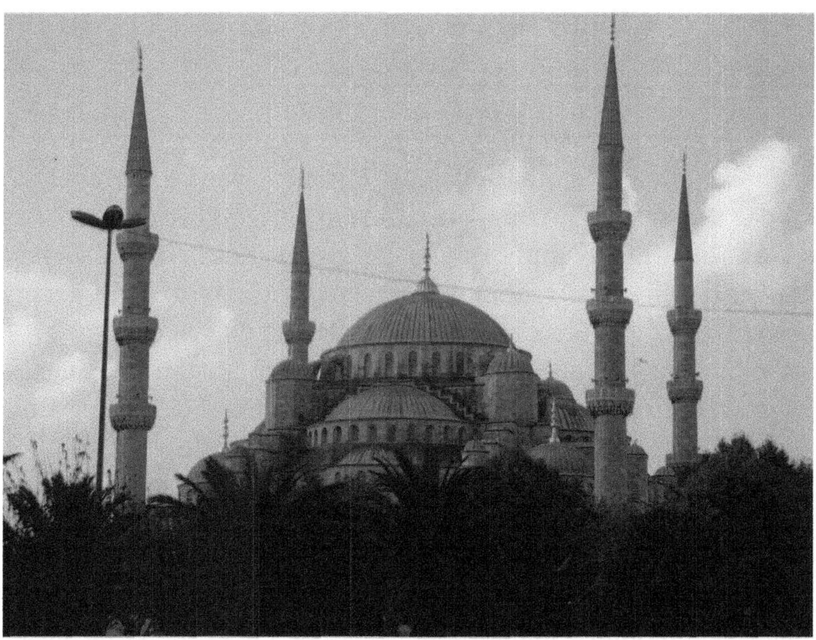

Blaue Moschee

Moschee und die Hagia Sophia trafen, die wir uns beide gleich am ersten Nachmittag ansehen konnten, voller Bewunderung, dass die riesige Hagia Sophia in gerade mal fünf Jahren hochgezogen wurde, zumindest konnte der Rohbau eingeweiht werden[12].

Istanbul

Istanbul ist mit gut 15 Mio. Einwohnern locker unter den Top 20 der größten Städte der Welt. Pro Jahr kommen noch einmal so viele Touristen. Und die Stadt ist auch etwas Besonderes, es ist die einzige Millionenstadt, die auf zwei Kontinenten liegt, wobei der europäische Teil deutlich größer ist als der asiatische. Die Stadt liegt am Bosporus, der Meerenge zwischen Europa und Asien, die das Schwarze Meer mit dem Mittelmeer verbindet. Durch das Goldene Horn, eine Bucht des Bosporus, wird der europäische Teil in einen Nord- und einen Südteil geteilt.

Die Stadt wurde als "Byzantion" 660 v. Chr. gegründet. Das Römische Reich teilte sich im Jahr 395 in einen westlichen und einen östlichen Teil, dessen Hauptstadt Byzantion, inzwischen in Constantinopolis umbenannt, wurde. Westrom ging 476 unter, Ostrom existierte noch fast tausend Jahre länger weiter bis 1453. Nach der Eroberung durch das Osmanische Reich wurde der Name Istanbul immer populärer, und dieser Name wurde nach dem Ende des Osmanischen Reiches 1923 von Kemal Atatürk offiziell eingeführt. Gleichzeitig verlor Istanbul in der neuen Türkei den Status der Hauptstadt an Ankara; dies ändert freilich nichts daran, dass Istanbul die mit Abstand wichtigste Stadt der Türkei ist.

Istanbul wird immer wieder von Erdbeben heimgesucht, zuletzt am 17. August 1999, mit mehr als 17000 Toten. Ein weiteres großes Beben wird für die nächsten Jahre vorhergesagt.

[12] Eine blöde Bemerkung zum Berliner Flughafen findet sich bereits auf S. 23.

Die Hagia Sophia und die Blaue Moschee

Westrom war schon untergegangen, Ostrom stand in seiner großen Blüte. Im Jahr 532 gab Kaiser Justinian den Befehl zum Bau einer Kirche, "wie es sie noch nie gegeben hat und nie wieder geben wird". Die Konstruktion der Hagia Sophia beruht auf einem ehrgeizigen Vorhaben. Die Kuppel ist mit 31 m gar nicht einmal so groß, aber sie wird nur von vier Pfeilern getragen. Dadurch wirkt das ganze "leicht"; die Hagia Sophia ist sicher einer der größten Steinhaufen in der Architektur des Altertums, trotzdem scheint sie zu schweben und von den Minaretten getragen zu werden. Der Eindruck setzt sich im Innenraum fort; der ist mit 80 m Länge und 75 m Breite riesig. Er kommt ohne Stützen aus und ist hell von Licht durchflutet. Doch schon zwanzig Jahre später stürzte die extrem flache Kuppel bei einem Erdbeben ein. Beim Wiederaufbau wurden die Kuppel stärker gewölbt und die Stützpfeiler noch einmal verstärkt. Sie wurde 562 fertig, noch zu Lebzeiten Kaiser Justinians. Weitere Erdbeben suchten die Kirche 989 und 1346 heim. Nach letzterem wurden außen zusätzliche Stützmauern angebracht, was der Optik doch ein wenig zum Nachteil gereichte und ein wenig plump wirkt. Das war im Mittelalter sicherlich nicht der Fall, die Kuppel war vergoldet und leuchtete weithin sichtbar. Mit der Eroberung Konstantinopels durch die Osmanen wurde die Kirche in eine Moschee umgewandelt. Seit 1935 war sie auf Anordnung des in Istanbul allgegenwärtigen Kemal Atatürks ein Museum; unter Erdogan wurde sie 2020 wieder in eine Moschee umgewidmet.

Gleich gegenüber der Hagia Sophia ist die Blaue Moschee, die ihren Namen durch die blauen Ziegel im oberen Teil oder, nach einer anderen Lesart, von dem in blau gehaltenen Innenraum hat, offiziell aber Sultan-Ahmed-Moschee heißt. Sechs Minarette, was nur durch die großen Moscheen in Mekka und Medina übertroffen wird, unterstreichen ihre Bedeutung. Die Blaue Moschee wurde von 1609-1617 erbaut. Ein wenig wundert man sich über den Standort. Die Blaue Moschee ist schon ordentlich groß, kann es aber mit der Hagia Sophia nicht aufnehmen und ist in allen Disziplinen kleiner: Der Innenraum ist 51 m x 53 m lang, die Kuppel hat einen Durchmesser von 23.5 m.
Ein paar nette Anekdoten gibt es: Das ursprünglich geplante Vergolden der Minarette erwies sich als wenig preiswert und als ein echter Budgetkiller; der Architekt gab vor, sich verhört zu haben; die Wörter für "sechs" und "Gold' klingen auf türkisch sehr ähnlich, und so kamen die sechs Minarette zustande.
Im oberen Teil des Hofeingangs befindet sich eine schwere Eisenkette. Diese diente dazu, dass der Sultan, der den Hof zu Pferde betrat, an dieser Stelle seinen Kopf neigen musste, wenn er nicht an die Kette stoßen wollte. Dies diente als ein symbolischer Akt, damit der Sultan nicht erhobenen Hauptes, also in der Pose vollen Stolzes, die Moschee betreten konnte. - Die Päpste Benedikt XVI. und Franziskus haben die Moschee 2006 bzw. 2016 besucht und in Gebetshaltung meditiert. Während dies von den Moslems als Ausdruck des Respekts interpretiert und begrüßt wurde, betont die katholische Kirche, dass es sich eben nicht um Gebete gehandelt habe.

Für die Blaue Moschee brauchten wir nach einem Führer nicht lange zu suchen. Wir entschieden uns für einen älteren Herrn, der besser Deutsch sprach als wir. Der führte uns ausführlich durch den Bau, der freilich innen mehr oder weniger nur

Hagia Sophia

eine Gebetshalle ist. Die Halle als solche und die Kuppel sind schon beeindruckend. Wichtig bei solchen Besichtigungen ist immer, dass man so halbwegs weiß, was als nächstes kommt: Schuhe ausziehen, Hut auf oder ab, wen bezahlen, Tickets ja oder nein, wie die Schuhe wieder zurückbekommen? Da ist ein Guide besonders wichtig. Zum Schluss war er etwas zu ausführlich, und wir wollten noch in die Hagia Sophia. Und das gelang uns.

Die Hagia Sophia liegt der Blauen Moschee direkt gegenüber in knapp 400 m Entfernung. Bei der kleinen Wanderung wird einem schnell klar, dass dieser Apparat dann doch noch ein wenig größer ist. Wir besorgten uns Eintrittskarten und zwei Audioguides, die sehr gut waren. Der Eingang zur Hagia Sophia führt durch das Gebäude einen Kopfsteinpflasterweg hinauf, der jetzt gute 1400 Jahre auf dem Buckel hat; es ist noch der originale Aufgang. Man landet auf einer Empore, von der aus man alles gut überblicken kann. Der umbaute Raum ist riesig; der Trick bei dem Raumeindruck liegt darin, dass die Kuppel mit ihren vielen Fenster sehr viel Licht hineinlässt, und die tragenden Wände aus dem Innenraum ausgelagert sind und sich hinter den Galerien befinden, die durch Säulen vom Rest des Raums abgetrennt sind. Die Umwandlung in ein Museum hatte der Hagia Sophia gut getan, sowohl die christliche als auch die islamische Zeit waren erkennbar, auf der einen Seite orthodoxe Heiligenbilder, das Portrait Kaiser Justinians, das Omphalion, das die Mitte der Welt symbolisiert, und gleich daneben das Podest des Muezzins, dazu unzählige Scheiben, auf denen Koranverse in arabischer Schrift prangen.
Eine gute Stunde dauerte die Führung, dann gingen wir raus. Um 18.00 Uhr wurde es dunkel; wir hielten uns noch eine ganze Weile auf dem Platz zwischen Blauer Moschee und Hagia Sophia auf, machten zuerst unzählige Fotos von beiden und freuten uns dann, dass es nach Sonnenuntergang auf dem Platz weiterging. Und wir konnten noch ein paar tolle Nachtbilder schießen. Schließlich gingen wir zurück

Hagia Sophia von innen

zum Hotel. Unterwegs aßen wir noch zu Abend in einem Restaurant auf dem Weg und waren mit der Ausbeute an diesem ersten Tag ganz zufrieden; zwei der größten Sehenswürdigkeiten hatten wir schon gesehen und auch bereits eine ganz gute Orientierung gewonnen. Das schöne an Istanbul ist, dass die großen "Musts" alle schön auf einem Fleck sind: Hagia Sophia, Blaue Moschee, das Hippodrom, der Topkapi-Palast und die Zisterne. Dort würden wir morgen weitermachen.

Nach einem ordentlichen Frühstück machten wir uns auf den Weg, wieder die gleiche Strecke Richtung Blaue Moschee / Hagia Sophia. Zunächst kommt man zum Hippodrom. Zu Zeiten des Oströmischen Reiches war es das soziale Zentrum der Stadt. Pferderennen und die dazugehörigen Wetten war wahrscheinlich das, was heute Fußball ist. Nur noch wenig ist erhalten, richtig augenfällig ist nur der Obelisk, der eigentlich aus dem Karnaktempel in Luxor stammt.
Zweieinhalb Jahre nach unserem Besuch, am 12. Januar 2016, wurden bei einem Sprengstoffanschlag auf dem Hippodrom 12 Menschen getötet. Der Täter gehörte wahrscheinlich zum IS, überzeugend aufgeklärt werden konnte der Anschlag nie.

Man geht ein bisschen weiter, und nach fünf Minuten kommt man zum eher unauffälligen Eingang zur Zisterne. Auch sie geht auf Kaiser Justinian zurück und diente als Wasserspeicher für seinen "Großen Palast", von dem heute praktisch nichts mehr übrig ist. Die Zisterne war unter einer Kirche angeordnet. Es handelt sich um eine gigantische, 138 m lange und 65 m breite unterirdische Halle. Sie wird von insgesamt 338 Säulen getragen. Über zwei Holzbrücken kann man Teile des Raums begehen; dankenswerterweise ist die Zisterne heute nicht mehr komplett gefüllt. Ganz am Ende der Halle ist eine Säule, deren Basis als umgedrehtes Haupt

Zisterne

der Medusa ausgeführt ist - sogar für künstlerische Darstellungen ist hier noch Platz.

Irgendwo hatte ich diesen Raum schon einmal gesehen ... bei James Bond, "Liebesgrüße aus Moskau" spielt eine Szene hier. Überhaupt wurde dieser Bond zu einer Zeit gedreht, als es nicht zuletzt darum ging, dem Publikum die Welt zu zeigen. James Bond besucht in den Film auch die Hagia Sophia und die Blaue Moschee. Und bei "Film in Istanbul" muss man natürlich auch an "Topkapi" denken. Eine Gangsterkomödie, u.a. mit Peter Ustinov und Melina Mercouri. Eine zusammengesuchte Truppe aus Technik-Spezialisten versucht, den prächtigen Topkapi-Dolch zu stehlen, wobei sie eine Reihe von Sicherheitseinrichtungen außer Kraft setzen müssen. Dies gelingt auch, doch ein kleiner Vogel verirrt sich in die Kuppel und löst den Alarm aus. Den Dolch gibt es wirklich, und nicht zuletzt deshalb war der Topkapi-Palast unsere nächste Station.

Der Topkapi-Palast (oder: das Serail) ist die Residenz der Sultane des Osmanischen Reiches, die nach der Eroberung Konstantinopels 1453 errichtet wurde. Es handelt sich mit 69 ha Größe eigentlich um eine eigene kleine Stadt, in der bis zu 5000 Menschen lebten. Auch hier gibt es einen Audioguide, ohne den man ziemlich hilflos durch das Areal bummeln würde. Man bekommt alle Räume erklärt, und man wird natürlich auch durch den Harem geführt. Doch so eine richtig erotische Angelegenheit war das wohl nicht. Es gab sehr viele von den Damen auf engstem Raum. Sie hatten nicht besonders viel zu tun, wurden gut verpflegt und bekamen kaum Bewegung ... das hatte oft Folgen. Auch so ein Sultan hatte es nicht immer leicht. Im Topkapi-Palast gibt es herrliche Aussichtspunkte, von denen man den Bosporus und das Goldene Horn hervorragend sehen und fotografieren kann. In einem Raum wur-

Topkapi-Palast

den Reliquien des Propheten aufbewahrt. Was bei uns nur Kopfschütteln auslöste, hatte für die Einheimischen eine echte Bedeutung. Vor uns ging eine Dame, und die rief aufgeregt ihre Verwandten herbei. Sie hatte eine kleine Glasampulle entdeckt, in der angeblich die Barthaare des Propheten aufbewahrt wurden.
Und irgendwann gegen Ende der Führung kam er dann: der Raum, in dem der Topkapi-Dolch aufbewahrt wurde. Er wurde von Sultan Mahmud I. (1696-1754) in Auftrag gegeben. Der Dolch ist in einer goldenen Scheide, der Griff ist mit Smaragden besetzt. Schade nur, dass man ihn nicht fotografieren darf. Als ich davorstand, erwischte ich einen Zeitpunkt, wo der Wachmann konzentriert woanders hinschaute, und ich vergaß die Anordnung für einen Moment. Das Bild wurde nicht brillant, aber immerhin, der Dolch ist gut zu erkennen.

Es war mal gerade Mittag. Was danach passierte, wissen wir nicht mehr! Es gibt eine gut dreistündige Fotopause. Möglich, dass wir uns für den Abend ein wenig geschont haben. Die nächsten Fotos jedenfalls sind aus der schrecklich engen Straße, in der unser Hotel war. Wir gingen dann zu der Hop-on-hop-off-Tour durch Istanbul, wobei wir diesmal von der Möglichkeit auszusteigen noch keinen Gebrauch machten. Die Tour führte durch die gesamte Stadt, von der wir ja bislang nur das Epizentrum mit Topkapi, Hagia Sophia und Blauer Moschee gesehen hatten. Höhepunkt war die Fahrt über die Brücke von Europa nach Asien. Ein komisches Gefühl, den Erdteil zu wechseln. Die Fahrt endete kurz hinter der Brücke auf einer Anhöhe in einem Restaurant, von wo aus wir einen tollen Blick auf Europa hatten. Es wurde dunkel, und dann leuchtet die Brücke in einem tollen Blau. Und das war dann der zweite Tag in Istanbul.

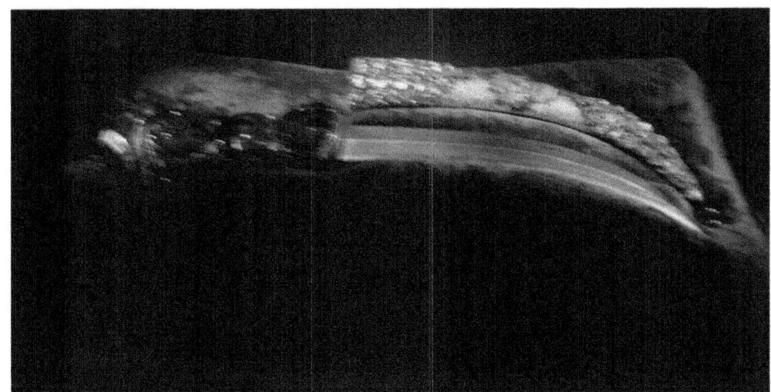

Topkapi-Dolch

Brücke nach Asien

Am nächsten Morgen gingen wir noch einmal zum Hop-on-Hop-off und machten noch einmal eine Stadtrundfahrt, diesmal bei Tage, u. zw. bei einem herrlichen. Der Bus fuhr auf der europäischen Seite durch verschiedene Stadtteile. Was mir nie klar war: Die bekannten Fußballvereine sind nach den Stadtteilen benannt: Besiktas und Galatasary auf der europäischen und Fenerbahce auf der asiatischen Seite. Wir stiegen am Taksim-Platz aus. Kein besonders schöner Platz, halt das eigentliche Zentrum von Istanbul. Wir gingen in eine der Einkaufsstraßen hinein. Irgendwie ist das doch in allen Städten gleich. Von der Zeil in Frankfurt war die Straße so gut wie nicht zu unterscheiden. Ein kleiner Weg führte von der Einkaufsstraße zu einer Kirche, der "Saint Anthony Catholic Church". Dort sahen wir ein Denkmal von einem guten Bekannten, mit dem wir nicht gerechnet hatten: Papst Johannes XXIII.

Papst Johannes XXIII.

Papst Johannes XXIII., mit bürgerlichem Namen Angelo Roncalli, hat eine interessante Verbindung zu Istanbul. Er war ab 1934 als Bischof von Konstantinopel der Seelsorger für die dort verstreuten christlichen Gemeinden, in einer Zeit unter Kemal Atatürk, in der Religion im Allgemeinen und der Islam im Besonderen sehr mißtrauisch beäugt wurden. Geistliche Tracht in der Öffentlichkeit war verboten. 1939 brach der 2. Weltkrieg aus. Im Gegensatz zu vielen anderen katholischen Würdenträgern half Roncalli den Verfolgten nach Kräften. Er schleuste Juden aus dem besetzten Ungarn heraus und tarnte eine jüdische Flüchtlingsgruppe als deutsche Katholiken, die den Geburtsort des Hl. Paulus aus Tarsus besuchen wollten.
Später als Papst berief er das 2. Vatikanische Konzil ein, um mit den versammelten kirchlichen Würdenträgern über eine Öffnung der Kirche nachzudenken. Sein Wirken und sein bescheidenes Auftreten wurden als frischer Wind für die Kirche empfunden. Sein Pontifikat dauerte nur fünf Jahre, dann starb er an Krebs. Unsterblich aber sind seine wunderbar menschlichen Sprüche wie:

- "Über mich wurde gesagt, dass ich demütig bin, weil ich nicht in einer Sänfte getragen werden will. Aber ich bin nicht demütig. Ich bin dick, und ich habe Angst, herunterzufallen."
- "Was Keuschheit betrifft, so kann ich wohl sagen, dass ich dank der heiligen Jungfrau keine besonders harten Versuchungen gegen diese Tugend erlebe - aber ich muss zugeben, dass ich zwei Augen im Kopf habe, die mehr sehen wollen, als sie dürfen."
- "O Gott, dieser Mann wird eine Katastrophe im Fernsehen"
(zu seinem Spiegelbild)
- "Wissen Sie, Sie haben das gestern wunderbar übersetzt. Erst nachdem ich Ihre Zusammenfassung gelesen hatte, wurde mir klar, was ich eigentlich sagen wollte." (zu einem Journalisten)
- "Ich bin nicht unfehlbar. Ich wäre als Papst nur unfehlbar, wenn ich ex cathedra spräche, und ich habe nicht vor, das zu tun."
- "Ich bin hier nur der Papst. Keiner sagt mir was!"
- "Alle mögen mich, nur der Schneider nicht. Ich fühle mich eingeschnürt und fertig zum Versand."
- "Hätte Gott, wenn er mich schon zum Papst machen wollte, nicht auf diese Dinge mehr achten sollen?" (über seine Nase)
- "Einmal ist genug. Meinen Sie etwa, ich glaube Ihnen beim ersten Mal nicht?" (zum Brauch, dass seine Mitarbeiter dreimal niederknieten, wenn sie sich ihm näherten)

Auf dem Rückweg stiegen wir unterwegs aus und gingen weiter zum Basar. Spannend, dieses Durcheinander zu beobachten und mal wieder mit einer bühnenreifen

Nummer zum Kauf einer Tüte echten Safrans überredet zu werden. Die Vorstellung ist das Geld wert, im Theater zahlt man mehr. Der Safran eher nicht.
Der Bahnhof Sirkeci, nicht weit weg vom Basar, war die Endstation des Orientexpresses. Wer kennt nicht "Mord im Orientexpress" von Agatha Christie?[13] Von hier fuhr da der Orientexpress los, der Inbegriff des Luxusreisens. Und wieder sahen wir jemanden, der uns bekannt vorkam. Kemal Atatürk ist in Istanbul wirklich allgegenwärtig. Sein Konterfei kann man an allen möglichen und unmöglichen Plätzen sehen. Und auch auf diesem Bahnhof gab es eine Büste von ihm, und deshalb wird es Zeit, ein paar Worte über ihn zu verlieren.

Mustafa Kemal Atatürk

Mustafa Kemal (*1881) war nach dem Ende des Osmanischen Reiches der Begründer der Republik Türkei und von 1923-1938 ihr erster Präsident.
Er war im Osmanischen Reich ein erfolgreicher Offizier und leistete nach dem 1. Weltkrieg Widerstand gegen die Besatzungsmächte. Im März 1922 wurde er Oberbefehlshaber der Befreiungsarmee. es gelang ihm, die Griechen 1921 und 1922 entscheidend zu besiegen.
Das Sultanat war damit endgültig am Ende, was sich schon in den Jahrzehnten davor abgezeichnet hatte. Mustafa Kemal setzte eine große Verfassungsänderung durch. Die Türkei wurde Republik mit ihm selbst als Präsidenten an der Regierungsspitze, die Hauptstadt wurde nach Ankara verlegt. Die Ausrichtung des Staates wurde völlig verändert, insbesondere wurden Staat und Religion strikt getrennt. Der Kalif, d.h. der Stellvertreter des Propheten auf Erden, musste ebenfalls ins Exil gehen. Ebenso wurde die Scharia abgeschafft. Opposition wurde mit aller Härte unterdrückt. Menschenrechte und die Rechte von Minderheiten wurden nicht geachtet. Faktisch handelte es sich um eine Diktatur.
Die alten Kopfbedeckungen Fes und Turban wurden durch den westlichen Hut ersetzt. Frauen waren gleichberechtigt und bekamen Zugang zu höherer Schulbildung; das ist in vielen Staaten noch nicht einmal heute umgesetzt. Er selbst heiratete eine westlich orientierte Frau ohne religiöse Zeremonie. Die Ehe wurde nach gut zweieinhalb Jahren wieder geschieden. In der Rechtssprechung übernahm er jeweils Teile aus europäischen Systemen und schaffte den Koran als maßgebliche Instanz ab. Sogar die arabische Schrift wurde durch das lateinische Alphabet ersetzt. 1934 erhielt er von der türkischen Nationalversammlung den Namen "Atatürk" (Vater der Türken). Außenpolitisch hielt er zu Hitler und Mussolini einen ordentlichen Sicherheitsabstand ein, zu Stalin vermutlich weniger. Mustafa Kemal starb 1938 früh mit 57 Jahren. Noch heute steht jede negative Äußerung über ihn unter Strafe. Sein Konterfei hängt in Istanbul an jeder Ecke, und man bekommt davon leichten Verfolgungswahn.
Diese Schilderung wundert uns selbst. 2012 war Erdogan zwar noch nicht so etabliert wie heute, jedoch unangefochten Präsident. Er kann sich sehr wohl mit türkischem Nationalismus als auch mit einem stramm ausgeübten Islam anfreunden. Diese augenscheinliche Parallelwelt, gleichzeitig Kemal Atatürk und Erdogan zu huldigen, können wir kaum nachvollziehen.

Eine andere Sehenswürdigkeit stand noch auf unserer Liste: Im Archäologischen

[13] Übrigens wurde im Orientexpress in den vielen Jahren seines Betriebs nie jemand ermordet.

Museum ist der erste Friedensvertrag der Weltgeschichte zu sehen. Es handelt sich um eine hethitische Keilschrifttafel, auf der der Friedensvertrag zwischen dem Hethitischen Reich und Ägypten unter Ramses II. nach der Schlacht bei Kadesch aufgeschrieben wurde. Ramses II. hat dort einen großen Sieg errungen, jedenfalls nach ägyptischer Geschichtsschreibung. In Wirklichkeit war es wohl eher ein Remis wegen Zugwiederholung. Jedenfalls waren beide Parteien so geschwächt, dass sie eine umfassende Zusammenarbeit vereinbarten und diesen Friedenvertrag zu Stein brachten. Eine unscheinbare kleine Tafel, die völlig zu Recht zum UNESCO Weltkulturerbe gehört. Milde lächelnd korrigierten wir ein paar Rechtschreibfehler auf der Keilschrifttafel und sahen noch das eigentliche Prunkstück des Museums, den Alexandersarkophag, ein mit Reliefs geschmückter Sarkophag, der um 325 v.Chr., also noch zu Lebzeiten Alexanders des Großen, gefertigt wurde. Die Reliefs zeigen berittene Krieger, wahrscheinlich in der Schlacht bei Issos 333 v. Chr.[14].

Für den nächsten Tag stand eine weitere Asienreise auf dem Programm. Diesmal nicht über die Brücke, sondern mit dem Boot. In asiatischen Teil Istanbuls besuchen Touristen zwei Stadtteile: Üsküdar, wo der Bootsanleger ist, und Kadikoy. Weniger wegen der Sehenswürdigkeiten, sondern um ganz einfach zwei völlig verschiedene türkische Lebensentwürfe kennenzulernen. Üsküdar ist ein islamisch geprägter Stadtteil mit sehr vielen Moscheen. Das Leben ist dort ausgeprochen ruhig, wir sahen kaum andere Menschen auf der Straße. Nach einer guten Stunde waren wir wieder beim Bootsanleger. Von dort kann man den Mädchenturm auf einer vorgelagerten Insel sehen. Es spielt noch ein Bond-Film in Istanbul. In "Die Welt ist nicht genug" hat Elektra King alias Sophie Marceau als Gegenspielerin von Pierce Brosnan auf diesem kleinen Turm ihr Versteck. Bond befreit "M" und erschießt Elektra King. Und dann rettet er Istanbul vor einer atomaren Explosion und die Welt gleich mit, obwohl sie ja nicht genug ist. Der Turm ist nicht wirklich groß. Man geht eine Wendeltreppe hoch bis in den zweiten Stock. Dort kann man die Darstellung der Legende sehen, die dem Türmchen ihren Namen gab: Einer Prinzessin wurde weisgesagt, dass sie durch Gift sterben würde, woraufhin ihr Vater sie in eben diesen Turm einschloss. Und dort wartete schon die Schlange, die sich im vitaminreichen Obstkorb versteckt hatte. Übrigens gibt es auch noch einen dritten Istanbul-Bond: In der Eingangshetzjagd von "Skyfall" rast Bond auf einem Motorrad über die Dächer der Gegend, wo der Basar ist.

Wir nahmen uns ein Taxi nach Kadikoy, dem genauen Gegenteil von Üsküdar. Kadikoy ist westlich geprägt, eine sehr lebendige Studentenstadt, gleich nebenan ist die Marmara-Universität. Man sitzt draußen, schlürft seinen Kaffee und sieht und wird gesehen. Wir taten das auch, und ein bisschen Ruhe hatten wir uns auch verdient. Danach schlenderten wir durch den Straßenbazar, besonders freuten wir uns über eine Katze, die in einem Bücherladen zwischen all den Werken ein schönes Plätzchen zum Schlummern gefunden hatte - zu irgendwas müssen die Dinger ja gut sein. Wir fuhren wieder zurück nach Üsküdar, setzten über nach Europa und sahen bei untergehender Sonne vom Bosporus aus das herrliche Ensemble aus Hagia Sophia, der Blauen Moschee und dem Topkapi-Palast.

Abends war in unserer Straße noch eine Art Volksfest. Dabei erstanden wir eine Tüte Türkischen Honig, die zusammen etwa 200000 kcal gehabt haben dürfte. Die meisten unserer Zahnplomben landeten im Magen-Darm-Trakt. Aber lecker war's.

[14]Ja Ja: Drei, drei, drei, bei Issos Keilerei

Mädchenturm

Kadikoy

Istanbul-Panorama

Der letzte Tag macht immer Spaß, wenn man noch ein wenig Zeit hat. Und unser Flug ging erst abends, und so konnten wir den Vormittag noch für einen ausgiebigen Spaziergang nutzen. Ein überschaubares Ziel war der Galatasaray-Turm. Der Stadtteil Galata liegt auf der Nordseite des Goldenen Horns. Die Brücke über das Goldene Horn ist mit lauter kleinen Kiosken besetzt - lauter leckere Dönereien. Zum Galatasaray-Turm war es noch 20 min zu Fuß. Von oben hat man noch einmal einen herrlichen Blick auf Istanbul - noch einmal die Hagia Sophia, die Blaue Moschee, den Topkapi-Palast, die Brücke nach Asien, das Goldene Horn - schon eine herrliche Stadt. Wir gingen zurück zum Hotel, machten noch ein Foto davon, eine Idee, die uns auch nach gefühlten 200 Bildern von der Hagia Sophia noch nicht gekommen war, und dann ging es zurück. Und für 2013 nahmen wir uns etwas ganz besonderes vor, wir wussten halt noch nicht, was.

Kulturpalast - "the unwanted gift"

Krakau 2013

Torsten und ich sind halbe Polen, vielleicht sogar eher mehr. Unsere Urgroßeltern väterlicherseits waren Polen, die dann ins Ruhrgebiet auswanderten, und unsere Mutter wurde in Stettin geboren - damals deutsch, heute polnisch. Ich selbst verbrachte eine gutes halbes Jahr in Polen. Unser Vater hatte dort 1969 ein Projekt (das Wort habe ich von unserem Vater nie gehört, das gab es damals noch nicht) in Kattowitz. Torsten war damals noch nicht da, ich musste noch nicht zur Schule, und so kamen unsere Mutter und ich mit, wie schon ein Jahr zuvor nach Rumänien. Ich erinnere mich noch an vieles in Polen, u.a. an die Mondlandung, die wir in Kattowitz am Fernseher erlebten. Das mal wiederzusehen, war lange mein Wunsch. Torsten hatte in Polen öfter Aufträge bearbeitet und kannte sich dort ganz gut aus, ich selbst war seitdem nur ein paar Tage in Danzig und auf der Halbinsel Hel anlässlich einer Tagungsveranstaltung.

Die schönste Stadt in Polen ist nicht die Hauptstadt Warschau, sondern die alte Hauptstadt Krakau - und die liegt noch in der Nachbarschaft von Kattowitz. Wir beschlossen, zuerst einen Tag in Warschau zu verbringen und dann mit einem Mietwagen nach Krakau zu fahren. Und was bei einer solchen Tour obligatorisch ist, ist ein Besuch von Auschwitz, das ebenfalls in der Nähe liegt.

Wir flogen mit Air Berlin über Berlin nach Warschau und nahmen am Flughafen unseren Mietwagen in Empfang. Nun hatten wir ein paar Stunden in Warschau, und wussten nicht, wohin. Wir kommen mit so einer Situation traditionell gut zurecht. Wir steuerten also das unmittelbare Zentrum an, suchten dort ein Parkhaus und

Zlota 44

fanden eines, und drinnen sogar einen Parkpatz.
Das Zentrum von Warschau ist der Kulturpalast, ein 237 m hohes Ungetüm, wie der Tourist Guide später erklärte, "the unwanted gift". Josef Stalin hatte es den Polen "geschenkt", es wurde von 1952-1955 errichtet und auch nach 1989 nicht abgerissen. Die Warschauer scheinen es wirklich alles andere als heiß und innig zu lieben. Zum Zeitpunkt seiner Fertigstellung war es das zweithöchste Gebäude Europas nach dem Hauptgebäude der Lomonossov-Universität in Moskau. Heute beherbergt es einige Bildungseinrichtungen, ein Kino und ein Einkaufszentrum.
In unmittelbarer Nachbarschaft steht ein sehr viel eleganters modernes Hochhaus mit elegant geschwungenen Glasfassaden, das Zlota 44, das damals noch gar nicht fertiggestellt war. Es ist tatsächlich ein Wohnhaus mit 251 Wohneinheiten und 79000 m^2 Wohnfläche. Promis wie Robert Lewandowski haben hier eine kleine Zweitwohnung.

Wir suchten uns eine Stadtrundfahrt mit Führer, und das erwies sich als guter Griff, wenn man die Stadt in ein paar Stunden kennenlernen wollte. Zunächst ging es durch den Lazienki-Park zum Chopin-Denkmal, auch eines der Wahrzeichen der Stadt. Ein recht dynamisches Denkmal, es stellt Chopin unter einer vom Wind gebeugten Weide dar. Chopin wurde in der Umgebung von Warschau geboren, sein Vater war Franzose, seine Mutter Polin. Das Denkmal wude 1940 von den Deutschen mutwillig zerstört, das Metall wurde als Rohstoff verwendet. Man fand einige Kopien und konnte es dann originalgetreu wieder aufbauen - die Polen gelten als die besten Restaurateure der Welt. Im Sommer finden um das Denkmal herum Chopin-Konzerte statt.

Die nächste Station war das Ehrenmal zum Aufstand im Warschauer Ghetto. Und das ist dann die erste Station gewesen, an der wir mit der Nazizeit direkt konfrontiert wurden. Ab 1940 hatten die Nazis in Warschau einen Bezirk abgeriegelt und dort den jüdischen Teil der Bevölkerung zusammengepfercht. Juden aus dem gesamten polnischen Gebiet wurden hierher verfrachtet. Das Warschauer Ghetto

Chopin-Denkmal

diente als Durchgangsstation für das Vernichtungslager Treblinka. Im April 1943 gab es im Warschauer Ghetto einen Aufstand, der gut vier Wochen dauerte, bis er blutig niedergeschlagen wurde. Danach wurden die Überreste des Ghettos systematisch zerstört. Literarische oder filmische Aufarbeitungen haben uns die Zustände im Warschauer Ghetto nähergebracht. Es ist dazu notwendig, Einzelschicksale zu betrachten, mit denen wir uns identifizieren können. Bloße Opferstatistiken lassen uns meistens kalt. Beispiele sind "Ein Stück Himmel" von Janina David, "Holocaust - Die Geschichte der Familie Weiss" von Marvin Chomsky oder auch die bewegende Autobiographie des bekannten Literaturpapstes Marcel Reich-Ranicki.
1970 legte der damalige Bundeskanzler Willy Brandt anlässlich der Unterzeichnung des Warschauer Vertrages am Ehrenmal einen Kranz nieder. Für alle unerwartet sank er danach auf die Knie und verharrte schweigend. Diese Demutsbekundung wird im Rückblick als wichtiger Schritt der Entspannung verstanden. Ein, wie ich finde, treffender Kommentar war:

"Wenn dieser nicht religiöse, für das Verbrechen nicht mitverantwortliche, damals nicht dabeigewesene Mann nun dennoch auf eigenes Betreiben seinen Weg durchs ehemalige Warschauer Ghetto nimmt und dort niederkniet, dann kniet er da also nicht um seinetwillen. Dann kniet er, der das nicht nötig hat, da für alle, die es nötig haben, aber nicht da knien, weil sie es nicht wagen oder nicht können oder nicht wagen können. Dann bekennt er sich zu einer Schuld, an der er selber nicht zu tragen hat, und bittet um eine Vergebung, derer er selber nicht bedarf. ..."

Ich selbst bin stolz darauf, Willy Brandt bei einer Wahlkampfveranstaltung in Braunschweig 1986 einmal live gesehen zu haben. Die Halle, eigentlich im dauerklatschenden Wahlkampfmodus, wurde ganz plötzlich leise, als man erkannte, wer

Ehrenmal zum Aufstand im Warschauer Ghetto

der angekündigte Überraschungsgast war.

Die Führung ging dann noch zum Schlossplatz, vorbei an vielen Arealen, die sich in Restauration befanden. Man will die Altstadt wieder in ihren ursprünglichen Zustand bringen. Viele Wallpapers zeigten, wie es vorher aussah, was man vorhat und was man schon erreicht hat. Eine echte Mammutaufgabe, aber die Polen werden es schaffen.

Nach Krakau waren es dann etwa 280 km. Die beiden größten Städte Polens (1.8 Mio. und 800000 Einwohner) sind leider nicht wie bei uns üblich durch eine Autobahn verbunden. Bestenfalls 30% der Strecke war Autobahn, der Rest Landstraße. Die Strecke zog sich erbärmlich hin, und erst am späten Abend trudelten wir in Krakau ein. Wir machten unser Hotel ausfindig, das "Kazimierz", das glücklicherweise an einer der Hauptstraßen, der "Starowislna" lag. Der Parkplatz war gute 200 m entfernt, aber immerhin bewacht; wir gaben das Auto ab und fielen danach nur noch ins Bett.

Krakau ist junge Stadt mit sehr vielen Studenten, gleichzeitig die alte Hauptstadt mit großer Tradition. Bei herrlichem Wetter gingen wir am nächsten Morgen die Starowislna hinunter zum Markt, ein Weg von ungefähr 1 km. Der Markt ist das Herz der Stadt, ein 4 ha großer Platz, längs geteilt durch die sog. Tuchhallen. Es gibt sie seit 1257, zwischendurch brannten sie im 16. Jh. einmal ab und wurden im Renaissance-Stil wieder aufgebaut. Später kamen dann noch die Arkaden dazu. Im Inneren der Tuchhallen befinden sich heute kleine Läden mit Kunsthandwerk und Andenken und einer Anzahl von Cafés, von denen wir in der Folgezeit gut Gebrauch machten; gerade bei einem solchen Wetter war es herrlich, draußen zu sitzen und

Schlossplatz in Warschau

Marktplatz in Krakau

sich den Platz anzuschauen.
Der Platz wird dominiert von der Marienkirche in der nordöstlichen Ecke mit ihren zwei verschiedenen Türmen, 81 und 69 m hoch. Wie das zustande kam, ist nicht klar. Der Sage nach wetteiferten zwei Brüder, wer den höheren Turm bauen würde. Als sich abzeichnete, dass der heute kleinere Turm den größeren überflügeln würde, erstach der ältere Bruder den jüngeren; das dazugehörige Messer ist angeblich an der Tuchhalle zu sehen. Zu jeder vollen Stunde erklingt von der Marienkirche ein Trompetensolo, der Hejnal, das dann mittendrin abbricht. Es erinnert an den Turmwächter, der die Krakauer 1241 vor den nahenden Mongolen warnen wollte und während des Alarmgebens von einem Pfeil durchbohrt wurde.

Wir machten eine Stadtrundfahrt mit einem Elektromobil. Unsere Führerin und Fahrerin Paula zeigte uns sehr viel, den Wawel von außen, die Festung, die alte Synagoge im jüdischen Viertel Kazimierz und den Platz der Ghettohelden vor dem jüdischen Ghetto mit der Apotheke im Stadtteil Podgorze, von der aus die notdürftige Versorgung des Ghettos organisiert wurde. Der Platz ist als Mahnmal gestaltet, die Symbolik, leere Stühle über den Platz verteilt, ist nicht ganz klar. Der Film "Schindlers Liste" wurde nicht in Podgorze, sondern zum großen Teil in Kazimierz gedreht. Kazimierz war bis 1791 eine eigene Stadt, die Krakau in nichts nachstand. Bis 1939 war es ein eigenes Viertel mit überwiegend jüdischer Bevölkerung, einer eigenen Kultur und einem eigenen Flair. Der Szeroka-Platz kam uns aus dem Film dann bekannt vor. Ein breiter Platz mit einigen Restaurants, die sehr nett aussahen. Paula erzählte uns, dass es kaum noch eine jüdische Bevölkerung in Krakau gäbe, dass diese Restaurants aber koschere Küche servieren würden. Wir beschlossen, hier abends essen zu gehen. Das war zwar etwas verwuselt, aber wir meinten, dass wir das schon irgendwie finden würden. Paula setzte uns dann am Wawel ab; eine sehr nette junge Dame, wir hatten aber wohl einen weniger guten Eindruck hinterlassen, denn irgendwann bei der zwanglosen Unterhaltung wurde klar, dass wir, sagen wir, nicht ganz so streng katholisch waren wie sie.

Der Wawel ist das eigentliche kulturhistorische Zentrum Polens. Als ein Teil der polnischen Elite, unter ihnen Präsident Kaczynski, 2010 bei dem Flugzeugabsturz in Katyn ums Leben kam, war die Trauerfeier nicht in Warschau, sondern im Wawel in Krakau. Der Wawel ist die ehemalige Residenz der polnischen Könige bis 1795. Die Anlage zählt zum Weltkulturerbe. Kernstücke sind die Wawel-Kathedrale, die Sigismundkapelle und das Schloss. Die Wawel-Kathedrale ist gute 1000 Jahre alt. Das Innere ist prächtig im Barockstil geschmückt. Wir gingen oben auf den Turm und hatten von dort einen tollen Ausblick auf Krakau. In der Nazizeit ließ sich der Generalgouverneur von Polen, Hans Frank, auf dem Wawel nieder und residierte dort mit einer Heerschar von Bediensteten, die er allen Ernstes "Gefolgschaft" nannte, und plünderte Kunstschätze aus dem Besitz der katholischen Kirche und des polnischen Adels, worin er Hermann Göring durchaus ebenbürtig war.

Was Kemal Atatürk für Istanbul ist, ist ein gewisser Karol Wojtyla für Krakau. Man stößt wirklich überall auf ihn, auch im Wawel findet sich ein Denkmal von ihm.

Marienkirche in Krakau

Johannes Paul II.

"Der Papst ist tot!" - "Das weiß ich, das ist doch schon ein paar Wochen her, oder?" - "Nein, der neue Papst ist tot." - "Was???"
Das war ein typischer Dialog Ende September 1978, als kurz nach Paul VI. auch dessen Nachfolger Johannes Paul I. starb. Schon drei Wochen später gab es den dritten Papst des Jahres. Die Sensation war, dass es nach 450 Jahren zum ersten Mal kein Italiener war. Mit gerade mal 57 Jahren war es auch ein relativ junger Mann, und er ging sein Amt recht locker an. Als er noch Kardinal von Krakau war, fragte er einmal einen deutschen Jounalisten, wie sportlich denn die deutschen Kardinäle seien. Auf die schüchterne Antwort "Nicht so sehr..." meinte Karol Wojtyla: "Bei uns in Polen läuft immerhin die Hälfte Ski". Polen hatte nur zwei Kardinäle, ihn und Kardinal Wyszynski, von dem derlei Aktivitäten eher unbekannt waren. - Johannes Paul II. sorgte mit seiner umfangreichen Reisetätigkeit für sehr viel frischen Wind im Vatikan. Er besuchte 127 Länder (die Welt hat nur knapp 200), normalerweise verließ der Papst nach seiner Wahl den Vatikan kaum noch. Polen wurde durch die Papstwahl international aufgewertet, man empfand Sympathie für das Land. Wojtyla war während seiner Kardinalszeit häufig auf Konfrontationskurs zum kommunistischen Regime gegangen. Als Papst unterstützte er offen die Solidarnosc-Gewerkschaft von Lech Walesa und trug so zur Aufweichung des Systems im erzkatholischen Polen maßgeblich bei. Er empfing den damaligen Generalsekretär der KPdSU, Michail Gorbatschow, sprach mit Jassir Arafat und sogar mit Mohammed Chatami. Auch in Kuba war er 1998 und traf Fidel Castro ("...es roch nach Schwefel und Weihwasser..."). 1981 wurde auf dem Petersplatz ein Attentat auf ihn verübt. Eine Kugel des Attentäters Mehmed Ali Agca traf ihn in den Unterleib. Eine fünfstündige Operation rettet ihm das Leben.
Kirchenpolitisch erwies sich Johannes Paul II. als Hardliner. In den großen Streitfragen Abtreibung, Zölibat, Ökumene usw. bezog er erzkonservative Positionen. Seine Rettung nach dem Attentat führte er weniger auf die Leistung der Ärzte als vielmehr auf die 3. Prophezeiung der Marienerscheinung bei Fatima 1917 zurück. In seinen letzten Jahren war er von seiner Parkinson-Krankheit schwer gezeichnet. Zu Ostern 2005 verkündete er stumm am Fenster, bereits unter künstlicher Ernährung, den Segen Urbi et Orbi, wenige Tage später starb er. Mit über 26 Jahren hatte er die zweitlängste Amtszeit eines Papstes.

Zwei Stunden verbrachten wir im Wawel, dann gingen wir durch die Altstadt zurück und nach einem kurzen Zwischenspiel im Hotel auf die Suche nach dem Szeroka-Platz. Ihn zu finden war gar nicht einfach, aber wir hatten ein gutes Ortsgedächtnis und konnten die Tour mit Paula aus dem Gedächtnis ganz gut nachgehen. Krakau ist ganz schön groß, wir brauchten eine gute Stunde. Besonders ärgerlich war, dass wir zum Schluss wohl eher in einer Spiralbewegung auf den Platz zugegangen waren. Aber der Lohn war ein herrliches Essen draußen an einem sehr milden Abend vor dem Restaurant Ariel, koscher nach alten jüdischen Rezepten. Dann schauten wir uns auf dem Platz noch ein paar der kleinen Geschäfte an, die auch in "Schindlers Liste' vorkamen. Auf dem Rückweg verzichteten wir auf die Spiralbewegung. Wir sahen noch einmal den Marktplatz bei Nacht, herrlich beleuchtet. Wir fanden unsere Starowislna und ließen den Tag ausklingen, viel war eh nicht mehr übrig.

Platz der Ghettohelden

Szeroka-Platz

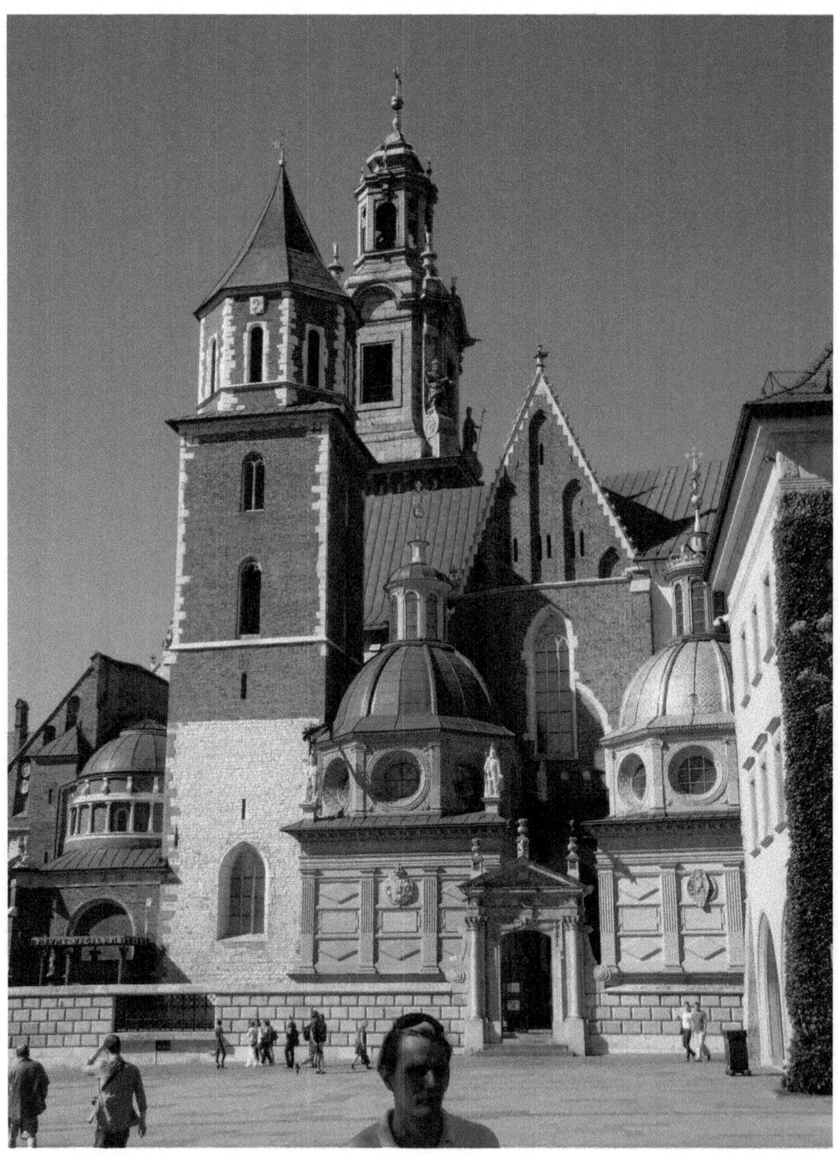

Wawel-Kathedrale

Kattowitz liegt ungefähr 70 km westlich von Krakau, eine gute Stunde Fahrt. Für mich eine Fahrt rückwärts in der Zeit. Um das Haus zu finden, musste man wissen, dass es eben nicht in Kattowitz, sondern in Swintochlowitz (Swietochlowice) war, und das an der Grenze zu Chorzow (gesprochen: Choschow, das "sch" wie in "Garage"). Die Straße "Ulitza Ogrodowa" fanden wir auch gleich, und da war es, ich erkannte das gleich wieder. Ein Wiedersehen nach 45 Jahren! Aber damals schien alles viel größer gewesen zu sein, kein Wunder, ich war damals fünf und nahm das alles aus einer anderen Augenhöhe wahr. Da war der Hügel, den ich immer mit dem Roller heruntergefahren bin. Danach ging es in einer engen Linkskurve über Schotter in den Innenhof. In dieser Kurve siegte dann oft die Zentrifugalkraft über die Haftreibung, und unsere (damals noch: meine) Mutter tröstete mich, behandelte mich mit der furchtbar brennenden Iodlösung, dann wartete ich, bis das Brennen nachließ, löschte das Vorkommnis aus meinem Kurzzeitgedächtnis und schnappte mir den Roller wieder. Auch der Berg hatte gelitten, irgendwie war er früher höher ... Der Innenhof, in dem ich meine ersten Gehversuche mit dem Fahrrad gemacht ha-

Erinnerung an die Kindheit - Ulitza Ogrodowa

be[15], entsprach meinen Erinnerungen. Aus den Schuppen waren Garagen geworden, und neben den Garagen war ein abgetrenntes Areal mit einigen Bäumen, das war auch damals schon so. Aber heute standen mehrere Autos im Innenhof - das gab es damals nicht. Drei Jahre später schloss sich ein weiterer Kreis. Anlässlich einer Tagung in Bukarest sah ich, diesmal nach 49 Jahren, das Haus wieder, in dem wir 1967 gewohnt hatten. Auch hier schien alles kleiner geworden. Wir fuhren dann nach Kattowitz selbst. Hier erkannte ich nur wenig wieder, erinnern kann ich mich nur an das Restaurant Orbice, in dem es ein "Schweizer Schnitzel" gab, aber so heißt hier jedes zweite. Wir fuhren auf die Festhalle der Stadt zu, die aussieht wie ein gelandetes UFO. Als wir 1969 dort waren, muss sie kurz vor der Fertigstellung gestanden haben. An das Denkmal der Schlesischen Aufständischen konnte ich mich noch erinnern. Es gilt als Symbol der Stadt. Seine Einzelteile wiegen insgesamt 61 t. Das Denkmal besitzt eine originelle, aber klobige Gestalt: Die abstrakte Skulptur zeigt drei sich empor hebende Adlerschwingen, die symbolisch für die drei Schlesischen Aufstände stehen.

Wir standen dann vor der Wahl, ob wir uns Kattowitz genauer anschauen oder ob wir weiter nach Tschenstochau fahren sollten. Wir entschieden uns für letzteres. Tschenstochau ist keinesfalls ein kleiner Ort, sondern eine Großstadt mit 230000 Einwohnern. Dreh- und Angelpunkt der Stadt ist das Kloster Jasna Gora aus dem 14. Jahrhundert. Darin wiederum befindet sich die Ikone der Schwarzen Madonna von Tschenstochau, die als Nationalheiligtum gilt. Johannes Paul II. besuchte Jasna

[15]Ich denke, diese Formulierung bringt es auf den Punkt. Immerhin lernte ich es, und da ich nicht den Berg herunter, sondern im Hof im Kreis fuhr, wurden unsere Iod-Vorräte geschont.

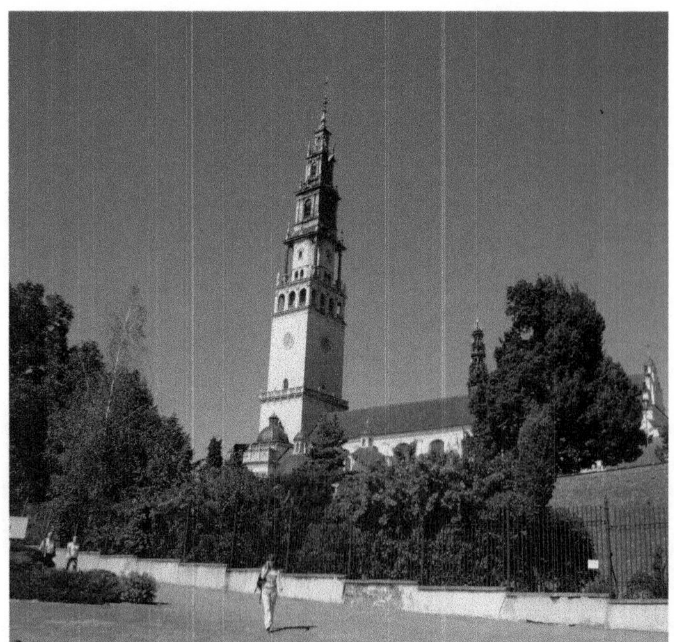
Kloster Jasna Gora in Tschenstochau

Gora sechsmal; ihm zu Ehren gibt es eine überlebensgroße Statue. Mehrere Millionen Pilger machen jedes Jahr eine Wallfahrt nach Tschenstochau, um die Ikone, der einiges an Wundertätigkeit nachgesagt wird, zu sehen. Ich konnte mich noch gut an das Bild erinnern, damals war ich noch ein kleiner Junge, und diese schwarze Dame war mir unheimlich. Diesmal brauchte ich da keine Angst zu haben; es fand eine Hochzeit statt, so dass der Raum mit dem Bildnis zunächst nicht geöffnet war, und als wir ihn begehen konnten, kamen wir nie mehr als 5 m an die Figur heran. Somit war nach der im Barockstil geschmückten Basilika die Stretchlimousine des Brautpaars die zweitgrößte Sehenswürdigkeit, und wir machten uns auf zum Salzbergwerk Wieliczka, wo ich als kleiner Junge auch schon mal war, an das ich mich aber überhaupt nicht mehr erinnerte.
Unsere Eltern hatten davon noch oft erzählt und auch viele Fotos gemacht. Und das taten wir jetzt auch.

Wieliczka liegt etwa 15 km östlich von Krakau. Das Salzbergwerk kommt auf etwa 900000 Besucher pro Jahr und ist Weltkulturerbe. Auf einer 5 km^2 großen Fläche entstanden mehr als 2000 Kammern, in denen alles aus Salz gefertigt ist, vom Kronleuchter über Skulpturen bis zum Wandrelief, und auch die unvermeidliche Statue Johannes Pauls II. ist aus Salz. Die Stollen sind insgesamt 350 km lang. Die Kammern liegen bis zu 340 m tief. Eine Führung muss man nehmen, sie dauert etwa 2 h und führt bis in 136 m Tiefe durch 22 Kammern; man besichtigt nur die drei oberen der neun Ebenen. Highlight ist die 50 m lange und 12 m hohe "Kapelle der seligen Kinga", ein Raum, der den Eindruck eines Ballsaales macht, mit Reliefs an den Wänden, besagten Kronleuchtern und vielen Plastiken - alle aus Salz.

Wir fuhren zurück, und der Sinn stand uns abends natürlich wieder nach koscherem Essen auf dem Szeroka-Platz in Kazimierz. Wir wussten ja jetzt, wie man da ungefähr hin kommt. Es war nicht mehr nötig, den Spuren der Stadtrundfahrt zu folgen. Wir gingen einfach Richtung Markt, bogen links ab und schuffelten uns in weniger als einer Viertelstunde zum jüdischen Traditionsrestaurant. Dort genossen wir wieder ein köstliches Essen und machten uns auf den Rückweg. "Wollen wir

Salzbergwerk Wielicka - Kapelle der seligen Kinga

vielleicht mal schauen, wo diese kleine Gasse hinführt?" - eine entscheidende Frage, die sich uns noch auf dem Szeroka-Platz stellte. Wir gingen durch die Gasse durch - und waren an unserem "Kazimierz"-Hotel. Vom Hotel zum Szeroka-Platz waren es keine 150 m ... und uns war nicht einmal aufgefallen, dass das Hotel so hieß wie der Stadtteil und dass das etwas miteinander zu tun haben könnte.

Der nächste Tag war ein Wagnis. Wir fuhren immer auf unsere Touren, um Schönes oder Originelles zu sehen und Spaß zu haben. Das kann man nicht, wenn man nach Oswiecim fährt. Und wenn man weiß, dass das s hinter dem O wie "sch" gesprochen wird, kann man sich denken, wie dieser Ort auf Deutsch heißt: Auschwitz, ungefähr 70 km entfernt von Krakau. Man kann es besichtigen, und man sollte es auch tun. Der Bericht darüber ist nicht einfach.

Auschwitz hatte zwei Lager, das Konzentrationslager Auschwitz und das Vernichtungslager Auschwitz-Birkenau. Es gab noch ein drittes Lager, das von der IG Farben betrieben wurde, sowie etliche Nebenlager. Man löst die Karte am Stammlager und geht durch das oft fotografierte Tor mit der zynischen Aufschrift "Arbeit macht frei". Man überlässt die Besichtigung nicht einem Acoustic Guide, sondern ein Tour Guide versucht, in gesetzten Worten das zu erklären, was hier passiert ist. Das Stammlager Auschwitz ist flächenmäßig nicht sehr groß, es sieht zunächst einmal so aus wie eine gewöhnliche Wohnblocksiedlung. Innendrin kann man einige Räume sehen, in denen die Gefangenen zusammengepfercht waren. Grauenvolle medizinische Experimente an Menschen wurden hier durchgeführt. Im Keller waren die Foltereinrichtungen; erinnern kann ich mich noch daran, dass vier Gefangene als Strafe tage- und wochenlang in einen Raum mit $1\,m^2$

Grundfläche eingesperrt wurden - wie erfinderisch doch Menschen sind, wenn es darum geht, andere Menschen zu quälen. Man geht durch zwei dieser Häuser, geht am Hinrichtungsplatz vorbei, in einigen Räumen sind Sammlungen, die einem veranschaulichten, worum es in dem Lager ging: Menschen in großer Zahl effektiv zu töten. Eine zunächst nichtssagende Blechdosensammlung. Ich kann es nicht mehr nachvollziehen; plausibel wäre, dass es die Dosen für das Zyklon B waren. Dann stünde jede dieser Dosen für vermutlich mehrere hundert Tote, und ein ganzer Raum ist voll davon. Und es ist nicht gesagt, dass die Sammlung vollständig ist. Ein anderer Raum ist voll von Brillen, dann gibt es einen mit Prothesen, einer mit Koffern, mehrere mit Schuhen, einer mit Rasierpinseln - und hinter jedem Gegenstand steht ein Mensch, der sein Leben auf eine widerliche Weise verloren hat. Die Gefangenen übernachteten auf Strohsäcken, andere Räume waren einfach so mit Stroh ausgelegt. Und das war noch die komfortable Art, die Nacht zu verbringen. Es gab auch Schlafboxen, außerhalb der Gebäude, nackter Stein mit wenig Stroh ausgelegt. Der Waschraum hatte fünf Toiletten einfach so nebeneinander, Brillen waren nicht darauf. So etwas wie Privat- oder Intimsphäre gab es nicht. Dies schreibe ich während der Coronakrise; im Moment habe ich ein wenig zuviel Privatsphäre, gerne würde ich gerade einen Teil davon hergeben. Zu sehen ist auch die Gaskammer, sehr gut erhalten. Ihre "Kapazität" erwies sich als zu klein, weshalb man mit dem Vernichtungslager Auschwitz-Birkenau noch einmal einen Ausbau machte. Der Lagerkommandant Rudolf Höß hatte seine Villa gleich nebenan, mit Blick auf das Lager. Rudolf Höß ist eine der Verkörperungen der Banalität des Bösen. Im Prozess gegen ihn verwahrte er sich entschieden dagegen, dass man Gefangene habe verhungern lassen, den millionenfachen Massenmord gab er dagegen unumwunden zu. Höß wurde nach dem Krieg an Polen ausgeliefert und vor seiner ehemaligen Villa in Auschwitz gehängt.

Etwas mehr als 90 min dauerte die Besichtigung des Stammlagers. Ein Bustransfer bringt einen dann zum 3 km entfernten Vernichtungslager Auschwitz-Birkenau. Man sieht dieses furchtbare Tor, die Eisenbahnlinie, die mitten im Lager endet, wo Josef Mengele adhoc entschied, wer gleich und wer später sterben musste. Die grauenvollen Baracken, der Überwachungsturm. Die Gaskammer und die Krematorien sind völlig zerstört. Täglich wurden hier bis zu 2000 Menschen vergast und in den Krematorien verbrannt. In den 250 Baracken von Auschwitz-Birkenau waren bis zu 140000 Menschen untergebracht. Auch die Besichtigung von Auschwitz-Birkenau dauert etwa 90 min. Dann bringt einen der Bus zurück. Wir stiegen ins Auto und fuhren zurück nach Krakau. Er musste sein, dieser Besuch in Auschwitz.

Schindlers Liste

Seit dem Film "Schindlers Liste" weiß man, dass es auch Menschen gab, sogar Deutsche, die Gutes getan haben. Oskar Schindler war eigentlich ein mieser Kriegsgewinnler, der durch die Übernahme einer Fabrik in den besetzten Gebieten zu einem kleinen Vermögen gekommen war. Spielernatur, Lebemann, sicher Beschreibungen, die auf ihn zutrafen. Im Film wird es so dargestellt, dass die Vorgänge beim Aufstand im Krakauer Ghetto bei ihm eine andere Seite hervorkehrten.
In seiner "Deutschen Emailwarenfabrik" (DEF) stellte er Geschirr für die Wehrmacht her, später wurde dieses Werk sogar als kriegswichtiger Rüstungsbetrieb anerkannt, in dem dann auch Patronenhülsen hergestellt wurden. Er schaffte es, die jüdischen Häftlinge, die in seiner Fabrik arbeiteten, als unabkömmlich darzustellen und sie so vor dem Transport in die Vernichtungslager zu bewahren. Mit Amon Göth, dem brutalen Lagerkommandanten des Konzentrationslagers Plaszow, das nur wenige hundert Meter entfernt von seiner Fabrik war, konnte er sich anfreunden und auf diese Weise immer bessere Bedingungen für "seine" Juden schaffen. Zum Schluss standen auf seiner Liste fast 1200 Menschen, die er bis zum Kriegsende vor der Vernichtung in Auschwitz bewahren konnte. Nach dem Krieg war Oskar Schindler nicht mehr erfolgreich. Keine seiner Unternehmungen glückte, und keinesfalls war er in Deutschland als Menschenretter anerkannt. Die Hälfte des Jahres verbrachte er in Deutschland, die andere Hälfte in Israel bei überlebenden Schindlerjuden. Er starb 1974. 1993 wurde er posthum vom Staat Israel zum "Gerechten unter den Völkern" ernannt. Aus diesem Jahr stammt auch der Spielfilm von Steven Spielberg, der die Person Oskar Schindlers auch in Deutschland bekannt machte.

Wieder in Krakau, gingen wir weiter auf den Spuren von Schindlers Liste. Das Gebäude der Deutschen Emailwarenfabrik gibt es heute noch! In Podgorze. Und man kann dort hinein, es ist seit einigen Jahren ein Museum für die Besatzungszeit in Krakau, die sehr lebendig und anschaulich geschildert wird. Für uns ein echtes Highlight des Krakau-Besuches. Gute zwei Stunden verbrachten wir in dem Museum. Dann fuhren wir zurück ins Hotel, machten uns ein wenig frisch und gingen dann essen in unserem Lieblingsrestaurant um die Ecke.

Unser Flug zurück ging wieder erst abends, so dass wir noch einen guten halben Tag in Krakau verbringen konnten. Wir beschlossen, uns den Stadtteil Podgorze anzuschauen und vielleicht zu sehen, wo genau das Konzentrationslager Plaszow war. Wir starteten auf dem Platz der Ghettohelden. Die Apotheke, die der Dreh- und Angelpunkt bei der Versorgung des Ghettos war, kann man besichtigen. Dabei gibt es auch einen historischen Teil mit alten Einrichtungsteilen und alten Medikamentenpackungen. So etwas wie Calcium Sandoz gab es offensichtlich auch damals schon. Podgorze selbst gehört seit 1915 zu Krakau, es hatte damals etwa 20000 Einwohner. Wir sahen in Podgorze nicht so wirklich viel, ein paar Häuser gab es sicherlich auch schon in den vierziger Jahren, und einige hatten Gedenktafeln, die an das Krakauer Ghetto im Krieg erinnerten. Wir wechselten daher unsere Stoßrichtung und gingen in Richtung des Gebiets, wo gemäß Karte das KZ war. Das war dann schon ein ordentlicher Fußmarsch, und wir hatten das Pech, dass es leicht zu regnen anfing. Vom KZ war am Ende kaum etwas zu sehen. Es ist ein Stück verwilderte Landschaft, die nicht genutzt wird, und nichts erinnert mehr an

Gebäude der Fabrik von Oskar Schindler

Villa von Amon Göth

die Bedeutung, die dieses Areal mal hatte. Nur am anderen Ende des Gebietes sahen wir ein Denkmal, etwas schrill und modern, aber immerhin. Der Regen wurde ein wenig stärker, aber eins wollten wir noch sehen: die Villa von Amon Göth, von der aus er im Film am Anfang wahllos Juden erschießt, um sich die Zeit zu vertreiben. Vom Konzentrationslager aus war sie nirgends zu sehen, wir fanden wohl ein Haus, das hatte aber keinen Balkon oder eine Terrasse. Aber wir hatten einen Straßennamen. Wir wussten auch mal wieder genau, was wir aneinander hatten; der Regen spielte bei der Entscheidungsfindung, ob wir jetzt das Haus suchen oder nicht, keine Rolle, wir wollten es beide wissen. In der Straße sahen wir ein altes Haus, das zum Verkauf stand, und das auch wohl nicht erst seit gestern. Verdächtig war das schon. Wir gingen ein Stück weiter und fragten einen Passanten. Der schickte uns genau zu dem Haus zurück, das wolle niemand kaufen, wer möchte schon in einem Haus leben, in dem sich dieser furchtbare Massenmörder so wohl gefühlt hat.

Es regnete jetzt stark; wir gingen zurück zum Hotel, nahmen unser Gepäck auf und fuhren zum Krakauer Flughafen. Wir gaben den Mietwagen ab, und über Berlin flogen wir mit Air Berlin zurück nach Frankfurt. Dort gab es eine unliebsame Überraschung: Torstens Koffer war nicht mitgekommen, und so durfte er noch das schöne Formular ausfüllen, mit dem Air Berlin lt. Statistik so etwa 3% seiner Fluggäste beglückte. Aber am Ende fand sich der Koffer wieder an.

Wohin das nächste Mal? Irgendwohin, wo es nicht so viel regnet ...

Andalusien 2014

"Rodrigo, wenn wir uns in Spanien etwas ansehen wollen, sollen wir nach Madrid oder nach Barcelona?" Die Antwort meines spanischen Kollegen, eines eingefleischten Fans des FC Barcelona, lautete: "Nach Andalusien. Sevilla, Cordoba, Granada." Er meinte es ernst, wie ein gezieltes Nachhaken offenbarte. Und er hatte wohl auch recht.

Wir flogen mit Iberia über Madrid nach Sevilla und kamen dort gegen 12 Uhr an. Es offenbarte sich dann ein ziemlich blöder Fehler, den wir uns bei der Planung des Trips geleistet hatten: Wir übernahmen am Flughafen den Mietwagen und fuhren damit sensationelle 12 km in die Innenstadt. Danach fuhren wir noch mehr - wir fanden nämlich weder das Hotel noch einen Parkplatz, bis wir endlich herausfanden, dass das Hotel tief innen in einer Fußgängerzone lag, es war so überhaupt nicht mit dem Auto erreichbar. Mit Mühe und Not fanden wir, immerhin nur knapp außerhalb der Fußgängerzone, ein Parkhaus, wo wir den Wagen die nächsten zwei Tage abstellten, was uns noch einmal 40 Steine kostete. Ein Taxi hätte uns einiges an Geld und viel an Zeit gespart, den Mietwagen brauchten wir erst, als wir Sevilla wieder verließen und Cordoba ansteuerten. Aber so richtig ärgern wollten wir uns nicht, nach unser üblichen Stunde Pause marschierten wir los und erkundeten die Stadt.

Sevilla hat ungefähr 700000 Einwohner und liegt am Fluss Guadalquivir. Die Stadt wurde vermutlich von den Phöniziern[16] gegründet und wurde später wie der gesamte Mittelmeerraum römisch. Nach dem Untergang des Weströmischen Reiches 476 n. Chr. fiel es an die Westgoten. 712 wurde Sevilla von den Mauren erobert und blieb dann mehr als 500 Jahre unter der Herrschaft der Muslime; eine Zeit, in der die Kultur in der Stadt aufblühte. Erst 1248 wurde Sevilla von den christlichen Spaniern zurückerobert. Zweimal, 1929 und 1992, war Sevilla Schauplatz der Weltausstellung, was beide Male die Infrastruktur verbesserte und die Schulden hochtrieb.

Die Altstadt von Sevilla ist geprägt von der erwähnten Fußgängerzone, einem Gewirr enger Gassen, in dem man sich kaum orientieren kann. Unbestrittenes Zentrum ist die große gotische Kathedrale Maria de la Sede, die von 1401-1519 auf den Überresten einer Moschee erbaut wurde. Sie ist die größte Kirche Spaniens und eine der größten der Welt. Sie ist 145 m lang, 82 m breit, und das mittlere der fünf Kirchenschiffe ist 42 m hoch. Das Innere wird bestimmt von dem riesigen Altaraufsatz, 20 m breit und 23 m hoch, aus vergoldetem Holz. Außen ist das Bild bestimmt von der Giralda, früher das Minarett der maurischen Moschee, heute der Turm der Kathedrale. Der Turm wurde 1184 erbaut und war damals das dritthöchste Gebäude der Welt nach den beiden großen Pyramiden von Gizeh. Wir bestiegen den Turm und hatten von oben einen irren Blick auf Sevilla. Ein Highlight des Doms ist noch der Sarkophag des Christoph Kolumbus, der von vier Männern getragen wird. Der Leichnam des Kolumbus ist weitgereist. Nach seinem Tod in Valladolid 1506 wurde er einige Jahre später nach Sevilla gebracht, und von dort 1596 nach Santo Domingo (heute Dominikanische Republik). 1795 wollte man den Leichnam vor den anrückenden Franzosen retten und überführte ihn nach Havanna. 1898 wiederum kam er zurück nach Sevilla. Vorher, 1877, wurde in der Kathedrale von Santo Domingo ein zweiter

[16] das waren die Jungs aus Karthago

Kathedrale von Sevilla

Sarg mit Kolumbus' Namen gefunden, und man stritt sich, welcher der echte sei. 2006 schaffte man es, die DNA des Leichnams in Sevilla mit denen von Kolumbus' Bruder und seinem Sohn abzugleichen. Das Ergebnis: es handelt sich wirklich um Kolumbus.

Danach orientierten wir uns ein wenig in der Innenstadt und bekamen langsam ein Gefühl dafür. Völlig verwirrt hat uns der "Metropol Parasol" auf der Plaza de la Incarnacion. Was soll das denn sein? Das Ding gibt es noch nicht lange, erst seit 2011. Es sieht aus wie ein gigantischer Schwamm, ist aber im Wesentlichen aus Holz, 150 m lang, 70 m breit und 26 m hoch, das größte Holzbauwerk der Welt. Begreiflicherweise führt dieses Ungetüm bei den Spaniern zu leichten Meinungsverschiedenheiten; abfällig nennt man es auch den "Pilz". Unter dem Teil ist ein kleines Shopping-Center mit Bars und Restaurants und einem Museum. Das Ding lässt einen doch etwas ratlos zurück. Wer es schön findet, ist irgendwo selbst schuld. Andrerseits: So etwas hatten wir noch nicht gesehen. Und das ist es doch, weshalb man auf Reisen geht!

Wir machten eine Stunde Rast auf unserem Zimmer, das in unserer besten Tradition preiswert war, und gingen dann am Abend noch einmal zum Domplatz, der bei Nacht sehr schön beleuchtet ist. Wir bekamen in einem Restaurant einen Tisch draußen mit Blick auf die Giralda (s. Coverbild). Nach dem Essen gingen wir nochmal zum Metropol Parasol, der im Dunkeln auch ganz anders wirkt.

Erste Station am nächsten Tag war der Alcazar-Palast direkt gegenüber vom Dom, die ehemalige Residenz der spanischen Könige. Ursprünglich handelte es sich um ein maurisches Fort, das im Laufe der Jahrhunderte zu einem Palast umgebaut wurde. Von islamischer Kunst bis zu eher gotischen Bauten sind alle Stile vertreten. Sehenswert sind auch die Gartenanlagen. Bis heute dient der Alcazar als Residenz der spanischen Könige, ein Teil des Palastes und der Gartenanlagen ist daher nicht zugänglich.

Wir buchten eine Schiffstour auf dem Guadalquivir. Eigentliche Attraktion die-

Metropol-Parasol

Alamillo-Brücke über den Guadalquivir

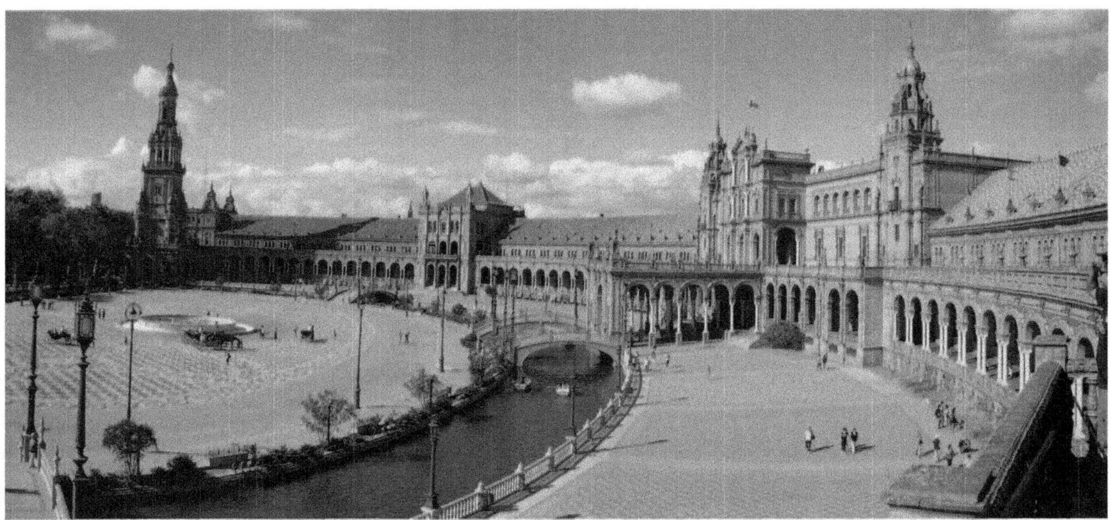

Plaza Espana

ser Tour ist, dass man nahe an die vom Stadtzentrum doch relativ weit entfernte Alamillo-Brücke herankommt und man sie sich in Ruhe ansehen kann. Es handelt sich um eine sog. Schrägseilbrücke, die zur Expo 1992 gebaut wurde. Sie ist 250 m lang und wird von 26 Seilen getragen, die einseitig an einem Träger befestigt sind. Der Träger ist die Kleinigkeit von 142 m hoch und um 58° zur Horizontalen geneigt. Beim Betrachten hofft man eigentlich, noch weitere stützende Elemente zu finden, aber es ist wohl wirklich so, dass der Träger alles hält.
Wir kamen mit einer kleinen Reisegruppe ins Gespräch, die wohl alle so zwischen 70 und 80 waren und sich als Amerikaner entpuppten. Als reiselustige Amerikaner, wir staunten, wo sie schon überall zusammen waren, und sie fuhren nicht betreut umher, sondern machten alles mit dem Auto. Ihr Wortführer war ein Herr Norbert Flatow - deutscher geht es nicht. Und er war es tatsächlich mal, als kleiner Junge. Die jüdische Familie schaffte es rechtzeitig aus Nazi-Deutschland heraus und baute sich in den USA eine neue Existenz auf. Er freute sich, mit uns deutsch zu sprechen, das hatte er schon lange nicht mehr getan. Es entwickelte sich ein reges, nie langweiliges Gespräch. Zum Schluss gab er uns noch einen Buchtipp: "What Next Big Guy" - der Mann hatte seine Autobiografie geschrieben und sie als Buch herausgegeben. Torsten hat sie nach dem Trip besorgt. Keine große Literatur, aber ein interessantes, spannendes Leben. Er arbeitete auf dem Dulles Flughafen in Washington, den wir im nächsten Jahr kennenlernen sollten. Er durchlief dort verschiedene Funktionen - daher der Titel. Seine zweite Frau, die in Sevilla auch dabei war, lernte er auf einer Kanutour im Wildwasser kennen. Seine Brieftasche fiel ins Wasser, und ohne zu zögern sprang er hinterher. Glücklicherweise blieb seine Frau im Boot und zog ihn samt Brieftasche wieder hinein, das hätte sonst ganz schnell mal böse enden können. Allen Ernstes schlussfolgerte er in dem Buch, das seine schnelle Entschlossenheit seine spätere Frau wohl beeindruckt habe - na ja, wir Männer haben da wohl gelegentlich eine verzerrte Wahrnehmung. Noch heute schwärmt meine Frau davon, wie originell ich sie damals im Zug nach St. Petersburg angesprochen habe. Ich habe sie einfach gefragt, wie man strickt, und das daraus entstehende anregende Gespräch dauerte fast 15 Sekunden.

Eine Station hatten wir noch in Sevilla, die Plaza de Espana. Der Platz ist der Innenhof eines riesigen halbkreisförmigen Gebäudes. Er misst etwa 200 m im

Säulenwald in der Mezquita-Kathedrale

Durchmesser und diente mehrfach als Filmkulisse, z.B. in Lawrence von Arabien. Der Platz wude 1928 fertiggestellt. Im Gebäude befinden sich an den Wänden Kachelornamente für die 48 spanischen Provinzen. Für jede Provinz gibt es eine Landkarte und ein Mosaik mit einer historischen Begebenheit. Eine gute Stunde blieben wir auf diesem Platz, dann gingen wir zurück ins Hotel. Abends spazierten wir noch einmal am Dom entlang.

Am nächsten Morgen trat er wieder in unser Leben: der Mietwagen. Zähneknirschend bezahlten wir die keineswegs geringfügigen Gebühren für das Parkhaus und machten uns auf den Weg ins 120 km entfernte Cordoba. Was für ein mieser Tag. Schon auf dem Weg fing es an zu nieseln, und es hörte bis zum Nachmittag nicht auf. Wir waren in Cordoba ohne jede Orientierung und steuerten schließlich ein Parkhaus an, wo sich unser Mietwagen ja immer am wohlsten fühlte.

Cordoba hatte auch an diesem trostlosen Tag etwa 300000 Einwohner und ist nach Sevilla und Malaga die drittgrößte Stadt Andalusiens. Sie hat eine römische, eine maurische und eine spanische Vergangenheit. Während der maurischen Zeit (711-1236) war Cordoba das islamische Zentrum auf der Iberischen Halbinsel und eine der größten Städte der Welt. Aus dieser Zeit stammt auch die Mezquita-Kathedrale, die ursprünglich eine Moschee war. Seit 1984 ist sie UNESCO-Weltkulturebe.

Von außen machte die Kathedrale im Regen zunächst einmal einen schmuddeligen Eindruck. Eine blaßgelbe Kirche im Regen, aus der Nähe sehr unglücklich zu fotografieren. Schlange stehen vor dem Einlass, Eintrittskarten gekauft und Audioguide besorgt, und dann konnten wir endlich ins Innere, wo es möglicherweise trocken war.

Wir traten also ein, und die Kinnladen fielen uns herunter[17].
Die Mezquita-Kathedrale hat 23000 m^2 Grundfläche (179 m x 134 m) und ist damit eine der größten Sakralbauten der Welt. Wenn sie noch eine Moschee wäre, käme sie gleich nach Mekka und Medina auf Platz 3. Sie wurde 784 errichtet und mehrfach erweitert. Ursprünglich stand dort eine christliche Kirche. Eine Zeitlang wurde sie zwischen Christen und Moslems geteilt, später aber doch abgerissen. Zunächst ist man beim Betreten völlig verblüfft - man steht in mitten in einem Säulenwald aus 860 Säulen, die durch oben liegende, rot-weiß gestreifte Bögen miteinander verbunden sind. Das ganze ergibt ein merkwürdiges Licht, es ist irgendwie hell und dunkel zugleich. Wikipedia beschreibt das so: "[Die Säulen] erzeugen den Eindruck einer Entgrenzung nach oben, so wie die große Zahl einander kreuzender Schiffe einen Eindruck von Unendlichkeit in der waagerechten erzeugt." Genauer hätte ich das auch nicht formulieren können.
Die Führung des Audioguides stellte sehr informativ die einzelnen Ecken und Sehenswürdigkeiten des Baues vor, und gegen Ende gab es noch eins obendrauf: Es ist ja gar keine Moschee mehr, sondern eine Kathedrale! Und mittendrin gibt es dann einen Gebäudeteil, der als prächtig geschmückte Kirche im Renaissance-Stil gestaltet ist, ohne den ansonsten noch vorherrschenden Moschee-Charakter zu zerstören. Offiziell ist es freilich eine katholische Kirche. Der Bischof von Cordoba sprach sich gegen die Umwandlung in eine interreligiöse Stätte aus; man sei immer noch verstimmt, dass die ursprüngliche Kirche im 8. Jahrhundert abgerissen worden war. Zwei Stunden verbrachten wir in der Mezquita-Kathedrale, dann gingen wir wieder raus in den Regen. Aber er machte uns gar nicht mehr soviel aus.

Die zweite größere Sehenswürdigkeit Cordobas ist die mächtige Römische Brücke über den Guadalquivir, an dem auch Cordoba liegt. Sie wurde 45 v. Chr. von den Römern erbaut und erstreckt sich in 16 Bögen über den Fluss. Im Laufe der Zeit wurde sie mehrfach erneuert. Am anderen Ende der Brücke liegt dann der Torre de la Calahorra, ein Museumsturm. Er beherbergt einen Ständer zum Trocknen der Schirme, die wir uns in einem Kiosk zugelegt hatten, und eine Ausstellung über das Zusammenleben der Religionen in der islamischen Zeit. Ein getreues Modell des Säulenwaldes in der Mezquita-Kathedrale ist das Highlight. Es gelang mir, dieses Modell gut zu fotografieren, so dass Kollege Rodrigo mich später fragte, wie ich es denn geschafft habe, ein Bild von der Kathedrale ohne Menschen zu bekommen.

Von dort ging es dann weiter zurück zum Parkhaus zu unserem Mietwagen. Mit dem Versprechen, auch in Granada eine überdachte Unterkunft für ihn zu finden, konnten wir ihn dazu überreden, hinaus in den Regen zu fahren, und da oben kein Wasser mehr übrig war, wurde das Wetter ohnehin bald besser. Wir schafften die 130 km durch die Sierra Nevada in gut zwei Stunden. Auch in Granada war das Hotel nicht leicht zu finden, und da es keinerlei Parkplätze gab, lösten wir unser Versprechen ein und begaben uns ins Parkhaus. Abends machten wir einen Bummel durch die nette Innenstadt und aßen in einem der zahlreichen Restaurants eine großartige Paella.
Im Düsseldorfer Rheinstadion habe ich mal die drei Tenöre gesehen, Jose Carreras, Placido Domingo und Luciano Pavarotti. Bei keinem ihrer Auftritte fehlte "Granada", wobei sie sich immer abwechselten, wer es sang. Der Komponist, ein Mexikaner namens Agustin Lara, war nie in Spanien gewesen. Er selbst konnte es

[17]Was angesichts des typisch Kleiberschen Doppelkinns nur bildlich gemeint ist.

Römische Brücke und Mezquita-Kathedrale

auch nicht singen. "Granada" ist ein Lied für einen Tenor, und das war Lara nicht. Aber es geht einem natürlich nicht aus dem Kopf, wenn man in Granada ist. Dabei ist Granada eigentlich eine harmlose Universitätsstadt; von den 230000 Einwohnern sind 60000 Studenten. Aber es gibt eine ganz besondere Sehenswürdigkeit: die Alhambra, eine Ansammlung von Palästen, die von 1238 bis 1492 als Residenz der muslimischen Könige aus der Dynastie der Nasriden diente. Die Burganlage ist 740 m lang und bis zu 220 m breit. Das Herzstück der Alhambra sind die Nasridenpaläste mit dem berühmtesten Stück islamischer Kunst, dem Löwenbrunnen, ein von zwölf steinernen Löwen getragener Springbrunnen. Ein Spazierweg führt zu den Gartenanlagen mit vielen Wasserspielen, und von einem Aussichtsturm hat man einen herrlichen Blick auf Granada, besonders auf die Kathedrale.

Der Besuch der Alhambra war etwas stressig. Wir gingen zu Fuß dorthin, so brauchten wir unseren Mietwagen nicht zu stören. Wegen der zahlreichen Besucher ist alles sehr straff organisiert. Die Tickets gelten nur für eine bestimmte Einlasszeit, und man darf sich in einem Bereich nur zwanzig Minuten aufhalten, danach muss man das nächste Gate passieren. Das klingt straff, ist aber einigermaßen machbar. Wir hatten freilich den Fehler gemacht, den Audioguide nicht am Eingang zu nehmen, sondern eine inoffizielle Version, die uns schon vorher angeboten worden war. Die Nummern der einzelnen Objekte stimmten nicht überein, und so war der Audioguide ein ziemlicher Reinfall, wir ließen ihn nach kurzer Zeit weg. So war die Besichtigung trotz der beeindruckenden Anlage nicht das reinste Vergnügen. Wir verglichen im Nachgang oft die Alhambra mit der Mezquita-Kathedrale; von letzterer waren wir ganz klar mehr begeistert.

Löwenhof in der Alhambra

Die mächtige Kathedrale von Granada war uns schon auf der Aussichtsplattform der Alhambra aufgefallen. Sie ragt aus dem Häusermeer deutlich heraus und wirkt wie eine Festung. 1492 war ein bemerkenswertes Jahr in Spanien. Granada fiel, und die muslimische Herrschaft in Andalusien war beendet. Herrscherin war jetzt Königin Isabella I.[18]. Die hatte nun Geld über, und einen Teil davon investierte sie in einen obskuren italienischen Seefahrer namens Christoph Kolumbus. Der hatte die fixe Idee, den Seeweg nach Indien zu finden. Dies war wünschenswert, denn der Handel mit fernöstlichen Gewürzen war nun durch das muslimische Osmanische Reich blockiert. Kolumbus erhielt den Auftrag und erledigte ihn zu seiner vollsten Zufriedenheit, wie er bis ans Ende seiner Tage glaubte. Es war einer der gröbsten Rechen- oder Recherchefehler, je nachdem, aller Zeiten. Sowohl die Kugelgestalt der Erde als auch ihr Umfang waren entgegen der landläufigen Meinung damals bestens bekannt, und aus der Kenntnis der Entfernung nach Indien[19] auf östlichem Weg hätte er schlussfolgern müssen, dass er bestenfalls ein Viertel des Weges zurückgelegt hatte, eher ein Fünftel. Nun hat es sich ja dann doch gelohnt für die gute Isabella, aber wir sind mit 1492 noch nicht fertig. Sie verfügte in diesem Jahr nämlich auch, dass Granada ein Erzbistum werden sollte. Und so ordnete sie den Bau einer repräsentativen Kathedrale an. Man mag von diesem imposanten Bau halten, was man will - repräsentativ ist er. Fotografieren kann man ihn nur aus der Luft, er steht mitten im Häusermeer, und man bekommt einfach keine vernünftige Perspektive hin. Der Innenraum ist 115 m lang und 65 m breit und wie üblich reich verziert. Besonders

[18]Ja, man kennt sie, von den Comedian Harmonists: "Schöne Isabella von Kastilien, pack Deine ganzen Utensilien, und komm' zurück zu mir nach Spanien!"

[19]Dahin war schon Alexander der Große zu Fuß marschiert!

Kathedrale von Granada, von der Alhambra aus gesehen

riesig sind die beiden Orgeln.

Auch in Granada gab es eine Hop-on-hop-off-Tour, und so nahmen wir sie wahr, wir hofften, einen Blick auf die Alhambra bei Nacht zu bekommen. Die Tour war jedoch eine kuriose Pleite. In die eigentlich sehenswerte Altstadt von Granada kam der Bus gar nicht rein, und so umfuhr er die Alhambra weiträumig. Zu sehen gab es nur β-Sehenswürdigkeiten wie das brandneue Studentenwohnheim, das tolle Bahnhofsgebäude oder die praktische dreispurige Verbindungsstraße zwischen Nord- und Südgranada. Jetzt saßen wir in dem Bus und nahmen das alles wohlwollend zur Kenntnis ... die Alhambra würde ja wohl noch kommen ... sie kam nicht. Wir trösteten uns mit einer Paella.

Der letzte Tag unseres Trips brach wieder an. Wieder ging unser Flugzeug erst am

Alhambra

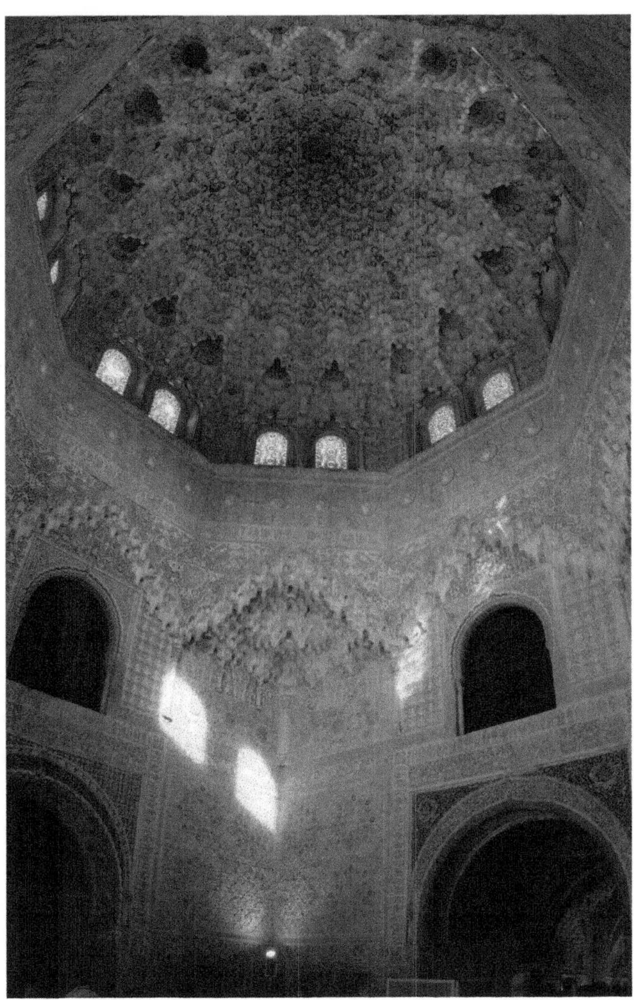

Kuppel in der Alhambra

späten Nachmittag, so dass wir am Vormittag noch eine kleine Tour machen konnten. Wir fuhren jetzt mit dem Taxi in die Altstadt, leider bei Schmuddelwetter. Von der Altstadt sahen wir deshalb auch diesmal wieder nicht viel, aber es reichte, um einen herrlichen Blick auf die Alhambra in ihrer ganzen Ausdehnung zu bekommen. Ein idealer Hintergrund für den Windows-Bildschirm - das satte Grün des Berges und das Nebelweiß des Himmels bieten genug Platz für die Icons, und man kann trotzdem die Anlage ganz sehen.
Wir gingen jetzt noch in der Innenstadt ein bisschen spazieren, bis der Regen uns weichgespült hatte. Mit unserem Mietwagen fuhren wir zum Flughafen, die Mietwagenabgabe war schon fünf Kilometer vor dem Flughafen, und - es war niemand da. Nach einer Zeit trudelte ein Pärchen an, mit dem gleichen Anliegen wie wir. Schließlich schlugen zwei Gestalten auf, der eine nahm unseren Wagen in Empfang, der zweite brachte uns mit seinem Wagen zum Flughafen, von wo aus wir früh am Abend in Madrid und spät am Abend in Frankfurt ankamen.

Das war Andalusien. Wir haben diesen Landstrich Spaniens wirklich zu schätzen gelernt. Bisher war mir nur das "Andalusische Reisgericht" in der Braunschweiger Mensa über den Weg gelaufen, eine Portion trockener Reis, in dem das Personal zwei bis drei Erbsen versteckte. Da ist eine andalusische Paella schon etwas anderes.

Washington 2015

Alle Städte sind gleich, nur Venedig und Washington sind etwas anders. Ich weiß nicht, von wem dieser Spruch stammt, aber er entspricht der Wahrheit. Washington ist eine durch und durch geplante Stadt. Diese Neigung haben alle amerikanischen Städte mehr oder weniger, bei Washington ist es völlig klar, dass die Stadt am Reißbrett entworfen wurde. Die erste Hauptstadt war tatsächlich New York, wo auch George Washington bei seiner ersten Präsidentschaft vereidigt wurde. 1790 wurde der Plan gefasst, Philadelphia für zehn Jahre zur Hauptstadt zu machen und in der Zwischenzeit eine neue zu bauen. Das wurde so auch durchgezogen. Es gibt praktisch keine Hochhäuser, Häuser dürfen nur so hoch sein wie die angrenzende Straße breit ist. Das eigentliche Zentrum von Washington ist die Mall - die ruhigste Straße der ganzen Stadt.
Nicht ganz so ruhig geht es an Flughäfen in den Vereinigten Staaten zu. ESTA hat ja vieles doch vereinfacht, trotzdem muss man immer noch sehr geduldig Zeit in einer Schlange verbringen. Dann die Gepäckaufnahme, durch den Zoll, und man weiß, was man getan hat. Und der Dulles-Flughafen in Washington hat noch eine kleine Besonderheit, die ich noch nicht kannte. Den Schildern folgend, landete man in einem Raum mit gepolsterten Sesseln, freilich nicht für alle, ich bekam nur einen Stehplatz. Wer konnte, nahm Platz, und dann setzte sich der Raum in Bewegung - ein sog. Mobile Lounge Transfer zwischen zwei Gebäuden, die eigentlich keine 100 m auseinander lagen. Beim Abbremsen glaubte ich, mein Gewicht durch einen eleganten Ausfallschritt abfangen zu können. Das gelang nicht hundertprozentig, so dass mich eine ältere Dame abstützen musste. Peinlicher geht es nicht. Gut, dass es im Taxi in die Stadt nur Sitzplätze gab.

Und dann kam sie, die Neuerung: Ein 1A-hyper-super Hotel, das Sheraton. Nicht gebucht von Bettina. Die hätte wahrscheinlich an einen Fake-Anruf geglaubt und nach der versteckten Kamera gesucht oder die Email auf Viren untersuchen lassen. Wie kam das? Torsten hatte von der Sheraton-Kette noch Prämienpunkte, und die löste er auf diesem Wege ein. Tolles Zimmer, prima Frühstück, und eine klasse Lage: Es war in unmittelbarer Nähe zum Fliegerdenkmal, drei fächerförmig auseinandergehende Streben, die man von vielen Stellen in Washington sehen kann, und zum Verteidungsministerium, dem Pentagon[20], ein riesiges Fünfeck mit einem Umfang von 1400 m, es gehört zu den zehn größten Gebäuden der Welt. Es gehört verwaltungstechnisch zu Arlington und damit schon zum Bundesstaat Virginia. Wir konnten es vom Hotelzimmer aus hervorragend sehen; fast wären wir nach Ankunft auf dem Zimmer geblieben, normalerweise umfasst unser Ausblick aus den Hotelzimmern ja nur nahegelegene Wände oder Versorgungsschächte. Aber wir besannen uns dann doch und gingen, wie in jedem Jahr, nach einem kleinen Stündchen Rast los. Die nächste Metro-Station war vom Hotel gut 10 min zu Fuß entfernt. Wir machten uns mit dem Ticketsystem vertraut, fragten uns, warum eigentlich jede Metro auf der Welt ein diesbezüglich eigenes Patent vertreibt, fanden keine Antwort darauf und uns kurze Zeit später im Zentrum von Washington ein.

Ein paar Schritte vom Metro-Ausgang entfernt war dann auch schon die Mall, eine Straße mit einer begehbaren Grünfläche in der Mitte. An dieser Mall

[20]amerikanische Aussprache "Pännägonn"

Pentagon und Fliegerdenkmal

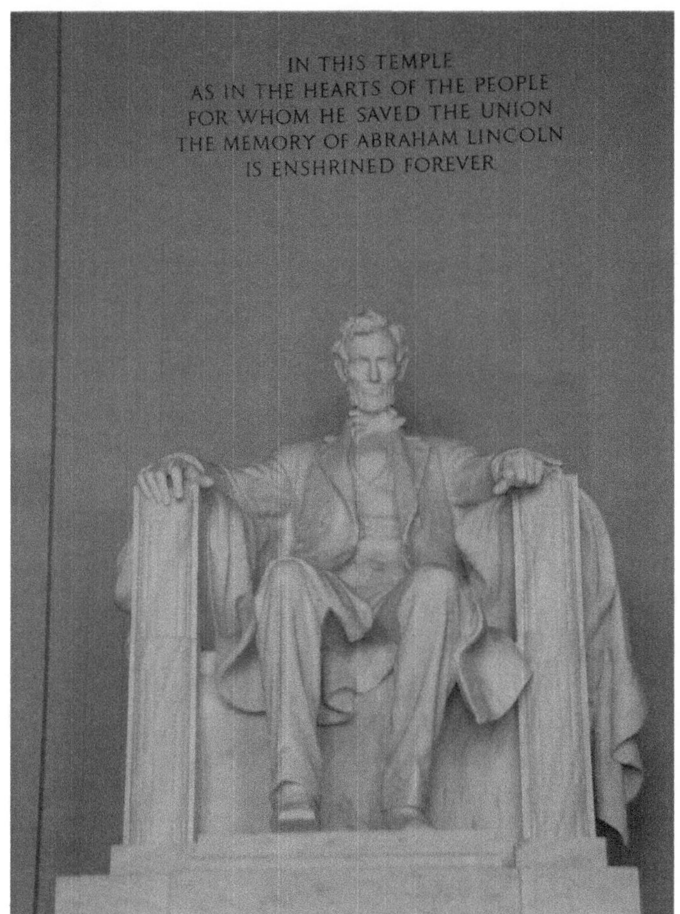

IN THIS TEMPLE
AS IN THE HEARTS OF THE PEOPLE
FOR WHOM HE SAVED THE UNION
THE MEMORY OF ABRAHAM LINCOLN
IS ENSHRINED FOREVER

Lincoln-Statue

liegen die wesentlichen Wahrzeichen von Washington. Sie beginnt am östlichen Ende mit dem Kapitol, dem Sitz von Senat und Repräsentantenhaus. Es sieht aus wie ein Katzensprung, aber das Washington Monument, ein 169 m hoher Obelisk, ist gute 2 km entfernt. Wir gingen die Mall entlang dorthin. Links und rechts gingen wir an den Smithsonian Museen vorbei; dem National Air-and-Space-Museum, dem Naturhistorischen Museum und dem Historischen Museum. Das Washington Monument steht auf einem kleinen Hügel. Von dort aus kann man im Norden das Weiße Haus sehen, damals noch von Barack Obama bewohnt, und im Süden auf der anderen Seite eines kleinen Sees das Jefferson Memorial. Im Westen, auch immerhin 1.3 km weiter, ist das Lincoln Memorial. Wir gingen dorthin, entlang des Reflecting Pools, einem schnurgeraden Wasserbecken, in dem sich das Washington Monument spiegelt. Oben im Lincoln Monument thront eine sitzende Statue von Abraham Lincoln, die nachts beleuchtet ist.
Nichts ist gemütlicher, als sich auf die Treppe des Lincoln Memorials zu setzen und dem Reflecting Pool und den Menschen zuzusehen. Von hier hielt Martin Luther King im August 1963 vor 250000 Menschen seine berühmte "I have a dream"-Rede. Die Stelle, an der er stand, ist markiert. Und hier auf der Treppe saß, vielleicht etwas weniger bedeutend, auch Clint Eastwood in "In the line of fire", der hofft, dass seine Kollegin Rene Russo sich beim Gang die Treppe hinunter noch einmal nach ihm umdreht, was sie dann auch tut. Washington ist schon etwas Besonderes.

Erste Station am nächsten Morgen war der Heldenfriedhof von Arlington, der eigentlich schon auf dem Gebiet des Staates Virginia liegt, im Sezessionskrieg war dies bereits Südstaatengebiet. Man bekommt dort in einem kleinen Museum eine Einführung. Das bemerkenswerteste Exponat ist die Trompete, mit der der Marsch bei der Beerdigung von John F. Kennedy am 25. November 1963 gespielt wurde. Das Grab von Kennedy mit der ewigen Flamme ist dann auch das erste, was man sich ansieht. Neben ihm ist seine Frau Jackie begraben, die 1994 starb. Seine Brüder Robert, der 1968 ebenfalls einem Attentäter zum Opfer fiel, und Edward, der 2009 starb, liegen ein paar Meter weiter, ebenso sein älterer Bruder Joseph jr., der 1944 im 2. Weltkrieg ums Leben kam und der vom Vater eigentlich für die Politikerkarriere vorgesehen war. Vom Grabmal des unbekannten Soldaten aus hat man einen herrlichen Blick auf Washington; der Obelisk und das Jefferson Memorial sind sehr gut zu sehen. Man geht an etlichen Kriegsgräbern lang. Mittendrin ist das Grab von Joe Louis, dem früheren Boxweltmeister im Schwergewicht und großen Gegner von Max Schmeling. Und ganz oben auf dem Hügel ist Arlington House, der Wohnsitz des Südstaatengenerals Robert E. Lee. Es ist im griechischen Stil erbaut, mit einem großen Portikus aus acht Säulen. Man kann Lees Wohnräume und die Räume der Bediensteten besichtigen, auch kleine Gegenstände wie die Sterne auf seiner Uniform oder sein Feldessbesteck sind zu sehen.

Vom Arlington-Friedhof gingen wir über die Arlington Memorial Bridge über den Potomac zurück nach Washington und kamen am Lincoln Memorial an, diesmal bei Sonnenschein. Heiß war es geworden, glücklicherweise gab es da einen kleinen Kiosk, wir gönnten uns etwas zu trinken und ein Eis und setzten uns auf die Treppe. Gestärkt gingen wir zum östlichen Teil der Mall. Zwei der Smithsonians wollten wir mitnehmen; Nr. 1 war das Historische Museum.

Abraham Lincoln

Abraham Lincoln stammte aus Kentucky und war von 1861 - 1865 der 16. Präsident der Vereinigten Staaten. Er war der erste Präsident der Republikanischen Partei und der erste, der einem Attentat zum Opfer fiel. In der zweiten Hälfte des 19. Jahrhunderts waren die USA tief gespalten in einen industrialisierten Norden und einen landwirtschaftlich geprägten Süden, der vom Baumwollexport lebte und die Farmen mit Sklaven betrieb. Lincoln war zunächst ein eher gemäßigter Gegner der Sklaverei und setzte sich gerade deswegen als Kompromisskandidat der Republikaner durch. Da auch die Demokraten tief gespalten waren, schaffte es Lincoln, sämtliche Wahlmänner der Nordstaaten auf sich zu vereinigen, während er in den Südstaaten teilweise nicht einmal auf dem Wahlzettel stand. Mit Antritt seiner Präsidentschaft traten die Südstaaten aus der Union aus. Dies wurde vom Norden nicht akzeptiert. Lincoln schrieb:
"Mein oberstes Ziel in diesem Krieg ist es, die Union zu retten; es ist nicht, die Sklaverei zu retten oder zu zerstören. Könnte ich die Union retten, ohne auch nur einen Sklaven zu befreien, so würde ich es tun; könnte ich sie retten, indem ich alle Sklaven befreite, so würde ich es tun; und könnte ich die Union retten, indem ich einige Sklaven befreite und andere nicht, so würde ich auch das tun. Alles, was ich in Bezug auf die Sklaverei und die Schwarzen tue, geschieht, weil ich glaube, dass es hilft, die Union zu retten." Der Sezessionskrieg begann und zog sich über vier Jahre hin. Er kostete fast 1 Million Menschen das Leben. Es war der erste Krieg der Moderne, mit neuartigen Waffen und industrieller Kriegsproduktion. Der Norden war dem Süden an Industrieproduktion fast zehnfach überlegen und hatte mehr Menschen (21 Millionen gegenüber 5 Millionen, dafür gab es im Süden eine ausgeprägte militärische Tradition, stets wurden die Söhne der Plantagenbesitzer nach West Point auf die Militärakademie geschickt. Um die Unterstützung der europäischen Mächte zu gewinnen, erließ Lincoln am 1. Januar 1863 die sog. Emanzipations-Proklamation:
"Dass vom 1. Tag des Januar im Jahre des Herrn 1863 an alle Personen, die in einem Staat oder dem bestimmten Teil eines Staates, dessen Bevölkerung sich zu diesem Zeitpunkt in Rebellion gegen die Vereinigten Staaten befindet, als Sklaven gehalten werden, fortan und für immer frei sein sollen."
Es handelte sich um ein reines Propaganda-Papier; er erklärte die Sklaven in den Staaten für frei, in denen er gerade keinerlei Verfügungsgewalt hatte. Pikanterweise dehnte er das nicht auf die Sklavenhalterstaaten aus, die in der Union geblieben waren (Delaware, Kentucky, Maryland und Missouri); dort hätte er die Verfügungsgewalt gehabt.
Nach vier Jahren bekam der Norden sicher die Oberhand über den Süden. Lincoln wurde im Norden mit überwältigender Mehrheit wiedergewählt, und er schaffte es tatsächlich mit sehr viel Geschick, sowohl im Senat als auch im Repräsentantenhaus die notwendigen Mehrheiten zur endgültigen Abschaffung der Sklaverei zu erreichen. Dies gilt als seine größte Lebensleistung. Lincoln erlebte den endgültigen Sieg des Nordens nicht mehr. Am 14. April 1865 wurde er beim Besuch einer Komödie in der Loge des Ford-Theaters in Washington von dem fanatischen Südstaatler John Wilkes Booth von hinten in den Kopf geschossen. Er starb am nächsten Morgen, ohne das Bewusstsein wiedererlangt zu haben.

Grab von John F. und Jacqueline Kennedy

Robert E. Lee

Robert E. Lee war viele Jahre lang der Direktor der US-Militärakademie von West Point (in der Nähe von New York) gewesen. Er hatte seinen Hauptwohnsitz im Arlington House auf dem Gelände des heutigen Heldenfriedhofs. In der Sezessionsfrage war er tief gespalten; er glaubte sowohl an die Einheit der Nation als auch an das Recht jedes einzelnen Staates, seine eigene Politik zu machen. Auch in der Sklavenfrage war seine Haltung ambivalent; er hatte selbst 63, es gibt aber Schriften, in denen er von der Befreiung der Schwarzen schrieb, freilich eher mittelfristig. Präsident Lincoln bot ihm nach Beginn der Auseinandersetzungen das Kommando über das Unionsheer an, doch Lee lehnte ab. Er verbrachte über die Entscheidung eine schlaflose Nacht und erschien am nächsten Morgen mit seinem Rücktrittsgesuch vor seiner Familie, was im Haus in einer Miniatur dargestellt ist. Er wurde stattdessen Oberbefehlshaber der Südstaatenarmee, seine eigenen Sklaven gab er wenig später frei.

Lee war der eigentliche Gegenspieler Lincolns im Sezessionskrieg. Trotz zahlenmäßiger Unterlegenheit seiner Armeen und schlechterer Ausrüstung brachte er der Unionsarmee immer wieder Niederlagen bei. 1865 war er jedoch am Ende seiner Möglichkeiten und reichte die Kapitulation des Südens am 9. April ein, ohne Rücksprache mit seinem Präsidenten. Er wurde nie angeklagt und wird noch heute als Feldherr anerkannt, auch in den Nordstaaten.

Robert E. Lee (Fortsetzung)

Seine Strategien und Taktiken werden noch heute an den Militärschulen gelehrt. Er gilt als Erfinder des Führens mit Aufträgen, d.h. es werden Ziele vorgegeben, und dem Ausführenden steht es frei, wie sie erreicht werden. Am Stone Mountain in der Nähe von Atlanta zeigt das größte Flachrelief der Welt ihn, General Jackson und Jefferson Davis als Präsident der Konföderierten Staaten als die drei wichtigsten Persönlichkeiten der Südstaaten.
Nach dem Krieg setzte sich Lee für die Aussöhnung zwischen den Kriegsparteien ein und wurde Direktor des Washington College, der heutigen Washington and Lee University in Lexington / Virginia. Sein Haus in Arlington mitsamt des Grundstücks wurde schon während des Krieges beschlagnahmt und zum Friedhof umfunktioniert. Lee hat es nie wieder gesehen; er starb 1870. Kurz vor ihrem Tod 1873 besuchte seine Frau das Gelände, sie war aber zu ergriffen, es zu betreten. Die Enteignung Lees wurde 1882 für illegal erklärt, sein Sohn wurde dafür entschädigt.

Auf die Gefahr hin, dass ich mich wiederhole: die Amerikaner können Museen. Wir brauchten eine gute Stunde, bis wir alleine durch die wenig interessant scheinende Sonderausstellung über das häusliche Leben der Amerikaner im Wandel der Zeit durchgekommen waren und dann zur Hauptausstellung vordrangen. Die geht natürlich über die Geschichte der USA, das Zusammenspiel zwischen Präsident, Senat und Repräsentantenhaus, und Porträts der bisherigen Präsidenten, mit schönen Zitaten garniert wie z.B. von Harry Truman: "Being a president is like riding a tiger!" Man kann sich aber auch hinter ein Rednerpult stellen und sich als Präsident von einer Kamera filmen lassen, da konnte der Kommunalpolitiker in unserer Famiie kaum nein sagen. Das originellste Ausstellungsstück ist für mich der Hut, den Abraham Lincoln beim tödlichen Attentat in Ford-Theater trug. Unbedingt sehen wollten wir auch das Original der amerikanischen Unabhängigkeitserklärung. Dazu musste man sich in eine extra Schlange einreihen. In den temperierten Raum wurde nur eine bestimmte Anzahl Menschen hereingelassen.

Als nächstes steuerten wir das National Air-and-Space-Museum an. Hier ist nun alles ausgestellt, was fliegen kann oder noch mehr. So z.B. in der Luftfahrtabteilung die "Spirit of St. Louis", mit der Charles Lindbergh die erste Atlantiküberquerung geschafft hat. Für jeden Raumfahrtfan ist das Museum ein Muss, u.a. sieht man noch eine Apollo-Landekapsel, den beigen Pullover des NASA-Raumflugdirektors Gene Kranz ("Failure is not an Option"), eine Düse einer Saturn-Rakete, das vierfach gespiegelt wird und so den Eindruck eines kompletten Triebwerks vermittelt, und die Kapsel, mit der die Amerikaner und die Russen sich 1975 im Weltraum getroffen haben. Dazu gibt es auch noch ein 3D-Kino und physikalische Experimente zur Raumfahrt.

Reflecting Pool und Washington Monument

Abraham Lincolns Hut

Spirit of St. Louis im National Air-and-Space-Museum

Jefferson Memorial

Charles Lindbergh und der Flug über den Atlantik

Keinesfalls war Charles Lindbergh im Jahre 1927 der erste, der den Atlantik überflog. Seine Leistung besteht darin, dass es sich um die erste Nonstop-Alleinüberquerung des Atlantiks handelte, auf die der Orteig-Preis über 25000 $ ausgesetzt war. Die "Spirit of St. Louis" wurde eigens für Lindbergh konstruiert und nach nur zwei Monaten Entwicklungs- und Bauzeit fertiggestellt, auch die Überführung von San Diego an der Westküste nach New York geschah in Rekordzeit. Schön zu sehen, wie der Bug des Flugzeugs größer gestaltet ist, um die Balance des Flugzeugs zu verbessern; der Pilot konnte nicht nach vorne sehen, sondern orientierte sich durch Blicke seitlich aus dem Flugzeug heraus. Lindbergh war das so gewohnt aus seiner Zeit als Postflieger, da verstellten ihm immer die Säcke mit den Briefen die Sicht ...
Der abenteuerliche Flug ohne Treibstoffanzeige oder Funkgerät, im ständigen Kampf gegen die Müdigkeit, dauerte 33.5 h. Über Neufundland geriet er in einen Schneesturm, teilweise war er nur 1.50 m über der Wasseroberfläche. Bemerkenswert an Lindbergh war sein phantastischer Orientierungssinn. Bei dem fast 6000 km langen Flug kam er nur 5 km vom Kurs ab, und er landete auf dem Pariser Flughafen Le Bourget wie vorgesehen, und nicht etwa wie die Konkurrenz z.B. auf einem Acker bei Dresden. Der Flug war gewissermaßen seine letzte Aktion in Freiheit, er wurde danach gnadenlos in der Welt herumgereicht, was ihn an die Grenzen seiner Belastbarkeit führte.
Das weitere Leben von Charles Lindbergh verlief merkwürdig. 1932 wurde sein zweijähriger Sohn entführt. Trotz Zahlung des Lösegeldes wurde das Kind wenig später tot aufgefunden. Der mutmaßliche Mörder wurde 1936 hingerichtet, obwohl bis heute Zweifel an seiner Schuld bestehen. Der Fall hat Agatha Christie zu dem Roman "Mord im Orient-Express" inspiriert. Lindbergh tätigte in den 30er und 40er Jahren einige merkwürdige Äußerungen, die ihn als Antisemiten und Sympathisant der Nationalsozialisten erscheinen ließen. Trotzdem nahm er für die USA am 2. Weltkrieg teil. Danach arbeitete er für ein amerikanisches Luftfahrtunternehmen. Für sein Buch "The Spirit of St. Louis" erhielt er 1953 den Pulitzer-Preis. Lindbergh starb 1974 mit 72 Jahren in seinem Haus auf Hawaii. Nach seinem Tode stellte sich heraus, dass er ein Verhältnis mit einer Münchnerin hatte, aus dem drei Kinder hervorgingen. Parallel dazu hatte er ein weiteres Verhältnis mit der Schwester dieser Dame, die dadurch zwei weiteren Kindern das Leben schenkte. Man weiß nicht, ob und wie er die Übersicht behielt; doppelten Nachwuchs gebar ihm auch seine Privatsekretärin, deren Name freilich unbekannt ist.

Wir gingen danach noch um den See herum zum Jefferson Memorial, einem Denkmal in Form einer Rotunde. Im Innern ist eine 6.5 m hohe Bronzestatue von Thomas Jefferson. Es dämmerte langsam, das gab tolle Lichtverhältnisse fürs Foto. Auf dem weiteren Weg rund um den See kamen wir noch an zwei weiteren Memorials vorbei. Das Roosevelt Memorial zu Ehren von Franklin D. Roosevelt nimmt Bezug auf die drei Präsidentschaften Roosevelts. Skulpturen zeigen in jedem Bereich Szenen aus der jeweiligen Amtszeit, z.B. das Anstehen an einer Suppenküche während der Weltwirtschaftskrise. Roosevelt selbst wird zusammen mit seinem Hund Fala in einem Stuhl sitzend dargestellt, der von einem Umhang verdeckt wird. Roosevelt selbst hat zu seinen Lebzeiten nie öffentlich gemacht, dass er auf einen Rollstuhl angewiesen war - das galt als ein Zeichen von Schwäche. Inzwischen gibt es eine zweite Skulptur

von ihm, die ihn eindeutig im Rollstuhl zeigt. Eine weitere Skulptur zeigt seine Frau Eleanor Roosevelt.
Danach trafen wir auf dem Rückweg um den See noch auf das Martin Luther King Memorial, 2011 eröffnet. Die Symbolik ist hier kompliziert, Granitfelsen, Wasser und Bäume symbolisieren hier Gerechtigkeit, Demokratie und Hoffnung. Der Eingang sieht so aus, als wäre ein Granitfelsen geborsten, er nennt sich "Mountain of Despair".

Für den nächsten Morgen hatten wir Karten für das Kapitol, das seit einigen Jahren ein Besucherzentrum hat. Wir machten eine Metro-Station in der Nähe des Kapitols aus und verloren bei der Nahzielerfassung zwar einmal die Himmelsrichtung, aber so eine gute Viertelstunde zu früh waren wir dann doch. Immerhin, der Tourist-Guide war pünktlich und geleitete uns dann ins Allerheiligste der USA. Natürlich Sicherheitskontrollen noch und nöcher, aber das war uns natürlich klar, und es ging auch recht schnell.
Das Kapitol, der Name kommt tatsächlich vom Kapitolshügel in Rom, hat eine zentrale Rotunde mit der 88 m hohen Kuppel, die weithin sichtbar und eines der Wahrzeichen von Washington ist. Leider war sie komplett eingerüstet. An die Rotunde schließen sich die beiden Flügel an, das Gesamtgebäude ist 229 m lang und 107 m breit. Es liegt tatsächlich leicht erhöht, den Hügel mit dem Kapitolshügel in Rom zu vergleichen verbietet sich freilich. Mit dem Bau wurde 1793 begonnen, es wurde 1823 fertiggestellt und von 1851-1863 noch einmal erweitert.
Die Führung dauert eine gute Stunde, leider sind der Senatsaal und der Plenarsaal des Repräsentantenhauses nicht für Besucher zugänglich, aber man kann die zentrale Rotunde und die Kuppel von innen sehen, wenn auch der Blick durch Bauarbeiten etwas eingeschränkt war. In der Rotunde sind ringsherum Skulpturen großer Parlamentarier aufgestellt, nicht unbedingt Namen, die uns geläufig sind. Barry Goldwater war uns bekannt, der Präsidentschaftskandidat der Republikaner von 1964 und stramm konservative Förderer Ronald Reagans. Tatsächlich ist er mit Zigarette in der Hand dargestellt, der Künstler fand wohl nur Vorlagen dieser Art.
Als wir wieder draußen waren, stellten wir die Frage aller Fragen: Wann sehen wir die Kuppel ohne Gerüst? Der Guide antwortete, dass das zur Vereidigung des neuen Präsidenten Anfang 2017 sicher der Fall sein würde. Irgendwie war uns diese Antwort nicht sympathisch; es war noch mehr als ein Jahr hin, aber der aktuelle Präsident Obama war bereits deutlich eine "lame duck", alles wartete nur auf das Ende seiner Amtszeit und auf einen Neuanfang, wie bei jedem Präsidenten in der zweiten Amtszeit. Davon, dass der nächste Präsident dann ausgerechnet Donald Trump werden würde, ahnten wir noch nichts.

Wir machten danach eine Bustour, die ganz informativ war und die uns zum einen durch die Randbezirke von Washington führte und zum anderen noch einmal Führungen durch die diversen Memorials vorsah. Aber die erste Station stand sowieso auf der Agenda: 1600 Pennsylvania Avenue, das Weiße Haus. Einen Termin dort zu bekommen ist natürlich nicht ganz so formlos wie bei der Lisbeth in London. Man kann von der Pennsylvania Avenue auf der Rückseite bis an das Gitter heran, auf der Front vom Washington Monument her gibt es auch da einen Sicherheitsabstand, und wenn man den überschreitet, kommt ein bewaffneter Herr und weist einen freundlich, aber bestimmt darauf hin, dass man das nicht tun soll. Ansonsten würden die Scharfschützen auf dem Dach die Situation klären. Es gibt ein Überflugverbot über den gesamten Bereich der Mall, das mit Abfangjägern und auch

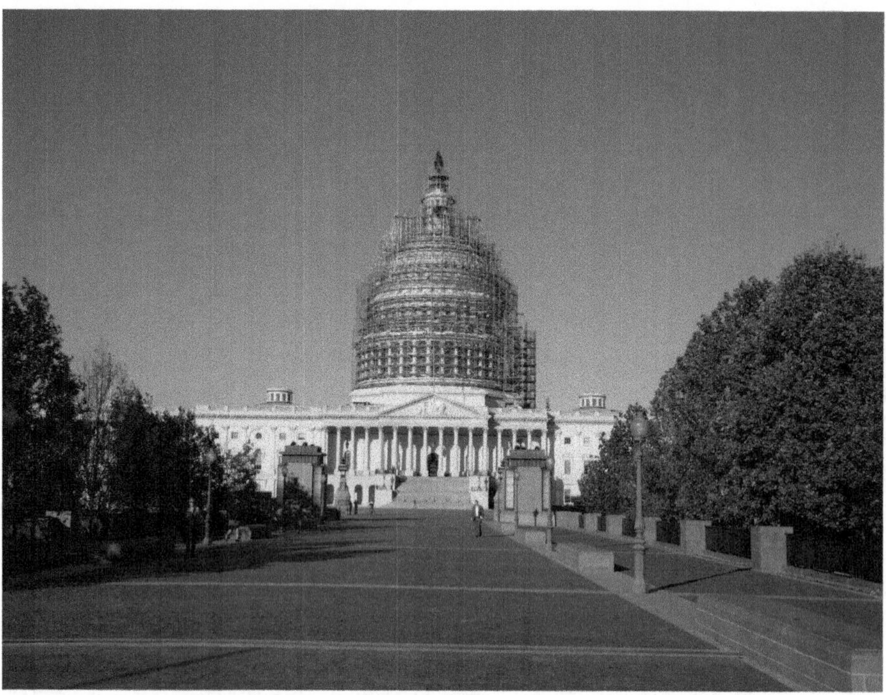

Eingerüstetes Capitol

Luftabwehrraketen im Zweifelsfall durchgesetzt wird. Unter dem Weißen Haus ist ein Luftschutzbunker. Er wurde bei den Terroranschlägen am 11. September 2001 in Anspruch genommen. Der damalige Vizepräsident Cheney, nicht sehr groß von der Statur her, witzelte hinterher, dass man sich nicht besonders mächtig vorkomme, wenn einem zwei Kleiderschranktypen unter die Achseln greifen und unsanft, aber sehr schnell und ohne überflüssige Absprachen in diesen Raum transportieren, wobei die Füße nicht den Boden berühren. Am Anfang seiner Präsidentschaft berichtete Barack Obama in einem Interview von einem Dialog mit seinen Sicherheitskräften:
"Mr. President, steigen Sie bitte in den Wagen!"
"Wieso soll ich in den Wagen steigen? Es sind nur 100 m!"
"Das ist so Vorschrift."
"Wer regiert hier eigentlich das Land?"
"Sie, Mr. President. Und jetzt steigen Sie bitte in diesen Wagen!"

Das Weiße Haus war pünktlich 1800 fertig und konnte mit dem Wechsel der Hauptstadt gleich bezogen werden. Bis auf George Washington hat hier jeder Präsident gewohnt. Grover Cleveland, Präsident von 1885-1889 und von 1893-1897, heiratete hier sogar, und seine zweite Tochter kam im Weißen Haus zur Welt. Das Weiße Haus hat 132 Räume, drei Aufzüge, einen Swimmingpool, einen Tennisplatz, einen Kinosaal, eine Bowlingbahn und seit Barack Obama auch ein Basketballfeld. Die Privatwohnung des Präsidenten ist im 2. Stock.

Ein paar Memorials stehen noch aus:
Da ist zum einen das "National World War II Memorial", zwischen dem Washington Monument und dem Reflecting Pool gelegen. Es wurde 2004 fertiggestellt. Es handelt sich um im Kreis angeordnete Stelen der einzelnen Bundesstaaten und auch der den USA zugeordneten Gebieten wie z.B. Puerto Rico.
Das Korean War Veterans Memorial auf der Südseite des Reflecting Pools ist eine Skulpturengruppe mit 19 Statuen, die eine Soldatengruppe auf Patrouille darstellt. Es hat die Form eines Dreiecks. Auf einer Seite spiegeln sich die Skulpturen in einer

Weißes Haus

Ein neuer Stern am Reporterhimmel

Lincoln Memorial. Im Vordergrund das "National World War II Memorial".

Granitwand, so dass das Denkmal noch größer wirkt.
Das Vietnam Veterans Memorial ist auf der Nordseite des Reflecting Pools und besteht aus der Memorial Wall, den Three Servicemen und dem Women's Memorial. In die Memorial Wall sind die Namen von 58261 im Vietnamkrieg verlorenen Soldaten eingemeißelt, in chronologischer Reihenfolge. Es liegt ein Verzeichnis aus, mit dem man alphabetisch suchen kann. Einen "Kleiber" hat Torsten auch gefunden, mit großer Wahrscheinlichkeit ein entfernter Verwandter von uns. Hinter den Namen steht eine Raute für getötete und ein Kreuz für vermisste Soldaten. Wenn der Tod eines Vermissten bestätigt wird, wird aus dem Kreuz eine Raute gemacht, stellt sich heraus, dass er überlebt hat, wird ein Kreis über das Kreuz gemeißelt, was leider noch nicht passiert ist. Die "Three Servicemen" stellen drei junge Soldaten in typischer Uniform dar. Das "Women's Memorial" zeigt drei Frauen im Kampfanzug, die sich um einen verwundeten Soldaten kümmern. Acht Frauen sind im Vietnamkrieg getötet worden.

Wir tranken noch einen Kaffee in Washington City in einem Starbucks, schauten uns noch ein paar Läden an und suchten noch ein Einkaufszentrum direkt an unserer Metro-Station heim, in dem ich eine klare Kauforder meines Sohnes Timon leider nicht realisieren konnte. Dann kehrten wir ins Hotel zurück.

Der Ronald-Reagan-Airport ist der nationale Flughafen in Washington. Er ist zentral gelegen, 2017 bin ich mit Timon von Philadelphia nach Washington geflogen, und man konnte die Mall herrlich aus der Luft sehen. Wir mussten dort unseren Mietwagen abholen; nach der Aktion in Andalusien waren wir schlau geworden und hatten den Wagen nur für die letzten zwei Tage gebucht, an denen wir ihn auch be-

nutzen wollten. Wir nahmen ihn morgens in Empfang und fuhren die etwa 170 km nach Monticello, dem Landgut von Thomas Jefferson, des 3. Präsidenten der USA. Die Hälfte des Weges war Highway, der Rest Landstraße. Zum Schluss fand die Navi die Adresse dann doch nicht, als wir das erkannt hatten, folgten wir einfach den klaren Instruktionen auf den Straßenschildern.
Wir hatten uns am Empfang in Monticello mit Haiqi und Familie verabredet; von North Carolina war Monticello zwar alles andere als ein Katzensprung, aber besser zu erreichen als Washington. Auf diese Distanzen ist das punktgenaue Verabreden natürlich nicht einfach, aber wir waren über Handy in Verbindung, und nach einer halben Stunde hatten wir uns dann gefunden. Nach vier Jahren, das letzte Mal hatten wir uns in New York gesehen, war die Wiedersehensfreude natürlich groß. Gerade Vivian hatte sich ziemlich verändert, der Sprung von 11 auf 15 Jahre ist doch ordentlich.
Wir ergatterten die Eintrittskarten und wurden vom Besucherzentrum mit einem Busshuttle rauf zum Wohngebäude von Thomas Jefferson gefahren. Wir hatten viel Spaß bei der faszinierenden Führung durch das Haus. In den USA ist es meist so, dass Pensionäre die Betreuung der Besucher in den Museen übernehmen, und das meist sehr engagiert und fachlich kompetent. Diese Dame war sicher noch nicht pensioniert, sie trug aber eine ganze Stunde lang erfrischend originell vor; es machte einfach Freude, ihr zuzuhören.
Wir gingen den Rückweg zu Fuß runter und konnten noch viel mit Haiqi und Familie sprechen. Lumin machte mit seiner üblichen Präzision eine Pizzeria in der Nähe ausfindig und trickste mich einmal mehr beim Bezahlen der Rechnung aus. Gegen Abend gingen wir auseinander; wir fuhren zurück nach Washington und machen unterwegs noch einmal bei McDonald's Rast, um einen Kaffee zu trinken. Die Bedienung war ganz begeistert, dass wir aus Deutschland waren, und wir unterhielten uns lange. Fünf Kilometer vor unserem Hotel gerieten wir dann noch in einen Stau, der uns fast eine Stunde kostete.

Thomas Jefferson und sein Monticello

Thomas Jefferson war der hauptsächliche Verfasser der amerikanischen Unabhängigkeitserklärung 1776. Von 1797-1801 war er Vizepräsident, von 1801-1809 Präsident der Vereinigten Staaten. Von 1785-1789 war er amerikanischer Botschafter in Paris. Er unterstützte dort die Revolution und half an der Formulierung der Menschen- und Bürgerrechte mit, kehrte aber schon im September in die USA zurück.
Seine Wahl zum Präsidenten erfolgte nach einem der erbittertsten Wahlkämpfe. Am Ende hatten er und sein Gegenkandidat Burr gleichviel Wahlmännerstimmen, und auch im dann entscheidenden Repräsentantenhaus gab es eine Pattsituation. Bei der 36. (!) Abstimmung enthielten sich die Gegner Jeffersons der Stimme, so dass er Präsident werden konnte. Wichtigstes Ereignis seiner Präsidentschaft war der Kauf von Louisiana. Eigentlich wollte er nur New Orleans kaufen, doch Napoleon hatte wenig Geld und nahm sich noch weniger Zeit, und die Amerikaner hatten plötzlich das Angebot, die gesamte Kolonie Louisiana für 15 Mio. $ zu erwerben. Die Kolonie Louisiana entsprach dabei nicht nur dem heutigen Bundesstaat Louisiana, sondern umfasste auch Arkansas, Oklahoma, Kansas, Missouri, Nebraska, Iowa, North und South Dakota sowie Teile von Texas, Colorado, Wyoming und Montana.

Thomas Jefferson und sein Monticello (Fortsetzung)

Jefferson nahm das Angebot an und verdoppelte so das Gebiet der damaligen USA, zu einem Preis von gerade mal 7 $\$/\text{km}^2$. Das Problem war, dass er dazu auch als Präsident gar keine Befugnis hatte und er den Rest seiner Amtszeiten zum großen Teil damit verbrachte, sich dafür zu rechtfertigen und die Finanzprobleme zu beherrschen. Trotzdem: es wurde für diese Eroberung kein Blut vergossen, und ohne diesen Deal wären die Vereinigten Staaten heute sicher nicht das, was sie heute sind.

Nach seiner Amtszeit zog er sich auf sein Landgut Monticello in der Nähe von Charlottesville zurück und baute es nach seinen Plänen aus. Das Haus steht auf dem Gipfel eines Berges, eine Straße dorthin musste angelegt werden. Es gibt Schwierigkeiten mit Blitzschlägen, weil das Haus meilenweit der höchste Punkt ist, und mit der Wasserversorgung, weil selbiges nun mal nicht aufwärts fließt. Als Besucher sieht man heute ein Haus, das Jefferson nie gesehen hat; es wurde nicht nur nicht fertig, es wurde als ewige Baustelle nicht einmal wohnlich.
Das Haus ist geprägt von einigen Schrulligkeiten Jeffersons; er gab Maße teilweise auf sieben Stellen nach dem Komma an, und er hasste Treppen! Er hielt sie für Platzverschwendung und machte sie nur sechzig Zentimeter breit, extrem steil und eng gewendelt. Und sie waren dort, wo kein Licht hinfiel, und deswegen dürfen noch heute die Besucher nicht ins Obergeschoss. Und so kann man den schönsten Raum, das Himmelszimmer mit der Kuppel, nicht betreten. Auch Jefferson tat das oft nicht - es war nicht beheizt. Trotzdem ist das Haus ein kleines Wunder der Technik. Die Kuppel ist ein architektonisches Meisterwerk, es gibt eine sehr genaue Sonnenuhr, einen Speiseaufzug, den Polygraphen, ein Gerät, das von jedem der vielen handgeschriebenen Briefe Jeffersons automatisch eine Kopie anfertigte - Jefferson war in seiner Zeit eine Art Universalgelehrter. Erst in den 1950er Jahren wurde geklärt, warum zwei Türen immer gleichzeitig aufgehen: sie waren unter dem Boden miteinander verbunden. Was für eine aufwändige Spielerei, um sich das Öffnen einer Tür zu ersparen! Jefferson führte penibel Buch über alle möglichen Kleinigkeiten in seinem Leben, vom Wetter über das Verhalten der Zugvögel, Blühen der Blumen, Ausgaben, Briefe, er notierte die Zahl der Erbsen in einem Gefäß und das Verhalten seiner Sklaven, aber nichts, um nicht zu sagen rein gar nichts, schrieb er über das Haus auf. Man weiß heute genau, welche der 250 essbaren Pflanzen Jefferson anbaute, aber nichts über das Leben im Haus, wer welchen Raum benutzte, für wen welche Toilette war oder was als Toilettenpapier diente. Dafür konnte er Windgeschwindigkeit und -richtung an fünf Stellen im Haus messen. Jefferson war ein Büchernarr; diese wurden damals erschwinglich, und Jefferson besaß mehrere tausend. Ebenso sammelte er Wein, er kaufte 20000 Flaschen in einem Zeitraum von etwa acht Jahren. Er war ständig in Geldnöten, obwohl sich sein Vermögen zwischenzeitlich nach heutigem Wert auf etwa 200 Mio. $ belaufen haben muss.
Monticello gehört seit 1987 zum UNESCO-Weltkulturerbe.

Monticello

Thomas Jefferson und sein Monticello (Fortsetzung)

Zur Sklavenfrage bezog Jefferson oft Stellung. Er war nachdrücklich für das Recht jedes einzelnen Menschen auf Freiheit und Glück, betrieb Monticello aber mit Sklavenwirtschaft, ein zu damaliger Zeit üblicher Widerspruch. Nur seine Haussklavin und ihre Kinder, deren Vater, wie man heute aus DNA-Analysen weiß, er selbst war, entließ er in die Freiheit. Jefferson war sich dieses Widerspruchs gem. seinen Schriften wohl bewusst. Sein Gleichnis, dass man einen Wolf, den man an den Ohren gepackt hat, loslassen möchte aber nicht kann, weil man dann gefressen wird, klingt originell, aber hilflos. Warum sollen die Farbigen Wölfe sein?
Thomas Jefferson starb mit 83 Jahren am 4. Juli 1826, dem 50. Jahrestag der Unabhängigkeitserklärung, am selben Tag wie sein langjähriger Freund und Amtsvorgänger als Präsident der Vereinigten Staaten, John Adams.

Der letzte Tag in Washington kam, und wieder ging unser Flug erst gegen Abend, so dass wir bis zum frühen Nachmittag noch etwas unternehmen konnten. Wir gönnten uns noch einmal das hervorragende Frühstück im Sheraton-Hotel und fuhren dann zu unserer letzten Station: Mount Vernon, dem Landsitz von George Washington. Es war nicht ganz einfach, dorthin zu finden, die Adresse war nicht eindeutig, brachte uns aber immerhin so weit in die Nähe, dass wir es von dort aus in endlicher Zeit fanden.
Die Besichtigung von Mount Vernon begeisterte uns weniger als Monticello. Nicht ein Guide führte eine Gruppe, sondern man wechselte von Station zu Station, von denen jede vielleicht drei oder vier Minuten dauerte. Die armen Guides leierten jeweils ihren vielfach vorgetragenen Text routiniert herunter, auf ihr Publikum einstellen konnten sie sich nicht. Das heißt nicht, dass Mount Vernon keine bemerkenswerte Sehenswürdigkeit oder George Washington keine faszinierende Persönlichkeit gewesen sei. So oder so: gegen Thomas Jefferson und Monticello fiel alles doch ein bisschen ab.

Vivian, Lumin, Sarah und Haiqi

George Washington und Mount Vernon

George Washington war der Oberbefehlshaber der Kontinentalarmee im Unabhängigkeitskrieg von 1775-1783. Er gilt als nicht besonders guter Stratege, aber als guter Organisator. 1787 leitete er das verfassungsgebende Konvent in Philadelphia. 1789 wurde er zum 1. Präsidenten der Vereinigten Staaten gewählt. Er regierte zwei Amtszeiten lang bis 1797 und zog sich dann ins Privatleben auf seinen 20 km vom heutigen Washington entfernt liegenden Landsitz Mount Vernon zurück, wo er 1799 starb. Dass ein Präsident nur zwei Amtszeiten hat, ist ein ungeschriebenes Gesetz, das bisher nur Franklin D. Roosevelt 1933-1945 durchbrochen hat. Auf Mount Vernon ist George Washington auch zusammen mit seiner Frau beerdigt.

Mount Vernon liegt direkt am Ufer des Potomac Rivers. George Washington erwarb es 1754 und überwachte bei der Gestaltung jedes Detail, selbst, wenn er im Feld war. Der Turm auf dem Dach und die offene Veranda zum Potomac hin wurden 1777 verwirklicht, als es im Unabhängigkeitskrieg schlecht stand. Das Haus ist unsymmetrisch, weil Washington ständig daran herumbaute und dabei Kompromisse gehen musste. Am besten ist das daran zu sehen, dass das Giebeldreieck und das Türmchen deutlich gegeneinander verschoben sind. Und Steine gab es zu dieser Zeit nicht; das Haus ist aus Holz, das durch den Anstrich so wirkt, als wäre es aus Stein. Washington hatte etwa 300 Sklaven, mit denen er die Plantage bewirtschaftete. Für sie gibt es ein Denkmal und einen Friedhof; die Grabsteine sind nicht erhalten geblieben und die Identität der etwa 75 beerdigten Personen ist unbekannt. Der Name des Besitzers diente freigelassenen Sklaven in der Regel als Nachname; heute ist der Nachname "Washington" unter Schwarzen weit verbreitet.

Mount Vernon

Nach der Besichtigung gingen wir noch durch ein Museum, dass der frühen Geschichte der USA und George Washington im Besonderen gewidmet war. Eigentlich ein schönes Museum, nur ging einem mit der Zeit die Lobhudelei auf Washington sanft auf die Nerven. Über seinen Traum vom idyllischen Familienleben nach seinem Abtritt als Präsident wurde berichtet. Dabei war die Ehe mit seiner Frau eine reine Vernunft- und Vermögensheirat. Sein Leben lang verehrte er seine Jugendliebe, eine eigene, bemerkenswert traurige Geschichte der verpassten Chancen im Leben, aber ganz sicher nicht das, was da erzählt wird. Schlimmer allerdings war die Darstellung seiner Haltung zur Sklavenfrage. Er sei zutiefst überzeugt gewesen, dass Sklaverei etwas Schlimmes sei, und auch ökonomisch habe sie Nachteile gehabt. Wir schüttelten ungläubig den Kopf: "Dann war er ein schlechter Ökonom", meinte Torsten. Man darf ihn als überzeugten Sklavenhalter nicht mehr verachten als andere auch; Washington gehörte zu seiner Zeit genauso wie wir zu unserer und fand nichts dabei, 300 Sklaven zu halten, von denen keiner zu seinen Lebzeiten frei kam. Aber der Heiligenschein, den er da tragen soll, wird ihm nicht gerecht. Es fühlt sich mehr an wie eine Indoktrination der Besucher.

Wir fuhren direkt zum Dulles-Flughafen, gaben den Mietwagen ab und kamen zügig durch die Sicherheitskontrollen. So hatten wir bis zum Abflug noch gute drei Stunden Zeit, und wir setzten uns in die Lounge, mit Verpflegung, Getränken, Zeitungen und Internetzugang. Das tat gut. Der Rückflug ging über Paris, am nächsten Tag um 14.00 Uhr waren wir zurück in Frankfurt.

Zwei Jahre später war ich mit meinem Sohn Timon wieder in Washington. Eigentlich wollten wir nach South Carolina, um die Sonnenfinsternis zu beobachten. Haiqi und Familie holten uns in Washington ab und fuhren uns dann dorthin. Die Kuppel des Kapitols war inzwischen ohne Gerüst. Und Trump war Präsident! Als wir vor dem Weißen Haus standen, rief zufällig unsere Mutter an und ließ sich beschreiben, was wir gerade sahen. In zwei Smithsonian Museen waren wir noch, im Air-and-Space- und im Naturhistorischen Museum. Timon war damals 13, und ich glaube, ich habe ihm schon etwas vom Zauber Washingtons vermitteln können.

Katakomben von San Gennaro

Neapel 2016

Der Flug nach Neapel dauerte nur knapp zwei Stunden. Nochmal so lange benötigten wir, um ins Hotel zu kommen. Wir warteten bei sengender Hitze am Flughafen sehr lange auf den Busshuttle und glaubten gar nicht mehr so recht an ihn, als er dann doch an die Haltestelle fuhr. Wir wussten eigentlich nur, dass wir in die Nähe des Bahnhofs fahren mussten, wo das Hotel genau war, ahnten wir nur ganz vage. Immerhin gingen wir vom Bahnhof aus in die richtige Richtung. Bald fanden wir auch die Straße, die Via Firenze. Das Hotel hieß Zara, und wir fanden es nicht, genau das richtige in der Hitze mit den beiden Koffern. Ich glaube, das war die Stelle, wo wir beschlossen, demnächst nur noch mit einem Koffer zu fahren, der für uns beide reicht. Immerhin interpolierten wir die Haus-Nr. 81 richtig, und es gab eine Klingel zum Hotel. Zwei Stockwerke hoch, dann hatten wir es geschafft. Das Hotel hatte nur 3 (in Worten: drei) Zimmer. Das Zimmer war wieder herrlich eng, viel mehr als schlafen konnte man darin nicht, dieses Gefühl hatten wir in Washington so schmerzlich vermisst. Das Frühstück wurde auf dem Flur serviert, wo ein paar Tische aufgestellt wurden. Zum Frühstück war die Auswahl nicht soo groß, Brötchen, Aufschnitt, aber zum Schluss noch einen dicken Schokoladencroissant - genau das richtige, wenn man auf dem Abnehmtrip ist. Und das war ich, sogar ganz erfolgreich.

Wie immer freuten wir uns darauf, am ersten Nachmittag Neapel zu Fuß ein wenig kennenzulernen. Das Ziel für den Nachmittag war das Archäologische Nationalmuseum, das wir auch pünktlich kurz nach dem Mittag erreichten. Schade nur, dass Dienstag der Ruhetag war. Die nette Dame am Tourist-Info-Schalter gab uns aber einen kleinen Geheimtipp: die Katakomben von San Gennaro auf dem Hügel von Capodimonte, die man mit einstündiger Führung besichtigen kann.
Sie entstanden im 2. Jahrhundert n. Chr. als Familiengrab einer römischen Adelsfamilie. Im Lauf der Zeit wurde es ständig vergrößert und bis zum 10. Jahrhundert genutzt. Die Gräber sind teilweise in den Boden eingelassen, teilweise sind sie in

Wandnischen. Viele sind geschmückt mit faszinierenden Fresken und Mosaiken.
San Gennaro[21] ist der Schutzpatron von Neapel. Er wurde als Märtyrer im Jahr 304 n. Chr. enthauptet, seine Überreste brachte man in die Katakomben. Die Katakomben wurden zum Wallfahrtsort. 831 wurden die Reliquien gestohlen, im 14. Jahrhundert aber zurückgeholt. Seitdem befinden sie sich im Dom von San Gennaro nebenan. Jedes Jahr am 19. September wird dort das "Blutwunder" zelebriert. Der Sage nach wurde das Blut von San Gennaro in einer Phiole aufgefangen. Die Phiole wird den Gläubigen gezeigt und gedreht. Man hofft darauf, dass sich das Blut verflüssigt, denn dann sei für Neapel ein glückliches Jahr zu erwarten. Das passiert eigentlich mit schöner Regelmäßigkeit; vor dem Ausbruch des Vesuvs 1944 und vor dem Erdbeben 1980 sei das Wunder aber ausgeblieben. Ich finde die Geschichte schön, sonst hätte ich sie nicht erwähnt.
Aber eine Analyse der Flüssigkeit wurde bislang nicht gestattet. Als naturwisenschaftlich angehauchter Mensch würde ich das mit Heinz Tomatenketchup machen. Ketchup ist eine "thixotrope" Flüssigkeit, d.h. bei Bewegung (Schütteln) nimmt die Viskosität ab, der Ketchup wird "flüssiger". Jeder von uns kennt das Phänomen: die leckere Frikadelle, der Ketchup will nicht aus der Flasche, man versucht es mit heftigeren Bewegungen zu erzwingen und ...

Wir gingen den Hügel von Capodimonte hinunter zurück zum Hotel. Auf einer Brücke sahen wir auf das Straßengewusel von Neapel, lebendige, kleine Gässchen mit vielen noch kleineren Läden, der einen oder anderen Kirche, da mussten wir rein! Zwei Stunden flanierten wir durch dieses Geknubbel durch, was italienischer als alles andere ist. Dann aßen wir irgendwo eine Pizza und gingen zurück zum Hotel.

Neapel sitzt auf einem Vulkan. Genauer: neben einem Vulkan[22]. Es ist der Vesuv, einer der aggresivsten Vulkane der Erde. Ohne ernsthaft etwas von Geologie zu verstehen, versuche ich es so zu erklären: Es gibt Vulkane, die sich ständig durch kleinere Ausbrüche entlasten. Beispiele sind der Stromboli und der Ätna, beide ebenfalls in Italien. Nicht, dass auch diese beiden Vulkane gelegentlich mal nervös werden können, aber die meiste Zeit brodeln sie friedlich vor sich hin. Der Stromboli ist auf einer Insel nahe bei Sizilien; er bricht alle paar Minuten aus, was nach Einbruch der Dunkelheit ein schönes Schauspiel ist. Die dabei ausgestoßene Lava fließt einen Abhang des Berges hinunter; auf der anderen Seite haben sich drei Dörfer niedergelassen, die der Vulkan praktisch unbehelligt lässt. Ganz ähnlich verhält es sich mit dem Ätna. Der ist die weitaus meiste Zeit aktiv, aber auch hier gibt es eine gepflasterte Route auf den Berg, die halt nur von Zeit zu Zeit runderneuert werden muss. Beim Vesuv ist das anders. Er tut überhaupt nichts, mehrfach glaubte man schon, er sei erloschen. Aber der Vesuv enthält ein zähes Magma, in dem viel Gas gelöst ist. Wenn der Gasdruck die Festigkeit des Magmas übersteigt, kommt es zur Explosion. Gas und Gestein werden in die Höhe geblasen, und es kann eine Säule von mehreren Kilometern Höhe entstehen. Lässt der Druck des Gases nach, fällt die Säule in sich zusammen. Es entsteht ein pyroklastischer Strom aus Gas und Staub, der mehrere hundert ^oC heiß ist und sich mit 500 km/h und mehr auf dem Boden

[21] Heiliger Januarius

[22] und noch genauer: neben zwei Vulkanen. Der Großraum Neapel mit gut drei Millionen Einwohnern liegt auf den Phlegräischen Feldern. Die Phlegräischen Felder sind die Caldera eines aktiven Supervulkans.

Die engen Gassen von Neapel

entlang bewegt. Diesem Strom kann man nicht entrinnen. Der Tod tritt augenblicklich ein, der Körper zersetzt sich praktisch sofort. Und ganz in der Nähe von Neapel ist so etwas schon einmal passiert.

Pompeji war eine 700 Jahre alte Stadt mit viel griechischem und ethruskischem Einfluss. Zum Zeitpunkt des Ausbruchs hatte sie etwa 10000 Einwohner. 62 n. Chr. hatte es ein großes Erdbeben gegeben, von dem man sich langsam erholt hatte, viele der zerstörten Gebäude waren wieder aufgebaut worden. Es war der 24. August des Jahres 79 n. Chr., nach offizieller Geschichtsschreibung. Heute weiß man aufgrund der Analyse von Lebensmittelresten, dass es später im Jahr war, wahrscheinlich Ende Oktober; auch eine kürzlich gefundene Kritzelei an einer Wand deutet darauf hin, dass Pompeji Mitte Oktober 79 n. Chr. noch intakt war. Der kegelförmige Monte Somma, wie der Vesuv damals hieß, stand ruhig über der Stadt in zehn Kilometern Entfernung. Er galt als erloschen. Gegen Mittag explodierte der Kegel. Eine Eruptionssäule stieg auf, und Unmengen von Bimsstein und Asche regnete auf Pompeji herunter. Viele der Einwohner wurden dadurch schon getötet, einigen gelang es, rechtzeitig zu fliehen. Nach etwa 18 h trat scheinbar eine Beruhigung ein. Dann brach die Eruptionssäule zusammen, und der Pyrokastische Strom raste auf die Stadt zu. Keiner, der noch in der Stadt war, überlebte. Pompeji wurde von einer 25 m dicken Schicht aus Asche und Bimsstein begraben. 1500 Jahre lang blieb es so. 1592 wurde es wiederentdeckt. Im 18. Jahrhundert erfolgten erste Ausgrabungen, die unter Napoleon intensiviert wurden und dann auch wissenschaftliches Niveau erreichten. Im 2. Weltkrieg wurde die archäologische Stätte bombardiert, und das

Amphitheater in Pompeji

Erdbeben von 1980 zog sie noch weiter in Mitleidenschaft. Heute sind etwa 75% der Stadt wieder ausgegraben. Für die Geschichtsforschung ist diese Tragödie ein Glücksfall, das ausgegrabene Pompeji hat das alte Rom wieder lebendig werden lassen.

Wir fuhren mit dem Zug nach Pompeji. Unser Hotel war ja in der Nähe des Bahnhofs, und es war kein großes Problem, die Fahrkarten zu bekommen; wie sich herausstellte, waren es sogar die richtigen. Am Bahnhof warteten wir dann eine gute Dreiviertelstunde auf den Zug, zwei angekündigte Kandidaten für unsere Route kamen einfach nicht. Der Zug fuhr dann die etwa 20 km nach Pompeji, vorbei auch an "Ercolano", wie Herculaneum, die zweite beim Vulkanausbruch 79 n. Chr. zerstörte Stadt, heute heißt. Am Bahnhof von Pompeji ging dann alles fix, die Leute sind dort glänzend auf die Touristen vorbereitet. In wenigen Minuten hatten wir eine zweistündige Führung, die ein sehr eloquenter englischsprachiger Guide durchführte und die sich als sehr gut herausstellte.

Man betritt in Pompeji dann als erstes die Gladiatorenschule, eine Art Sportplatz, auf dem die Gladiatoren trainierten. Gladiatoren waren in der Regel Sklaven oder Kriegsgefangene, später aber auch immer öfter Freiwillige. Ein Gladiator hatte nur wenige Kämpfe im Jahr durchzustehen und wurde während der restlichen Zeit gut versorgt. Trotzdem war die Lebenserwartung eher unterdurchschnittlich. Sie hatten teilweise regelrechte Fanclubs, es finden sich Kritzeleien an den Wänden wie heute zu Fußballvereinen. Ursprünglich war die Gladiatorenschule der Pausenplatz des benachbarten Theaters. Der Platz war durch einen ringsum laufenden Säulengang eingegrenzt (Portikus). Das Dach ist zerstört, aber viele der 74 Tuffsteinsäulen, die

es getragen haben, stehen noch.
Das Große Theater ist dann gleich nebenan. Es ist ein Amphitheater im halben Rund und wurde im 1. Jahrhundert n. Chr. fertiggestellt. 5000 Zuschauer passten hinein. Ein Sonnensegel konnte die Zuschauer schützen. Die Bühne hatte zwei Stockwerke[23], und die Schauspieler konnten durch unauffällige Türen die Bühne verlassen und sich z.B. umziehen. Auf den Rängen könnte man auch heute noch Platz nehmen - keine Plüschsessel, aber die Römer hatten halt intaktes Sitzfleisch.
Wir gingen mit der Gruppe die Straßen von Pompeji entlang. Kopfsteinpflaster, 2000 Jahre alt. Und Bürgersteige gab es schon, die Pferdefuhrwerke fuhren in der Stadt wohl einen heißen Reifen. Es gab bereits ein Einbahnstraßensystem. Zur Verkehrsberuhigung trugen auch die Fußgängerüberwege bei. Dabei wurden vier große, glatt behauene Steine mit der gleichen Höhe wie der Bürgersteig über die Straße aufgestellt, mit jeweils kleinen Lücken dazwischen, die man mit großen Rädern und der passenden Spurweite vermutlich etwas mühsam passieren konnte. Gleichzeitig hatten die Aussparungen noch eine zweite Funktion: der Regen konnte dadurch auf den meist steilen Straßen gut nach unten abfließen.

Ein Kult im Alten Rom war die Leidenschaft für Bäder. In Pompeji wurden die Stabianer Thermen im 2. Jahrhundert v. Chr. er- und in den Jahren 80-70 v. Chr. umgebaut. Ein weiterer Umbau erfolgte in der Kaiserzeit. Nach dem großen Erdbeben 62 v. Chr. ist es dann nie wieder in Betrieb gegangen. Beim Baden erfolgte nach einer Körperreinigung[24] das Besuchen der Bäder, zunächst das Tepidarium (Warmbad), dann das Calidarium (Heißbad) und schließlich das Frigidarium (Kaltbad). Männlein und Weiblein waren steng getrennt, für Frauen gab es sogar einen separaten Eingang. Für die hohen Temperaturen im Calidarium gab es eine ausgeklügelte Fußbodenheizung, ein offenbar weltweit angewendetes Patent, das ich auch schon in römischen Bädern in Deutschland gesehen habe (z.B. Ahrweiler bei Bonn).
Unweit der Stabianer Thermen konnt man einem anderen Hobby nachgehen, ob das Gebiet damals schon Rotlichtbezirk hieß, ist nicht überliefert. Da Pompeji durch den Hafen, der damals vor dem Vesuvausbruch direkt an der Stadt lag[25], eine Seefahrerstadt war, waren stabile Umsätze garantiert. Um Bildungslücken bei der Kundschaft vorzubeugen, wurde auf schriftliche Darlegungen des Leistungsumfangs verzichtet; vor den Räumen der jeweiligen Damen schafften bildliche Darstellungen Klarheit. Das Finden des Weges ins Rotlichtviertel wurde durch künstlerisch wertvolle Wegweiser auf dem Kopfsteinpflaster erleichtert; ein Phallus, ergänzt um zwei Kugeln, wies in die richtige Richtung.

Auf dem Weg zum Forum zeigte uns der Guide eine Kirche, die deutlich erhöht über dem übrigen Pompeji lag. Sie wurde auf dem Level errichtet, den man damals für den Boden hielt - so hoch war Pompeji verschüttet. An einer Bäckerei kamen wir vorbei, die Öfen zum Brotbacken waren noch zu erkennen. Später sahen wir noch ein verkohltes Brot, aus eben einem solchen Ofen. Das Forum war der zentrale Platz von Pompeji, eine Fußgängerzone, die für den Wagenverkehr gesperrt war. Wichtigstes Gebäude war der Jupitertempel aus dem 2. Jahrhundert v. Chr., später hieß er Capitolium und diente der Verehrung von Jupiter, Juno und Minerva. Links und rechts gab es Ehrenbögen für die Kaiser. An der Längsseite des Platzes gab es Gebäude für Verwaltung, Tuchhändler, Tuchlager, die Bürgerversammlung, den

[23]ein früher Vorläufer von "Windows"
[24]genannt wird immer ein "Schaber" als Werkzeug, vorstellen kann ich mir diese Prozedur kaum
[25]heute liegt das Ufer ein paar hundert Meter weiter

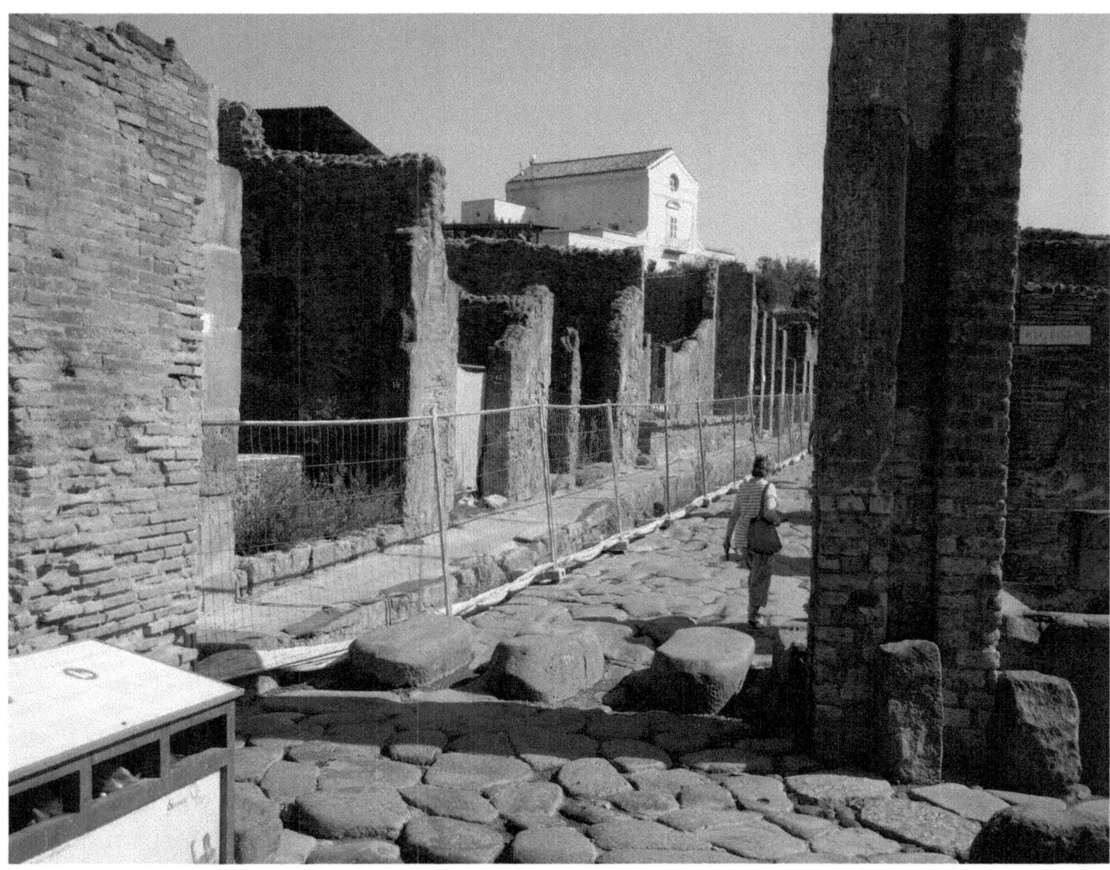

Fußgängerüberweg. Im Hintergund die Kirche, die auf dem Höhenlevel des verschütteten Pompejis liegt.

Forum. Im Hintergrund der Vesuv

Haus des Fauns

Lebensmittelmarkt und die Kaiserverehrung. Heute ist das Forum ein weitläufiger Platz, dessen frühere Struktur man sich kaum vorstellen kann. Im Zentrum steht eine große Plastik, die ein übergroßes Gesicht zeigt. Es handelt sich jedoch um ein modernes Werk.

Hinter dem Forum befindet sich das berühmte Haus des Fauns. Benannt ist es nach dem kleinen Faun (Waldgeist), der gut erhalten ist und früher im Impluvium des Atriums stand, das zum Sammeln des Regenwassers diente. Er stammt aus dem 2. Jahrhundert v. Chr. Die Besitzer des Hauses waren offensichtlich wohlhabend, sie konnten sich in dieser engen Stadt ein Grundstück mit $3000\,m^2$ Fläche leisten. Wer sie waren, ist unbekannt. Und in diesem Haus gibt es noch einen Saal, dessen Fußboden wohl jeder aus dem Geschichtsbuch kennt: die Darstellung der Schlacht Alexanders des Großen bei Issos 333 v. Chr. (Bild auf S. 107). Das Fußbodenmosaik war 5 m breit. Der persische König Dareios starrt voller Schrecken auf Alexander, sein Wagenlenker reißt bereits die Pferde zur Flucht herum. Alexander wird mit großer Entschlossenheit mit dem Speer in der Hand dargestellt, bereit zum Wurf. Man sieht natürlich nur eine Kopie, die im Haus des Fauns ausgestellt ist, das Original darf den Witterungseinflüssen nicht ausgesetzt werden. Es befindet sich im Archäologischen Nationalmuseum von Neapel, das ja am Tag vorher geschlossen war. Es wurde uns klar, dass wir diesen Besuch nachholen mussten.

Wir gingen weiter und konnten noch in einige Häuser hineingehen. Viele sahen so aus, als müsste nur mal wieder jemand Staub wischen. An allen Ecken gab es Garküchen. Man glaubt es ja nicht: Im Alten Rom gab es eine Fastfood-Kultur! Man kochte kaum selber, das Beschaffen der Zutaten allein wäre viel zu anstrengend gewesen. So gab es auch damals schon McDonald's und BurgerKing, vielleicht auch noch den einen oder anderen Asiaten. Die Schnellimbisse waren immer leicht an den Ausbuchtungen im Tresen zum Kühlen der Getränke oder zum Warmhalten der Speisen zu erkennen. Die große Anzahl der Schnellimbisse ließ uns schmunzeln; die Menschen haben sich in den letzten zweitausend Jahren wohl nicht groß verändert.

McDonald's in Pompeji

Und was für uns der Ketchup war, war für die Römer die Fischsauce. Wir können leider nicht mehr nachvollziehen, wie sie genau geschmeckt hat, aber die Römer müssen verrückt danach gewesen sein. Vermutlich war sie sehr scharf; im mediterranen Klima hat man immer etwas Probleme mit der Haltbarkeit der Speisen, und da muss man gelegentlich mal die eine oder andere Geschmacksnuance überdecken. Die Guided Tour war beendet. Wir machten eine kleine Pause im (zeitgenössischen) Schnellrestaurant auf dem Forum und gingen dann noch gute zwei Stunden auf eigene Faust durch Pompeji; wir hatten noch nicht genug, und es gab auch noch eine Menge zu sehen.

In einer kleinen Ausstellung gab es Gipsfiguren zu sehen, die Menschen im Augenblick ihres Todes zeigten. Sie starben unmittelbar in dem Moment, in dem sie vom pyroklastischen Strom erreicht wurden. Danach wurde ihr Leichnam durch die hohe

Großes Amphitheater

Temperatur extrem schnell zersetzt, und er hinterließ in der Asche einen Hohlraum, der so genau ist, dass er sogar noch die Gesichtszüge andeutet.
Wir nahmen aber auch noch den etwas längeren Weg zum Großen Amphitheater, das 80 v. Chr. fertiggestellt wurde und Platz für 20000 Zuschauer bot. Es handelt sich um ein großes Stadion, in dem die Gladiatorenwettkämpfe stattfanden. Man kann sich kaum vorstellen, dass auch dieser riesige Bau vollständig zugeschüttet worden war. Pikanterweise gab es auch hier Belege, dass die Menschen sich nicht verändert haben: Weil "Hooligans" randaliert hatten, untersagte Nero[26] den Pompejanern 59 n. Chr. für die Dauer von zehn Jahren alle Gladiatorenspiele. In den Katakomben gab es noch eine Sonderausstellung zu den Rolling Stones, die mal im Großen Amphitheater von Pompeji aufgetreten waren.

Mein Schrittzähler wies aus, dass wir in Pompeji gute 14 km gegangen waren. Ein paar hatten wir noch vor uns. Wir nahmen den Zug zurück nach Neapel. Es war noch früh genug am Tag. Wenn wir auf dem Rückweg einfach in "Ercolano" aussteigen würden, hätten wir noch gute vier Stunden Zeit, um uns Herculaneum anzusehen. Es klappte.
Das lag auch daran, dass Herculaneum eben nicht Pompeji Nr. 2 ist, sondern viel kleiner. Herculaneum umfasst ein fast quadratisches Areal, 370 m x 320 m, das man von außen ganz überblicken kann. Herculaneum hatte zum Zeitpunkt seines Untergangs etwa 4500 Einwohner. Bei dem Vesuvausbruch 79 n. Chr. zeigte die Hauptwindrichtung nach Süden auf Pompeji, Herculaneum im Westen des Vulkans bleib zunächst weitgehend verschont. Die Bewohner hatten Zeit zu fliehen. Pyroklastische Ströme fegten schließlich in drei Etappen mit zunehmend dichteren Materialien durch die menschenleere Stadt. Herculaneum wurde mit einer 20 m hohen vulkanischen Schicht bedeckt. Die Gebäude sind gut erhalten, da sie zunächst von innen gefüllt wurden; die Dächer brachen nicht zusammen wie in Pompeji. Durch die Hitze des ersten pyroklastischen Stroms verdampfte alles Wasser, und die Stadt geriet unter der Tuffsteinschicht unter völligen Luftabschluss. Das wirkte konservierend, vieles in Herculaneum kann man im Originalzustand sehen, da hat man nach der Wende in der ehemaligen DDR teilweise Schlimmeres angetroffen.

Auch Herculaneum war früher direkt am Meer, während es heute abgesetzt in einem Becken liegt. Man betritt es über die ehemaligen Hafenanlagen, und in den Bootshäusern bekommt man zuerst einmal einen unerwarteten Schock. 1982 wurden dort mehr als 300 Skelette entdeckt, Nachbildungen von ihnen kann man sehen. Man interpretiert den Befund so: Es handelt sich hier um Alte, Arme, Kinder und Behinderte, die sich eine schnelle Flucht nicht leisten konnten oder nicht rechtzeitig kamen. Viele Skelette wiesen anatomische Besonderheiten auf wie Degenerationen oder Verkrüppelungen. Bei keinem Skelett fand man Geld oder wertvolle Gegenstände, nur eine Frau hatte noch etwas Schmuck bei sich. Sie suchten in den Bootshäusern Schutz vor dem vulkanischen Regen aus Bimsstein und Asche. Vor dem pyroklastischem Strom schützte sie der Unterschlupf im Bootshaus nicht. Sie wurden augenblicklich durch die Hitze getötet, und die merkwürdigen Körperhaltungen sind die, die sie im Augenblick ihres Todes hatten. Dann fand man aber eine weitere Leiche, die bis heute Rätsel aufgibt. Abseits von den Bootshäusern fand man einen Soldaten, einen kräftigen Mann jüngeren Alters. Er trug Schwert und Dolch an einem wertvollen Gürtel und hatte einen Geldbeutel bei sich, der mit Silber- und Goldmünzen prall

[26]Nero war zumindest in seinen ersten Regierungsjahren sicher nicht der gemeingefährliche Irre, den Peter Ustinov in "Quo Vadis" darstellt.

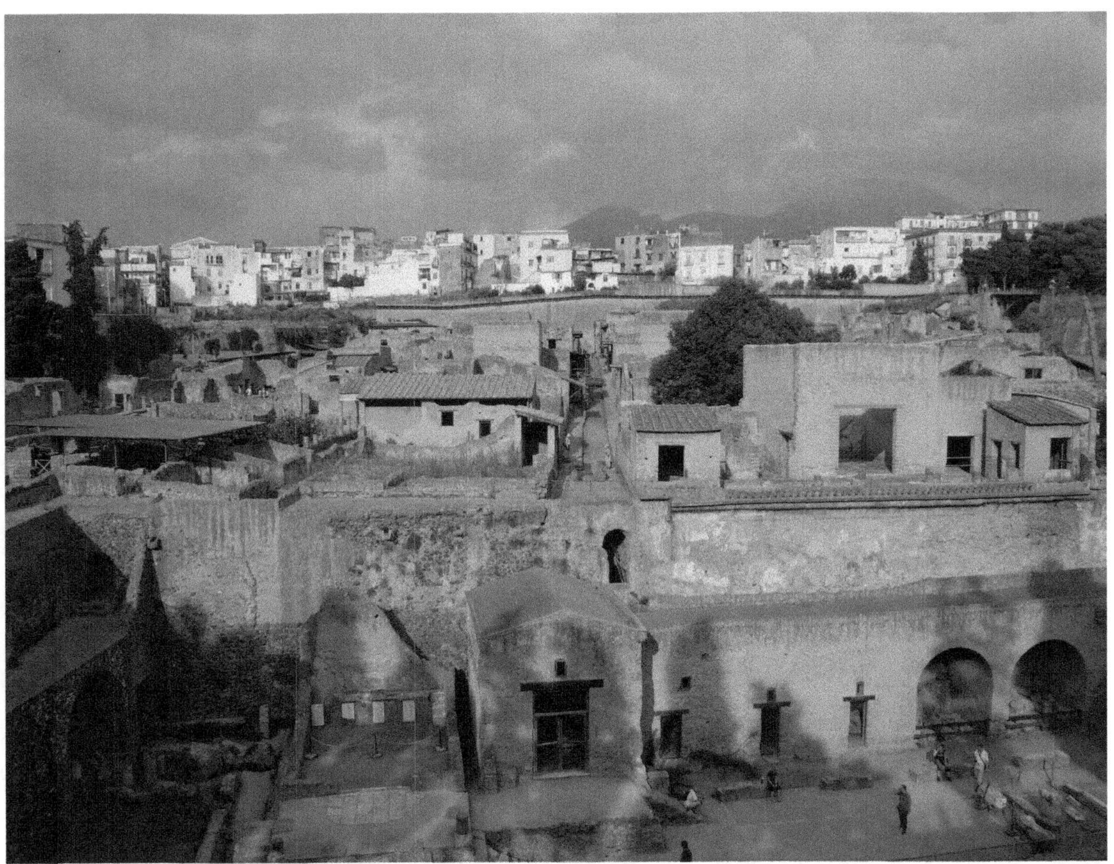

Blick auf Herculaneum. Im Hintergrund der Vesuv

gefüllt war. Herculaneum war zum Zeitpunkt des Untergangs keine Garnisonsstadt, wie kommt ein aktiver Soldat dorthin? Und woher hatte er das Geld, das mehreren Jahresgehältern entsprach? Vielleicht waren es seine Ersparnisse, die er vor dem Vulkan retten wollte. Eine weniger schöne Erklärung wäre, dass er andere Häuser geplündert hat. Vielleicht organisierte er aber auch die Flucht der Leute und wartete mit ihnen auf ein Boot. Möglicherweise befahl er allen, Schutz in den Bootshäusern zu suchen, bis die Boote eintrafen, und er selbst organisierte draußen die Flucht weiter. Dies war gar nicht hoffnungslos, auf der anderen Seite der Bucht von Neapel lag Misenum, ein Hafen der römische Flotte. Wegen des Ascheregens mussten die Schiffe jedoch wieder umkehren. Vermutlich werden wir nie erfahren, welche Rolle der Mann wirklich spielte.

Wenn man dann Herculaneum City betritt, kommt man zuerst zu der prächtigen Terrasse des Marcus Nonius Balbus mit seiner Statue und dem Grabaltar. Man weiß nicht viel über ihn. Im Jahre 32 v. Chr. war er Volkstribun und unterstützte Octavian, den späteren Augustus. Damit hatte er die richtige Seite, nämlich die des Siegers, gewählt. Er wurde später Prätor, Konsul und Prokonsul in den reichen Provinzen Cyrene (Libyen) und Kreta. Der Prokonsul-Job war immer lukrativ, und er ließ sich danach in Herculaneum nieder, er stammte auch aus dieser Gegend. Vieles lässt darauf schließen, dass er so eine Art Patron der Stadt war und sie nach Kräften zu einer reichen Kleinstadt ausbaute. An mehreren Stellen wird er in Herculaneum verehrt. Ansonsten weiß man nichts über ihn, kein Geburtsjahr, kein Sterbejahr, aus Lebenserwartungsgründen dürfte der Zeitgenosse des Augustus den Vulkanausbruch nicht mehr miterlebt haben. Außerhalb dieser Episode 32 v. Chr. ist er nicht in Erscheinung getreten.

Mehr als 300 Menschen suchten in den Bootshäusern Schutz - vergeblich

Man macht einen Rundgamg durch die Stadt und findet alles, was eine Stadt bereithält. Ein Rotlichtviertel gab es in Herculaneum wohl nicht; es war keine Seefahrerstadt, sondern eher ein Alterssitz für betuchte Bürger. Dafür war auch hier die Fast-Food-Kultur weit verbreitet, die Urahnen von McDonald's hatten ihre Läden an jeder Ecke. In den Wohnhäusern sind teilweise die Farben der Wandfresken noch erhalten.
Gut zwei Stunden verbrachten wir in Herculaneum. Der Audioguide war im großen und ganzen akzeptabel, wenn auch an einigen Punkten die Zuordnung nicht stimmte. Im Shop kauften wir uns noch ein Prográmmchen, das Ansichten von Pompeji und Herculaneum von heute und die rekonstruierten von damals übereinanderblenden konnte. Und dann hatten wir - Hunger. In Ercolano City suchten wir eine Pizzeria heim und fuhren dann gegen Abend wieder mit dem Zug zurück nach Neapel.
Was den Vesuv angeht, so galt er nach dem Ausbruch 79 n.Chr. lange als endgültig erloschen. Im Juni 1631 gab es ein Erdbeben, und im Dezember desselben Jahres brach der Vesuv wieder aus. Ein weiterer Teil des Gipfels wurde weggesprengt, es gab 4000 Tote. Seitdem gab es etwa 20 Ausbrüche, davon acht schwerere. Von 1872-1899 war der Berg besonders aktiv und spuckte immer wieder Lava. 1906 gab es einen großen Ausbruch mit 105 Toten. Das letzte Mal brach er im März 1944 aus, mitten im Krieg, mit 26 Toten trotz erfolgter Evakuierungsmaßnahmen. 80 Flugzeuge der US Army wurden auf dem benachbarten Flugplatz zerstört. Seitdem ist der Berg ruhig. Aber Neapel sitzt weiter auf dem heißen Vulkan.

Capri mit seinen zwei Bergen

Wenn an der Schunter die rote Sonne im Teich versinkt
und den Staub an den Fenstern kein Lichtstrahl mehr durchdringt
kommt die Mutter mit ihrem Auto vom Meere her
und sie bringt ein Staubtuch mit, das fehlt dem Theo sehr
Ist das Zimmer am Ende endlich mal wieder blank
kommt die Wäsche dran, die sie findet ganz leicht im Schrank
und die Waschmaschine läuft bei Tag und Nacht
bis das große Werk vollbracht

Mach mal mach mal mach mal Mutti
putz doch mal ich komm zurück morgen früh
mach mal mach mal mach mal Mutti
vergiss mich nie!

Rudi Schurickes Lied von den Capri-Fischern wurde kurz nach dem Krieg zu einem Ohrwurm, der die Sehnsucht der Menschen nach der Ferne und nach Sonne bediente. Aber nie ist es so schön verballhornt worden wie bei uns im Institut, als wir traditionell einem frisch promovierten Kollegen ein Ständchen bringen wollten. Die "Schunter" ist ein Studentenwohnheim, benannt nach dem gleichnamigen kleinen Bach in der Nähe, und zwischen den drei Hochhäusern ist malerisch ein kleiner Teich angelegt. Aber wir hatten Capri jetzt vor der Haustür und wollten da am nächsten Tag mal hin.

So einfach war das gar nicht. Es gäbe da ein Touristencenter direkt am Hafen. Der ist leider groß, und wir mussten ihn einmal abgehen, bevor wir das Ding fanden. Von dort war es dann leichter. Man schickte uns zwei Blocks weiter, und dort konnten wir die Tickets kaufen. So ein Schiff fuhr jede halbe Stunde, und beim übernächsten waren wir dann an der Reihe. Die Überfahrt dauerte etwa zwanzig Minuten, Capri ist nur rund 5 km vom Festland enfernt. Schon von weitem sind die zwei Berge von Capri zu sehen, ein flacher mit dem Monte Tiberio als höchstem Punkt (335 m) und ein steiler mit Monte Capello (514 m) und Monte Solaro (589 m). Wir legten an, und zehn Minuten später waren wir schon auf dem nächsten Trip, wir hatten uns gleich am Hafen eine Bootstour zur Blauen Grotte besorgt. Dorthin zu fahren war nicht das Problem, aber dann ging alles ganz langsam. Wir hatten in dem Boot nicht etwa ein Ticket für die Blaue Grotte gebucht, sondern nur die Bootsfahrt dahin. Unser Bootsführer musste zunächst einmal die Tickets an einem Schalter, auf einem anderen Boot, kaufen. Dann kam der heikelste Punkt: Wir mussten in ein kleines Ruderboot umsteigen, was bei unserer sprichwörtlichen Geschicklichkeit nicht ganz

Blaue Grotte von Capri

ohne Risiko war. Ging aber gut. Und dann reihte sich unser Boot in eine Schlange ein. Alles zusammen dauerte eine Stunde, bis wir dann endlich dran waren. Noch eine gymnastische Übung kam, die Öffnung der Grotte war so klein, dass wir uns im Boot ganz flach zurückbeugen mussten, bis wir die Öffnung passiert hatten. Aber auch das ging vorbei.

Die kleine Zugangsöffnung ist dann auch das ganze Geheimnis der Blauen Grotte, es kommt kaum Licht durch. Die wesentliche Lichtquelle sind Reflexionen unter Wasser, und dadurch kommt dieser merkwürdig tiefblaue Farbton zustande. Das ist schon sehenswert. Die Höhle ist 52 m lang und 30 m breit. Einmal im Kreis herumrudern dauert gute zwei Minuten, und das war es dann auch schon. Wir waren leicht sauer, aber nun wussten wir, was man so gemeinhin mit "grottenschlecht" meint.

Wieder zurück auf Capri, gingen wir ein paar Gassen lang und fuhren mit der Zahnradbahn etwas höher. Capri ist etwa 6 km lang und 3 km breit, ungefähr 14000 Einwohner leben hier auf der Insel. Wir aßen ein Eis, genossen die herrliche Aussicht, und dann hatten wir wieder ein Ziel: die Villa Jovis, das Haus des Tiberius, des bekanntesten Einwohners von Capri. Lt. Beschilderung waren das mehr als eine Stunde zu Fuß, wir wussten aber, dass so etwas eher nach oben abgeschätzt wird. Wir machten uns auf den Weg, die Beschilderung war durchaus vernünftig, so dass wir uns in den vielen kleinen Gässchen nicht verliefen. Einige Kioske lagen auf dem Weg, bei denen wir uns mit Getränken versorgten; das war auch nötig, denn es ging schon recht stramm bergauf. Schließlich kamen wir oben an, wir hatten etwa 50 min für den Weg gebraucht. Ehrlicherweise muss man sagen, das einzige, was man an der Villa Jovis noch bewundern kann, ist die phantastische Aussicht auf den Golf von Neapel. Von dem sicherlich einstmals grandiosen Palast ist nicht mehr viel übrig. Der letzte, der die Villa Jovis nutzte, war Commodus[27] um 180 n. Chr., danach

[27] übrigens ein überzeugter Irrer auf dem Kaiserthron

verfiel er. Was man noch sieht, sind die imposanten Grundmauern, und wenn man den darauf basierenden Rekonstruktionen der Architekten glauben kann, muss das schon ein adäquater Palast für einen Kaiser gewesen sein - möglicherweise ein fünf- bis siebenstöckiger Bau auf dem Gipfel des Berges. Der Weg hinunter war wie so oft nicht ganz so anstrengend, wir nahmen es daher in Kauf, uns jeder zusätzlich mit einem Eis zu bestücken und diese Last nach unten zu tragen; zuerst außerhalb, dann innerhalb des eigenen Körpers. Wir schafften auch das, besuchten unten noch ein paar Kioske und machten uns dann auf den Weg zurück nach Neapel. Dort bummelten wir auf dem Weg vom Hafen zum Hotel noch ein bisschen durch die Einkaufsstraßen und genossen, wer hätte das gedacht, eine Pizza.

Tiberius

Die Staatsform des Kaiserreichs war noch nicht alt. Cäsar, von dem das Wort "Kaiser"stammt, war gar kein Kaiser, sondern ein Diktator bis zu seinem Tod 44 v. Chr. Augustus, der 45 Jahre lang von 31 v.Chr. - 14 n.Chr. regierte, nannte sich auch nicht Kaiser, sondern "Princeps", der erste unter gleichen. Sein Adoptivsohn Tiberius war der erste, der wirklich "Kaiser" war. Nach 45jähriger Herrschaft des Augustus konnten sich die Römer einen anderen Herrscher gar nicht vorstellen. Tiberius war bei Amtsantritt schon 55 Jahre alt. Seine Regierung war nicht unbedingt erfolgreich, und schon gar nicht in der öffentlichen Wahrnehmung. In der Armee gab es Meutereien, so dass er Zugeständnisse machen musste. Die Situation in Germanien wurde nicht abschließend geklärt, dafür war die Finanzpolitik recht solide.
Tiberius verließ Rom und verbrachte ab 26 n.Chr. die weitaus meiste Zeit auf Capri, wo er eine Anzahl Villen besaß, darunter die Villa Jovis. Capri bot ihm sichere Abgeschiedenheit. Er kommunizierte mit Rom nur über Signalfeuer, wenn er nach Rom reisen musste, dauerte das drei Tage mit dem Schiff. Dies entfremdete ihn vom Senat, der so überhaupt keinen Einfluss auf ihn ausüben konnte, und auch von der Bevölkerung. Die antiken Geschichtsschreiber schildern einen Lustgreis, der auf Capri seinen pädophilen und sadistischen Neigungen nachging. Vermutlich entsprach das weniger der Wahrheit als vielmehr den Erwartungen der Leser; Geschichtsschreibung war damals noch keine Wissenschaft. Die Regierungsgeschäfte übernahm sein Vertrauter Seianus, der praktisch als einziger mit dem Kaiser in Kontakt stand. Erst als wirklich nicht mehr zu übersehen war, dass Seianus sich als Nachfolger des Tiberius aufbaute, reagierte Tiberius und ließ Seianus und in der Folgezeit noch viele andere verhaften und hinrichten.
In die Regierungszeit des Tiberius fiel auch die Kreuzigung Christi, die möglicherweise eine direkte Verbindung zu diesen Ereignissen hat. Pontius Pilatus war unter Seianus befördert worden und musste nach dessen Sturz den Ball notgedrungen sehr flach halten; nicht beherrschbare Unruhen in Palästina hätten ihn den Job und möglicherweise auch mehr gekostet.
Tiberius starb 37 n.Chr. Sein Nachfolger wurde Caligula, ein komplett wahnsinniger Gewaltverbrecher. Erst nach dessen Tod im Jahr 41, er wurde von seinen eigenen Leibwächtern ermordet, kehrte mit Claudius wieder Ruhe ein.

Der nächste Morgen war regnerisch, genau richtig fürs Museum, was wir ja ohnehin vorhatten, das Archäologische Nationalmuseum stand ja noch aus. Wir verzichteten auf eine Führung, die uns auch reichlich überteuert zu sein schien. Das Museum selbst lohnt sich, man findet viele Exponate, die einem auch schon im Geschichts-

Mosaik eines römischen Ehepaares

oder im Lateinbuch begegnet sind. Bekannt ist z. B. das "Cave canem"[28]-Mosaik. Allerdings muss es da mehrere geben; der im Geschichtsbuch ist offenbar im Begriff zu beißen und wird von einer gespannten Kette zurückgehalten. Der Pinscher im Museum macht eher den Eindruck, als würde er nach einem verbuddelten Knochen suchen, und seine Leine hängt schlaff herunter. Das Original des Mosaiks von der Alexanderschlacht aus dem Haus des Fauns in Pompeji hängt an einer Wand, ebenso daneben eine Nachbildung, die auch die fehlenden Figuren darstellt. An Pornodarstellungen zur Illustration der Rotlichtviertel hat es im Alten Rom offenbar nie gemangelt. Da gibt es etliche bildliche Darstellungen eines Stelldicheins, wobei die Damen auch gerne mal, sagen wir, dem Rubensschen Schönheitsideal entsprechen. Dafür gibt es auf der anderen Seite Plastiken, in denen das Corpus delicti des Mannes größer als die beiden Beine dargestellt wird. Und eine sodomieverdächtige Darstellung des Coitus mit einer Ziege war dem Künstler wohl die eine oder andere Arbeitsstunde wert.
Ganz bekannt ist die sehr realistische Darstellung eines römischen Ehepaares. Er scheint interessiert in die "Kamera" zu schauen, sie eher etwas nachdenklich. Gar nicht sattsehen kann man sich an einem maßstabsgerechten Modell von Pompeji. Wir versuchten, unseren Fußmarsch von vorgestern nachzuvollziehen; zum Amphitheater war es wirklich ganz schön weit. Und dann gab es noch eine Sammlung von Büsten der Kaiser des Römischen Reichs, von denen man einige doch ganz gut zuordnen konnte, u.a. Vespasian, Claudius und Tiberius.

Wir tranken im kleinen Restaurant neben dem Museum noch einen Kaffee. Inzwischen hatte der Regen aufgehört, und im weiteren Verlauf des Tages kam immer mehr die Sonne durch. Wir liefen zügig zum Castel Nuovo mit seinen mächtigen runden Türmen, denn von dort starteten die Hop-on-hop-off-Touren, die es auch in Neapel gibt. Die Tour führte uns noch einmal durch die Straßen von Neapel. Höhepunkt war der Abstecher entlang der Bucht von Neapel, mit einem herrlichen Blick auf den Vesuv. Dann ging es noch in die Innenstadt zur "Piazza de Gesu

[28]Hüte dich vor dem Hund!

Mosaik von der Alexanderschlacht aus dem Haus des Fauns

Nuovo" mit zwei bekannten Kirchen "Basilica di Santa Chiara" und "Chiesa del Gesu Nuovo", die wir uns dann später noch ansahen.
Die Fahrt endete wieder am Castel Nuovo, und diese Burg schauten wir uns dann auch nochmal an. Sie stammt aus dem 13. Jahrhundert und musste gebaut werden, weil Neapel Hauptstadt des Königreichs Neapel wurde und eine neue Residenz her musste. Bis 2006 tagte hier noch das Parlament der Region Kampanien, dessen Hauptstadt Neapel ist.

Am Ende des Tages schauten wir uns noch die beiden Kirchen an, die wir auf der Stadtrundfahrt gesehen hatten. Die gotische Basilica di Santa Chiara wurde im 14. Jahrhundert gebaut. Sie wurde 1943 fast vollständig zerstört und im ursprünglichen Stil wieder aufgebaut. Es handelt sich um ein einfaches Längsschiff, Querschiff oder Chor gibt es nicht. Die Chiesa del Gesu Nuovo ist eine von außen schlicht wirkende, innen aber prächtig gestaltete Barockkirche, die zum UNESCO-Weltkulturerbe gehört. Mit ihrem Bau wurde 1601 begonnen, die Fertigstellung erfolgte doch erst 1725; man hatte Schwierigkeiten, die Kuppel stabil zu bekommen, und auch danach brach sie gelegentlich mal ein.
Auf der Piazza del Gesu Nuovo nahmen wir dann noch eine - na was wohl - Pizza zu uns, und dann gingen wir zurück in die Via Firenze.

Leider hatten wir am nächsten Morgen keine Zeit mehr für Neapel; unser Flug ging schon um 13.00 Uhr. Neapel sehen und sterben? Ersteres: unbedingt. Letzteres: Muss man ja irgendwann, aber Zeit lassen sollte man sich damit.

Castel Nuovo

Neapel-Panorama mit Vesuv

St. Petersburg 2017

St. Petersburg war in unserer Familie immer etwas Besonderes. Bei Torsten war es die erste Auslandsreise, die er in der Schule machte. Das war 1987, natürlich damals noch nach Leningrad. Ich selbst war 1990 in Leningrad. 1991, nach dem gescheiterten Putsch in der UdSSR, war ich dann schon in St. Petersburg mit einer der ersten Touristengruppen, die die Stadt unter ihrem neuen alten Namen besuchten. Dabei habe ich auch meine Frau fürs Leben kennengelernt. Unser letzter Besuch in St. Petersburg war dann aber auch schon 1999, also inzwischen 18 Jahre her. 1703 gegründet, hieß die Stadt bis 1914 St. Petersburg, von 1914-1924 dann Petrograd, und von 1924 bis eben 1991 Leningrad. Die Stadt liegt an der Newa, einem kurzen, aber sehr wasserreichen Fluss. Mit knapp 300 Jahren ist sie noch gar nicht alt, aber da sich ab dem 18. Jahrhundert die russische Geschichte praktisch allein hier abspielte, beherbergt sie viele historische Gebäude. Gefühlt an jedem zweiten oder dritten Haus gibt es eine Tafel, die auf etwas Historisches hinweist. Um St. Petersburg zu verstehen, ist daher ein Überblick über die russischen Zaren seit Peter dem Großen nützlich.

Die russischen Zaren der Romanow-Dynastie

- Peter I., "der Große", *1672, Zar von 1682-1725
  Peter I. war der Begründer des "modernen" Russlands. Er verlegte die Hauptstadt von Moskau nach St. Petersburg, wobei er St. Petersburg erst noch bauen ließ. Dies war ein irrsinniger Aufwand und kostete Tausende von Menschenleben. Er begab sich auf eine mehrjährige Reise durch Europa, um Techniken in Handwerk, Schiffsbau und Medizin sowie westeuropäische Gebräuche zu übernehmen. Mit seiner Körpergröße von über 2 m war er auch eine stattliche Erscheinung. Beispielhaft berüchtigt sind seine zahnärztlichen Aktionen; wenn er mitbekam, dass ein Untertan Zahnschmerzen hatte, zog er den Zahn höchstpersönlich, eine Zange hatte er immer dabei. Er bewahrte die Zähne auf, heute weiß man, dass die weitaus meisten völlig gesund waren. Peter wird heute immer noch von den Russen verehrt, besonders in St. Petersburg. Dies darf jedoch nicht darüber hinwegtäuschen, dass er auch grausam und rücksichtslos war. Seinen Sohn Alexei ließ er zu Tode foltern, Enthauptungen führte er oft selbst aus. Er starb mit 52 Jahren. Gerade von einer Krankheit genesen, watete er im Winter bis zur Hüfte durch eiskaltes Wasser, um Soldaten in einem gekenterten Boot zu helfen. Er erkrankte erneut und erholte sich nicht mehr, auch seine Nachfolge konnte er nicht mehr regeln.

- Katharina I., *1684, 1725-1727
  Katharina I. war die Frau Peters I. und hatte mit ihm zwölf Kinder, von denen allerdings nur zwei das Erwachsenenalter erreichten. Sie stammte aus einfachen Verhältnissen und lernte nie lesen und schreiben. Nach Peters Tod wurde sie Zarin, die Regierung wurde jedoch von Fürst Menschikow, einem Vertrauten von Peter I., ausgeübt. Sie starb schon zwei Jahre später an Tuberkulose.

Die russischen Zaren der Romanow-Dynastie (Forts.)

- Peter II., ∗1715, 1727-1730
  Als Enkel Peters I. bestieg Peter II: im Alter von elf Jahren den Thron. Er starb knapp drei Jahre später an den Pocken.

- Anna, ∗1693, 1730-1740
  Obwohl noch zwei leibliche Töchter Peters I. verfügbar waren, wurde Anna 1730 mit einer komplizierten Begründung zur Zarin bestimmt. Akzente setzte sie in ihrer zehnjährigen Regierungszeit kaum.

- Iwan VI., ∗1740, 1740-1741
  Iwan VI. hatte ein entsetzlich tragisches Schicksal. Er wurde im Alter von acht Wochen als entfernter Verwandter von Zarin Anna zu ihrem Nachfolger bestimmt. Nach dem Putsch der späteren Zarin Elisabeth wurde er sein Leben lang gefangengehalten und 1764, schon unter Katharina II., ermordet.

- Elisabeth, ∗1709, 1740-1762
  Elisabeth putschte sich im Jahr 1740 an die Macht, ihre Ansprüche auf den Thron waren allerdings legitim. Elisabeth führte den Hof verschwenderisch und baute das Katharinenpalais, das Winterpalais und Peterhof im Barockstil aus. Sie hatte stets panische Angst, selbst einer Verschwörung zum Opfer zu fallen, und betete in ihren letzten Jahren stundenlang kniend vor Ikonen. Außenpolitisch war sie die Gegenspielerin von Friedrich dem Großen im Siebenjährigen Krieg. Die russischen Truppen standen bereits in Berlin, als Elisabeth nach langer Krankheit starb.

- Peter III., ∗1728, 1762
  Peter III., eigentlich ein Deutscher (Herzog von Holstein-Gottorf, geb. in Kiel), war ein Enkel Peters I. und ein glühender Bewunderer Friedrichs des Großen, mit dem er sofort Frieden schloss. Ein halbes Jahr nach seiner Thronbesteigung wurde er durch Gardeoffiziere gestürzt, deren Anführer Orlow hatte ein Verhältnis mit seiner Frau, der späteren Zarin Katharina II. Eine Woche später starb er unter ungeklärten Umständen. Oft wird dargestellt, dass Peter äußerlich von Pocken entstellt und ein kindlicher, unreifer Militärfanatiker war, der zudem die russischen Gebräuche nicht annahm und sich bei der Beerdigung der Zarin nicht angemessen verhielt. Die Wahrheit ist nicht mehr nachzuvollziehen.

- Katharina II., "die Große", ∗1729, 1762-1796
  Auch Katharina II. war eine Deutsche und verbrachte ihre frühe Jugend als Prinzessin Sophie-Auguste von Anhalt-Zerbst in Stettin. Auf Betreiben Zarin Elisabeths wurde sie mit 14 Jahren zur zukünftigen Zarengattin bestimmt und nach St. Petersburg überführt. Am Hof führte sie ein freudloses Leben an der Seite eines Mannes, mit dem sie sich nicht verstand. Die Situation verschlimmerte sich, als sie den nötigen Thronfolger gebar, den späteren Zaren Paul I. Sie wurde von der Erziehung ausgeschlossen und spielte überhaupt keine Rolle mehr, auch nicht nach dem Tod der Zarin. Sie putschte sich mit Hilfe der kaiserlichen Garde, angeführt von ihrem Liebhaber Orlow, an die Macht und behielt sie dann 34 Jahre.

Die russischen Zaren der Romanow-Dynastie (Forts.)

- Katharina II., "die Große" (Forts.)
Sie war belesen und intelligent und verstand sich als aufgeklärte absolutistische Herrscherin, wenngleich sie die Herrschaftsstrukturen eher konsolidierte, die Leibeigenschaft hob sie nicht auf. Der Machtbereich Russlands wurde fast auf den heutigen Umfang ausgedehnt. In der Verwaltung hielt ihr Liebhaber Fürst Potemkin (gesprochen: Patjomkin) ihr den Rücken frei. Der Spruch von den sog. Potemkinschen Dörfern stimmt nicht, Städte wie Odessa oder Sewastopol wurden von Potemkin geplant und existieren heute noch. Katharina starb mit 67 Jahren an einem Schlaganfall.

- Paul I., *1754, 1796-1801
Paul I. hasste seine Mutter zeitlebens und versuchte, nach ihrem Tod seinen Vater zu rehabilitieren. Er baute für sich das neue Schloss "Pavlovsk", weil ihn das Katharinenpalais zu sehr an seine Mutter erinnerte. Auch in St. Petersburg baute er für sich eine eigene Residenz, den "Ingenieurpalast". In diesem fiel er 1801 einer Verschwörung zum Opfer.

- Alexander I., *1777, 1801-1825
Alexander I. tendierte in seiner Jugend mehr zur Großmutter Katharina als zu seinem Vater Paul. Seine Rolle bei der Verschwörung um die Ermordung seines Vaters ist undurchsichtig. Alexander I. war der große Gegenspieler von Napoleon. Dank seines genialen Feldherrn Kutusov konnte er zur Niederlage Napoleons entscheidend beitragen. Innenpolitisch stieß er eine ganze Reihe von Reformen an. Er starb an einem Fieber in der südrussischen Stadt Taganrog.

- Nikolaus I., *1796, 1825-1855
Nikolaus I. kam als Bruder Alexanders I. auf den Thron, da dieser keine Nachkommen hatte. Gleich zu Beginn seiner Amtszeit gab es den Dekabristenaufstand, eine versuchte Sozialrevolution, die er mit aller Gewalt unterdrückte; die Anführer wurden hingerichtet. Das Regime von Nikolaus gilt als autoritär, er ist einer der unbeliebtesten Zaren.

- Alexander II., *1818, 1855-1881
Alexander II. schaffte 1861 die Leibeigenschaft der Bauern ab und gilt bis heute als der große Reformer unter den Zaren. Trotzdem wurden viele Anschläge auf ihn verübt. Am 13. März 1881 wurde seine Kutsche am Griboedov-Kanal von einer mit Dynamit gefüllten Dose beworfen. Die Explosion verletzte ihn nicht, er wollte zu Fuß zum Winterpalais weitergehen. Eine weitere Granate landete dann zu seinen Füßen, er erlag noch am gleichen Tag seinen Verletzungen. An der Stelle, wo das Attentat stattfand, wurde die Kirche "Nakrovy" (auf dem Blut) gebaut.

Die russischen Zaren der Romanow-Dynastie (Forts.)

- Alexander III., *1845, 1881-1894
  Das Schicksal seines Vaters vor Augen, hatte Alexander III. stets Angst vor Attentaten und betrieb massive Sicherheitsvorkehrungen. Er gründete die Geheimpolizei Ochrana und verfrachtete viele politische Gegner in sibirische Arbeitslager. Er regierte autokratisch und hielt nichts vom Mitspracherecht der Parlamente. Außenpolitisch versuchte er Konflikte zu vermeiden und war darin ganz erfolgreich. Er legte den Grundstein für die Transsibirische Eisenbahn. Bei der Planung eines Attentats auf ihn wurde Alexander Iljitsch Uljanow, der Bruder von Lenin, verhaftet. Er wurde in der Peter-und-Paul-Festung eingekerkert und später in der Festung Schlüsselburg (Insel in der Newa, 35 km von St. Petersburg entfernt) gehängt.

- Nikolaus II., *1868, 1894-1917
  Nilkolaus II. hielt am autokratischen Führungsstil seines Vorgängers fest und hatte so maßgeblichen Anteil am Niedergang des Systems. Eigentlich war er ein Familienmensch, der viel Zeit mit seiner Frau, die aus Darmstadt stammte, seinen vier Töchtern und seinem Sohn, dem Zarewitsch Alexei, verbrachte. Auf die politischen Notwendigkeiten reagierte er nicht. Das Leben der Zarenfamilie wurde weiter durch die Bluterkrankheit des Zarewitsch erschwert, die vor der Öffentlichkeit geheim gehalten wurde. Ein illustrer Mönch namens Rasputin schaffte es, durch mystisch erscheinende Kräfte die Blutungen zum Stillstand zu bringen. Nikolaus II. ließ sich wie viele andere Staatsoberhäupter auch in den 1. Weltkrieg hineinziehen, noch Tage zuvor stand der "liebe Nicki" (Nikolaus) in nettem Briefaustausch mit seinem Vetter "Willi" (Wilhelm II.). Das durch den Krieg verursachte Elend war in Russland noch krasser als in den anderen Ländern. Mit der Februarrevolution 1917 musste Nikolaus abdanken. Nach der darauf folgenden Okroberrevolution wurde die Zarenfamilie von den Bolschewiki in Jekatarinburg gefangengehalten und am 17. Juli 1918 erschossen. Die Leichen wurden in einer getarnten Grube verscharrt. 1991 wurden die Gebeine geborgen und einwandfrei identifiziert. Auf den Tag genau 80 Jahre nach ihrer Ermordung wurden die Romanows in der Peter-und-Paul-Festung beigesetzt.

Der Nachteil von St. Petersburg bei unserer Form des Touristentrips ist, dass die Zeitverschiebung von 2 h in die falsche Richtung geht. So ging unser Flug um 9.35 Uhr ab Frankfurt, wir kamen jedoch erst um 13.15 Uhr in St. Petersburg an. Der Flughafen Pulkovo war früher kleiner, der ist ganz schön ausgebaut worden. Pulkovo liegt 17 km südlich vom Zentrum. Nach der Passkontrolle, die reibungsloser geht als in den USA (!), besorgten wir uns am Flughafen ein Taxi. Man macht das noch im Gebäude und bekommt dann einen Gutschein mit der Nr. des Taxis und dem Hinweis, wo wir es ungefähr suchen könnten. Letztlich kamen wir klar, und nur eine Stunde nach der Landung waren wir schon im Hotel. Das Hotel war ein bisschen abenteuerlich, man musste drei Treppen hoch gehen, ein Eingang war wohl der zu einer Disco, und ganz oben war dann das Nevsky Central Hotel. Das hatte Bettina mal wieder super ausgesucht; Komfort gegen Null, aber ein solides Frühstück und

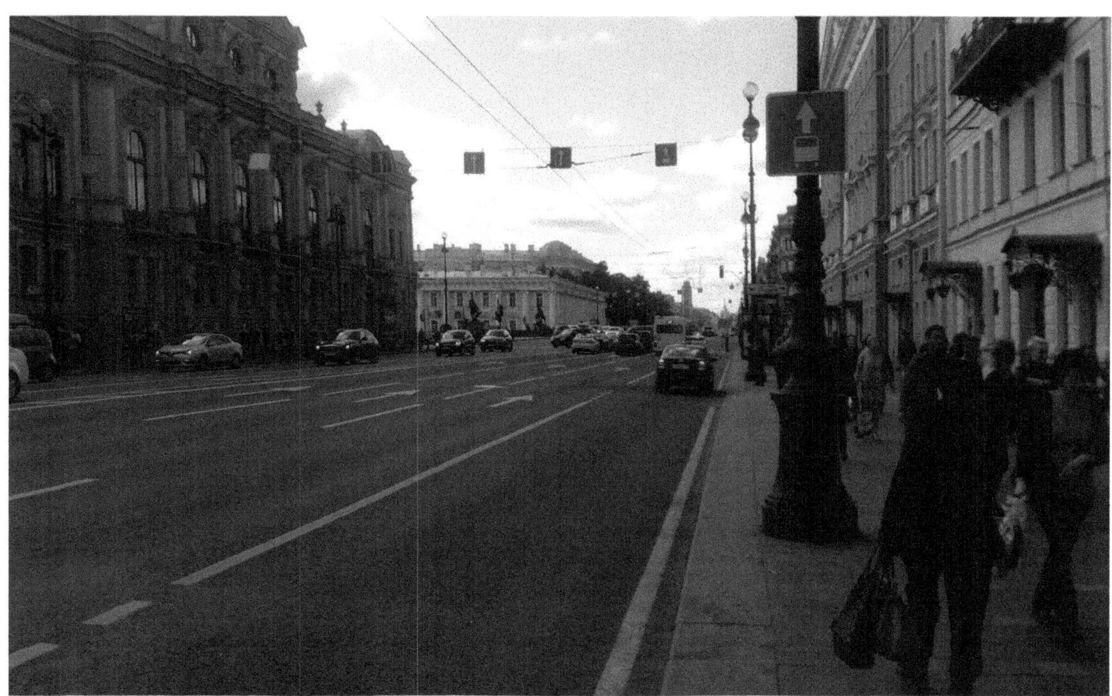

Siehst Du den Newskij, riecht es nach Bummeln ...

eine super zentrale Lage in der Mitte des Newskij-Prospekts, der Hauptschlagader von St. Petersburg. Auf die übliche Stunde Pause verzichteten wir und machten uns gleich auf den Weg in die Stadt. Ich stellte fest, dass ich meinen Fotoapparat zuhause vergessen hatte. Selbst das stellte sich hinterher als Irrtum heraus, ich fand ihn nur in meiner Tasche nicht (ich war damals 53). So zog ich mit dem Handy los und staunte hinterher, wie gut die Bilder geworden waren.

Wir gingen nicht unbedingt davon aus, dass wir noch viel auf die Beine gestellt bekommen würden. Aber einfach in St. Petersburg spazierengehen macht auch Spaß. Wie sagen die Russen doch gleich: Siehst Du den Newskij, riecht es nach Bummeln. In den Jahren seit meinem letzten Besuch hatte sich Pieter', so der Spitzname der Stadt bei den Russen, bemerkenswert entwickelt. Früher war es die Perle, die geputzt werden müsse, inzwischen hat man das getan. Keine Straßenbahnschienen mehr, die nicht mehr in der Verankerung sind, die Straßen sauber, und die Autos! Früher Moskvitsch, Lada, Wolga; Trabis gab es ja in Russland auch zu Sowjetzeiten nie. Heute durch die Bank moderne Fahrzeuge, alle in Top-Zustand, es scheint verboten zu sein, mit einer Rostlaube umherzufahren. Das kleinste Auto, das wir gesehen haben, war ein Ford Focus. Wir gingen den Newskij Richtung Winterpalais hinunter. Als erstes Fotomotiv stießen wir auf die Anitschkov-Brücke, über die man den Fluss Fontanka überquert. An den vier Ecken der Brücke sind die "Rossbändiger", vier Bronzegruppen, die das Zusammenspiel von Ross und Reiter zeigen, u. zw. in der Bewegung. Torsten freute sich, dass er das Hotel "Evropeiskaja" wiedersah, in dem er 1987 untergebracht war. Hatte sich auch etwas verändert seitdem. St. Petersburg liegt auf 42 Inseln und hat 500 ... 800 Brücken, je nachdem, was man mitrechnet. Oft wird der Vergleich mit Venedig herangezogen, das nur auf 435 Brücken käme. Das ist etwas schief, Venedig hat 260000 Einwohner, St. Petersburg 20 mal so viel. Bei der nächsten Brücke über den Gribojedov-Kanal sahen wir dann das Kuckucksei. Die Blutskirche, "Nakrovy", ist das einzige Bauwerk im altrussischen Stil, ansonsten

Das Kuckucksei: Die Blutskirche

wirkt St. Petersburg eher wie eine italienische Stadt, und es waren in der Tat auch oft italienische Architekten, die die Bauwerke konzipierten. Die Blutskirche ist der Basiliuskathedrale in Moskau nachempfunden, sie wurde an der Stelle erbaut, wo das Attentat auf Zar Alexander II. passierte. Man hatte einen guten Blick auf sie, nur der mittlere Turm war leicht eingerüstet, ohne die Optik wesentlich zu beeinträchtigen. Ein einziges Mal habe ich Fotos ohne Gerüst machen können. Man konnte sogar hinein, die Schlange war nicht allzu lang. Innen wirkt die Kirche sehr massiv und mächtig, sie ist praktisch durchgängig mit Ikonen geschmückt, die uns, vom westlichen Christentum geprägt, immer fremd vorkommen. Über der Stelle, wo das Attentat stattfand, ist ein Baldachin aufgebaut. Die Kirche wurde 1912 fertiggestellt und diente immer nur als Museum und Gedenkstätte, nie als aktive Kirche.

Wir gingen weiter zum Schlossplatz, der mit gut 60000 m^2 mehr als doppelt so groß ist wie der Rote Platz in Moskau. Das ist eine tolle Perspektive ins weite Rund: Das Winterpalais ist 200 m lang und 160 m breit, damit übertrifft allein dieses Gebäude den Roten Platz schon an Fläche. Das Winterpalais ist nicht nur die Residenz der Zaren, sondern beherbergt die Kunstwerke der Ermitage, locker vergleichbar mit dem Louvre, und ich persönlich finde, dass es das angenehmere Kunstmuseum ist. Auf der anderen Seite ist im Halbrund das Gebäude des Generalstabs, früher ein Militärgebäude, heute hilft es der Ermitage ein wenig bei der Raumnot, indem man dort die Sammlung der Modernen Kunst untergebracht hat. In der Mitte die Alexandersäule aus rotem Granit. Das Monument ist ca. 47.5 m hoch und gute 600 t schwer. Wir gingen noch in den Innenhof des Winterpalais, um herauszufinden, wo genau der Eingang zur Ermitage ist, wo wir zwei Tage später hinein wollten.

Winterpalais

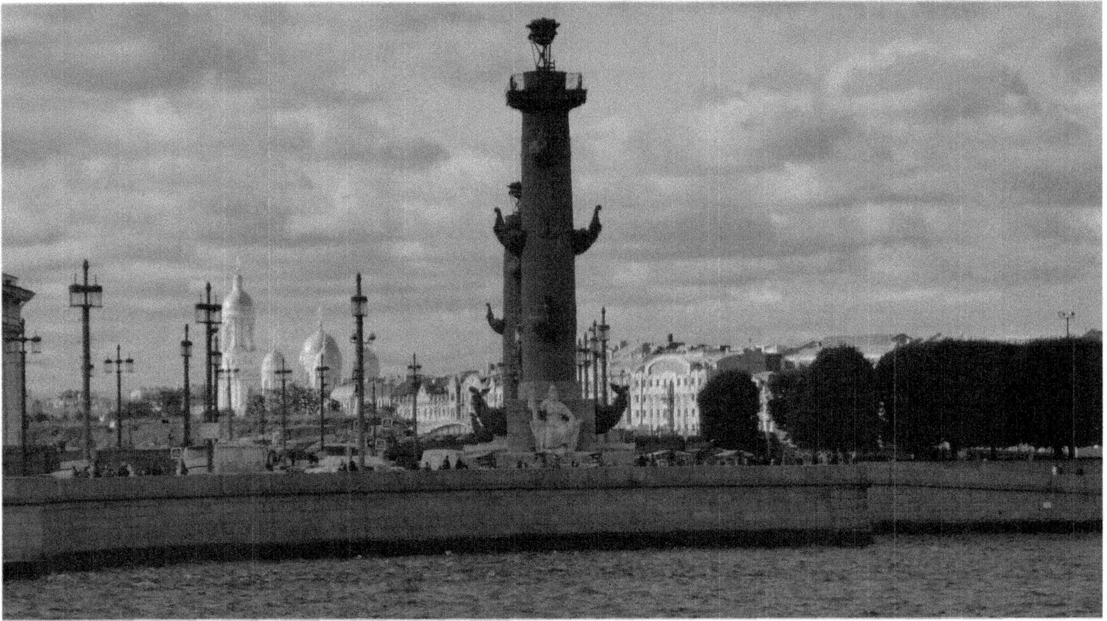

Rostra-Säulen

Den Schlossplatz kennt man wahrscheinlich aus dem Film "Oktober" von Sergej Eisenstein, ein Propaganda-Streifen des kommunistischen Regimes. Man sieht, wie der Panzerkreuzer Aurora auf der Newa mit einem Schuss das Signal zum Sturm auf das Winterpalais gibt. Und dann stürmen die bewaffneten Arbeiter und Bauern auf den Schlossplatz, entern das Winterpalais und laufen alle schnurstracks nach oben, wo sie im Malachitsaal auf die provisorische Regierung treffen und sie festsetzen. Man ganz davon abgesehen, dass die Revolutionäre keine durchtrainierten Jogger und außerdem gut beladen waren, wieso kannten sie sich im Winterpalais so gut aus, dass sie mal so eben traumwandlerisch sicher den Malachitsaal fanden? Ich selbst wollte mal gegen Ende der Öffungszeit vom Malachitsaal aus den Ausgang finden, was viel einfacher ist, und hatte damit erhebliche Schwierigkeiten, und ich konnte sogar noch ein paar Ortskundige fragen. In Wirklichkeit wurde das Winterpalais schlicht übergeben.

Wir gingen weiter die Newa entlang. Wir sahen auf der anderen Seite des Flusses die Rostra-Säulen, zwei 34 m hohe Säulen, die mit Schiffsschnäbeln geschmückt sind, die Börse und die Universität. Schließlich kamen wir zur Isaakskathedrale, dem viertgrößten Kuppelbau der Welt[29]. Vor der Kathedrale ist der dynamische Eherne

[29]nach dem Petersdom, St. Paul's in London und der Protz-Kathedrale Notre-Dame-de-la-Paix an der Elfenbeinküste

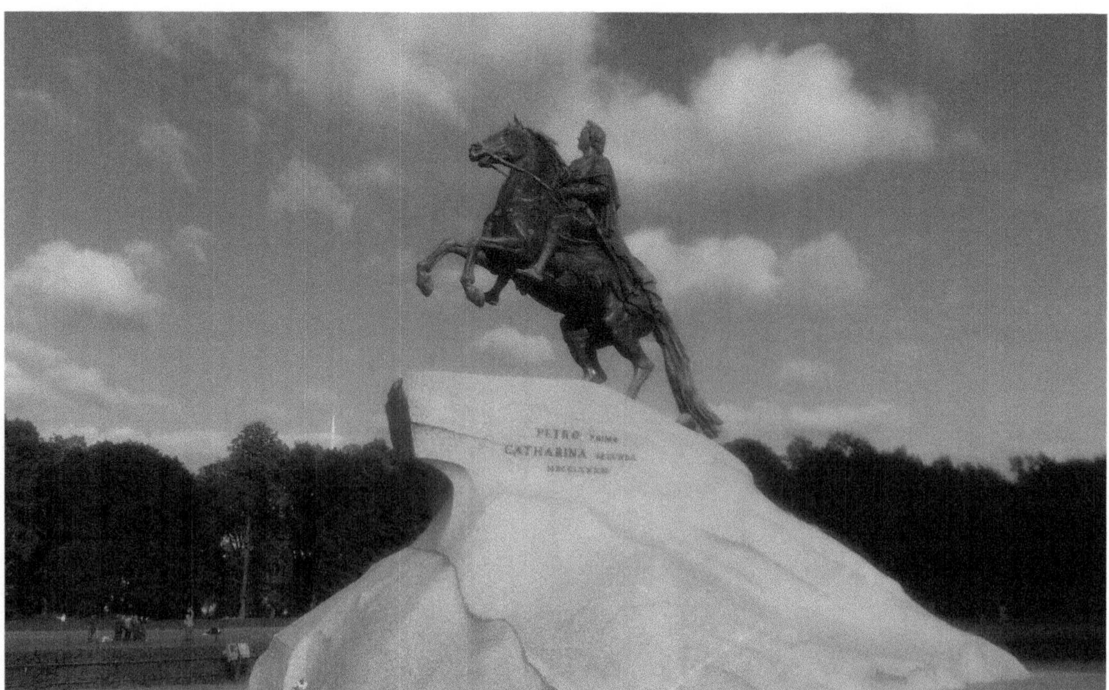

Eherner Reiter: Denkmal für Peter den Großen

Reiter, ein Denkmal für Peter I., auf einem springenden Pferd dargestellt. Auf der anderen Seite der Kathedrale ist dann ein analoges Denkmal für Nikolaus I., auch auf einem Pferd, aber wesentlich statischer. Die Petersburger meinen dazu: "Der dumme Zar will zum klugen Zaren, aber die Isaakskathedrale ist im Weg." Wir fanden dann in den etwas kleineren Straßen eine "Piroschkovaja", wo wir auf einem erschütternd niedrigen Preisniveau eine Borschtsch-Suppe[30] und eine Pirogge, eine Fleischpastete, zu uns nahmen. Auf dem Rückweg sahen wir auf dem Newskij noch das Denkmal von Katharina der Großen.

Sie steht, mit einem Pelzmantel bekleidet, auf einer Art Glocke. Bei diesem Denkmal muss ich immer an die Neigung der Russen zum Verkleinern denken, ich hörte mal einen Russen sagen: "Gehen wir zu Katschka!" Katschka entspricht etwa "Kathrinchenlein". Wir machten dann zwei Stunden Pause auf dem Hotelzimmer und gingen dann noch einmal zur Newa, diesmal bei Nacht. Da konnten wir noch ein paar schöne Impressionen vom Winterpalais, von den Rostra-Säulen und von der Kasaner Kathedrale, einem monumentalen Sakralbau, der in seinem Aufbau dem Petersdom nachempfunden ist, aufnehmen. Und dann liefen wir auf dem Newskij noch zwei sehr netten Flyer-Verteilerinnen in die Hände: Auf dem Newskij gab es offenbar auch schon einen Dungeon, wie in London, Hamburg oder Berlin. Er nannte sich "Saint Petersburg Mysteries", und es gab auch englische Führungen. Wir waren gespannt.

Eigentlich gibt es in St. Petersburg genug zu sehen, doch zweimal muss man raus: nach Peterhof und zum Katharinenpalais[31]. Bei uns stand für den nächsten Morgen Peterhof auf dem Programm. Um das effektiv zu bewerkstelligen, braucht man Bettina, die das ganze schon im Vorfeld organisiert hatte. Wir wurden vom Hotel

[30] eine Rote-Beete-Suppe, oft ergänzt durch Kartoffeln und Fleischstückchen. Nur echt mit einem Löffel "Smetana" (Schmand)

[31] Wir haben das kleine Schloss Pavlovsk auf unserem Trip weggelassen, man würde es aber normalerweise mit dem Katharinenpalais verbinden.

Petergof: Goldene Kaskade und Palast

mit einer Pünktlichkeit, die man eher uns Germanen zuschreibt, abgeholt und dann nach Peterhof gefahren. Das liegt ungefähr 30 km westlich von St. Petersburg, mit dem Auto dauert das, bedingt durch den Stadtverkehr, eine gute Stunde. Auf dieser Fahrt merkt man, wie weitläufig St. Petersburg ist, man kommt durch Gegenden, die ganz anders aussehen. Unsere Begleitung, der Fahrer und eine junge Dame, deren Deutsch perfekt war, erklärte uns die Gegend: neue Wohnkomplexe als Antwort auf die Wohnungsnot in den Großstädten oder das Schlösschen von Putin, das er benutzt, wenn er mal in seiner Heimatstadt St. Petersburg weilt. Dann waren wir auch schon in Peterhof, und es zeigte sich, dass wir ohne Führung völlig hilflos gewesen wären. Sich in die richtige Schlange einzureihen, zu wissen, ob man fotografieren darf und wenn ja, wo, ob man seine Klamotten an der Garderobe abgeben muss und was einen berechtigt, sie später wieder abzuholen, welche Sicherheitskontrollen man durchlaufen muss; all dies sind Fragen, für die die Russen sich an jeder einzelnen Sehenswürdigkeit ein eigenes System ausdenken, und immer muss man das ohne schriftliche Instruktionen herausfinden. Das hätte uns, auch wenn wir es geschafft hätten, eine Unmenge Zeit gekostet. So ging unsere Tourguidin ganz frech an der Schlange vorbei, schnappte sich die Tickets, deponierte unsere Jacken an einer Stelle, von der wir bis zum Schluss nicht wussten, wo sie war, und begann dann mit ihrer Führung durch den Palast.

Peter der Große gönnte sich dieses Schloss nach seinem Sieg über die Schweden und ließ sein kleines Landhaus von 1709-1723 standesgemäß ausbauen. Er selbst starb zwei Jahre später und hatte nicht mehr viel davon, seine Nachfolger bauten es aber nach und nach zu dem heutigen Zustand aus. Im 2. Weltkrieg[32] wurde Peterhof vollständig zerstört, nach dem Krieg aber im alten Zustand wiederaufgebaut. Man hatte dabei gute Vorsorge getroffen und einige Kunstwerke rechtzeitig wegschaffen

[32]In Russland zählt nur der "Große Vaterländische Krieg" 1941-1945, so muss man nicht lästigerweise erwähnen, dass Stalin bei Hitlers Überfall auf Polen kräftig mitgeholfen hatte.

oder vergraben können. Nach und nach wurde alles wieder instandgesetzt, und jetzt scheint die Anlage fertig zu sein, wir haben keine Bauarbeiten mehr gesehen. Peterhof hieß zu Sowjetzeiten "Petrodvorets" (Peterpalast), inzwischen heißt es auf Russisch "Petergof", das "h" gibt es im kyrillischen Alphabet nicht, und es wird durch "g" ersetzt (z.B. auch "Gamburg").
Natürlich ist der Palast sehenswert, vor allem mit einer guten Führung, Highlights sind der Große Ballsaal und der Zarenthron, ebenso die Bildergalerie. Was Peterhof jedoch unvergesslich macht, sind die wunderbaren Fontänen, die sich durch die gesamte Parkanlage ziehen. Die Hauptfassade wird bestimmt von der Goldenen Kaskade, die von goldfarbenen Skulpturen umsäumt wird. In sieben Stufen fließt das Wasser hier von der Hauptfassade herab, um dann in einem Becken mit einer großen Fontäne zu landen. Zusammen mit dem Gelbton der Fassade ein phantastisches Fotomotiv. Kaskaden finden sich in dem weitläufigen Park auch immer wieder, dazu originelle Fontänen wie z.B. die Schachfontäne, wo das Wasser eine als Schachbrett gestaltete Ebene hinunterfließt. Von einem Aussichtspunkt konnte man das höchste Gebäude St. Petersburgs und Europas in der Ferne sehen: das Lakhta Center mit 462 m Höhe, das Hauptquartier von Gazprom. Man sieht das Mißverhältnis: der Charme St. Petersburgs kommt nicht zuletzt dadurch zustande, dass eigentlich kein Gebäude höher sein darf als das Winterpalais.
Aber das Beste sind die Scherzfontänen. Es gibt ein Bild von Claudia und mir, wo wir uns in Peterhof auf einer Bank umarmen, während eine Fontäne über uns hinüberspritzt. Wenn man es weiß, bleibt man einfach auf der Bank sitzen und wird kaum nass. Die meisten springen freilich in Panik auf, wenn die Fontäne losgeht, und damit begeben sie sich genau ins Nasse. Ich probierte das nochmal, aber irgendwie hatte die Fontäne diesmal eine kürzere Reichweite, und ich musste dann doch die Flucht ergreifen. Die nächste Station ist ein ca. 3 m x 3 m Rechteck mit Kopfsteinpflaster. Wenn man auf den richtigen Stein tritt, verwandelt sich das gesamte Bett in eine Fontäne, und man wird ordentlich feucht. Und auf dem Weg zur Schachfontäne, man kann sie schon sehen und muss auch dort lang gehen, wird ein ungefähr 15 m langes Wegstück von beiden Seiten besprengt, und man hat keine Chance, der Dusche zu entkommen.

Auf dem Rückweg müssen wir irgendwie auf das Thema Friedhof gekommen sein. Mir fiel spontan der Lavra-Friedhof ein, eine kleine Entsprechung zum Père Lachaise in Paris. Ich wusste sogar, wie man dorthin kommt. Er ist am anderen Ende des Newskij Prospekts, Metro-Station Alexander-Newskij-Kloster.
Ein Wort zur Petersburger Metro. Sie ist noch tiefer als die in Moskau, weil sie ja unter dem Flusssystem entlanggeführt werden muss. Es gibt relativ wenig Stationen, nicht jedes Ziel hat eine eigene. Die Stationen selbst sind blitzsauber, niemand würde hier auf die Idee kommen, Müll abzuladen. Ein paar Monate vor unserem Trip, am 3. April 2017, gab es einen islamistischen Sprengstoffanschlag mit 14 Toten, zwischen den Stationen Sennaja Ploschtschadj und Technologitscheskij Institut, zwei Stationen, die zu den Drehkreuzen der Metro gehören und die man zwangsläufig benutzt. Unsere Bundesregierung bewies damals wenig Fingerspitzengefühl; da das russische Regime ja andernorts den Terror unterstütze, wurde das Brandenburger Tor nicht wie bei anderen Anschlägen als Zeichen der Solidarität angeleuchtet. Die Präsenz der Miliz in der Metro hat seitdem spürbar zugenommen. Wir fuhren also zum Alexander-Newskij-Kloster und fanden auch den Lavra-Friedhof, genauer: den Tichwiner Friedhof. Torsten war hin und weg. Man sah hier die prächtigen Gräber

Schlecht gepokert

russischer Künstler und Wissenschaftler, u.a.:

- Fjodor Michailowitsch Dostojewskij (1821-1881)
- Michail Iwanowitsch Glinka (1804-1857)
- Nikolai Andrejewitsch Rimskij-Korsakov (1844-1908)
- Alexander Porfirjewitsch Borodin (1833-1887)
- Pjotr Iljitsch Tschaikovskij (1840-1893)
- Modest Petrowitsch Mussorgskij (1839-1881)
- Anton Grigorewitsch Rubinstein (1829-1894)
- Michail Lomonossov (1711-1765)
- Leonhard Euler (1707-1783)

Das schönste Grab ist natürlich das von Tschaikovskij, dessen Büste von zwei Engeln umhüllt wird. In einer Vase vor dem Grabdenkmal sind immer frische Blumen. Irgendwie hat man das Gefühl, dass man den Tanz der Rohrflöten aus dem Nussknacker hört ... Es beeindruckt auch, wie gepflegt die Gräber auf diesem kleinen Friedhof sind.
Wir konnten dann noch einen Blick in die Dreifaltigkeitskathedrale des Alexander-Newskij-Klosters werfen, wo die Gebeine des Heiligen in einem Schrein aufbewahrt

Grab von Pjotr Iljitsch Tschaikovskij

werden. Alexander Newskij war ein Feldherr im 13. Jahrhundert, der gegen den Deutschen Orden und gegen die Schweden Schlachten gewann. Dass man damit schon heilig werden kann, versteht ein Mitteleuropäer eher nicht.

Da wir Dostojewskijs Grab nun schon gesehen hatten, fiel uns ein, dass man sich ja auch sein Wohnhaus ansehen könnte, das inzwischen als Museum genutzt wird. Wir machten uns wieder mit der Metro auf den Weg und fanden das Haus nach einigem Suchen. Das Museum ist zweigeteilt. Im ersten Teil geht es durch Dostojewskijs Wohnung. Man sieht seinen Hut, sein Arbeitszimmer, das Esszimmer, das Wohnzimmer, sogar seine Zigaretten. Der zweite Teil ist dann eine Dokumentation über sein Leben, wobei einige Originalstücke ausgestellt werden. Ein sehr guter Audioguide führt einen durch die Ausstellung.
Dostojewskij schrieb sechs große Romane:

- Schuld und Sühne (heute: Verbrechen und Strafe)
- Der Spieler
- Der Idiot
- Die Dämonen
- Der Jüngling
- Die Brüder Karamasov

Ich habe zwei als Hörbuch gehört. Schuld und Sühne ist der Vorläufer der Columbo-Krimis. Es geht nicht darum, wer es war (Whodunit), sondern wie sich der Täter fühlt, wie er mit seiner Tat fertig wird. Der Ur-Columbo, Ermittlungsrichter Porfirij, weiß ganz genau, dass Rodion Raskolnikow der Täter ist, nur der Beweis fehlt. Mit seiner kumpelhaften Art umkreist er ihn solange, bis Raskolnikov gesteht. "Der

Spieler" handelt von einem spielsüchtigen Neureichen und trägt autobiographische Züge. Dostojewskij selbst hat in Wiesbaden, Bad Homburg und Baden-Baden ein kleines Vermögen gemacht, wenn man davon ausgeht, dass er vorher ein großes hatte; Dostojewskij konnte mit Geld nicht umgehen. Das "Roulettenburg" im Roman ist ganz eindeutig Wiesbaden. Dort habe ich auch schon gespielt.
Dostojewskij stand in seinen frühen Jahren einer oppositionellen Gruppe nahe. Mit 28 Jahren wurde er 1849 in der Peter-und-Pauls-Festung inhaftiert und zum Tode verurteilt. Die eigentliche Strafe war eine Scheinhinrichtung; die Verurteilten hatten bereits das Leichenhemd an und waren teilweise schon festgebunden, als ein kaiserlicher Bote gerade noch rechtzeitig herangeritten kam. Dostojewskijs Urteil waren vergleichsweise harmlose vier Jahre Verbannung nach Sibirien mit anschließendem Militärdienst. 1857 war er endgültig frei. Er hatte allen revolutionären Ideen abgeschworen. Er siedelte 1859 nach St. Petersburg um und bezog das Haus, das wir gerade besichtigt hatten.

Wir fuhren zurück zum Newskij und gingen in einem georgischen Restaurant essen. Danach gingen wir ins Hotel und ruhten uns aus, wir hatten nämlich noch etwas vor. In St. Petersburg werden nämlich nachts um 2.00 Uhr die Brücken hochgezogen, eine nach der anderen, damit die großen Schiffe passieren können. Das ist schon irre, es werden Bootstouren angeboten, von wo aus man diesen irgendwie unwirklichen Vorgang aus guter Perspektive beobachten kann. Wir waren hin und weg, ich selbst hatte es so gut nicht einmal 1993 während der Weißen Nächte gesehen[33]. Nach dieser Bootstour machten wir dann aber wirklich Schluss mit diesem Tag, der eigentlich schon der nächste war und an dem wir auch noch einiges vor hatten.

Am nächsten Tag stand die Ermitage auf dem Programm. Glücklicherweise hatte uns Bettina schon Tickets im Vorfeld organisiert. Was das wert war, sahen wir bei der Ankunft am Winterpalais: die Schlange ging über den ganzen Schlossplatz, und das änderte sich im Laufe des Tages kaum; von Zeit zu Zeit schauten wir im Winterpalais aus dem Fenster. Und es war ein mieser regnerischer Tag, typisches Petersburger Schmuddelwetter. Wir hatten es gut, das Personal erkannte unsere Vouchers und schickte uns in die richtige Richtung, bis wir den Eingang im Nachbargebäude (!) gefunden hatten. Sechs Stunden dauerte dann unser Besuch in der Ermitage, mit einem sehr guten Audioguide. Wie oben schon erwähnt, ist es nicht nur ein Kunstmuseum, sondern der Hauptsitz der russischen Zaren. Das ist auch das, was man zuerst wahrnimmt. Man sieht den großen Ballsaal, die prächtigen Aufgänge, den Thron, die Ahnengalerien der Zarenfamilie, das Portrait von Kutusov, dem Bezwinger Napoleons, und natürlich die kleinen Spielzeuge, die man sich bei Romanows leistete. So wie die Pfauenuhr, die Katharina die Große sich 1781 aus England kommen ließ. Sie ist aus Silber und Bronze, teilweise vergoldet. Zur vollen Stunde schlägt der Pfau ein Rad, der Hahn kräht, und die Eule verdreht den Kopf. Man traut dem Zahn der Zeit aber nicht so richtig, der Mechanismus wird nur noch zu besonderen Anlässen in Gang gesetzt, ein Videofilm erspart dem Besucher immerhin, in einer dichten Menschentraube auf die volle Stunde zu warten und das ganze letztlich doch nicht zu sehen.

Von den Gemälden bleiben mir als überzeugtem Kunstbanausen vor allem die im Gedächtnis, zu denen es eine Story gibt. Michelangelo Caravaggio (1571-1610) war

[33]St. Petersburg ist die nördlichste Millionenstadt der Welt, es liegt so weit nördlich, dass die Sonne im Juni in einer Woche nur knapp unter den Horizont geht, es wird dann nachts nicht richtig dunkel, sondern nur dämmrig.

Nacht auf der Newa

Winterpalais bei Nacht

War eine gute Idee von Bettina, uns die Tickets für die Ermitage im Vorfeld zu besorgen

ein ausgesprochener Tunichtgut. Wegen eines Totschlags wurde er aus Rom verbannt, sein weiterer Weg führte ihn über Neapel nach Malta, von dort nach Sizilien und wieder zurück nach Neapel, klar kam er nirgends. Aber als Maler prägte er seine Zeit durch seine Art, Licht darzustellen. Der Lautenspieler in der Ermitage ist so ein Beispiel. Ein Jüngling spielt zu Noten auf seinem Instrument. Er ist hell erleuchtet in einem dunklen Raum; als Gegengewicht auf dem Bild dient ein Blumenstrauß. Eigentlich handelt es sich wohl auch um eine Lautenspielerin; die Noten deuten auf eine Sopranstimme hin. Das Portrait der Schauspielerin Antonia Zarate von Francisco Goya zeigt eine melancholisch dreinblickende junge Frau. Ein Arzt soll einmal an dem Bild vorbeigegangen sein und spontan gesagt haben, er wisse nicht, wer das ist, aber diese Frau sei sehr krank. In der Tat starb sie wenig später an Tuberkulose. Und natürlich die Rembrandtsammlung, z.B. "Die Rückkehr des verlorenen Sohnes", "Danaë", die "Kreuzabnahme", die "Heilige Familie mit Engeln" oder "Die Opferung Isaaks". Etwa zwanzig Rembrandts hängen in der Ermitage, und man ist schon fast enttäuscht, dass die "Nachtwache" nicht dabei ist.

Man geht durch den Malachitsaal, einem prächtigen Raum, der von den mit dem tiefgrünen Malachit überzogenen Marmorsäulen bestimmt wird und in dem angeblich bei der Oktoberrevolution die provisorische Regierung verhaftet worden war, und durch die 1762 gegründete Bibliothek. Unten gibt es noch eine Abteilung für Frühgeschichte, dann gingen wir in das Gebäude des Generalstabs, wo die modernen Werke der Sammlung ausgestellt sind. Eine van-Gogh-Abteilung gibt es, mit dem bekannten Werk "Das weiße Haus bei Nacht"[34], das van Gogh gut einen Monat vor seinem Tod malte. Vor kurzem habe ich einen Vortrag über "Van Gogh und die Astronomie" gehört. Man kann mit entsprechenden Programmen die Position der Gestirne für jeden Ort zu jedem Zeitpunkt nachstellen. Auf fast allen Bildern mit Sternen gelingt es, die Himmelskörper zu identifizieren. Beim Weißen Haus ist das dargestellte Gestirn die Venus. Und man kann feststellen, was man schon beim

[34]gemeint ist nicht der Sitz des US-Präsidenten

Malachitsaal. Man beachte, wie gut die Uniform der Aufsichtsperson zum Saal passt

Betrachten ahnt: Tief in der Nacht ist es noch nicht, sonst wären um 1890 keine Damen mehr draußen.
Auch Paul Gauguin, ein Weggefährte van Goghs, ist mit einigen seiner Südseebilder vertreten, z.B. "Zwei Schwestern", "Unterhaltung', "Wohin gehst Du", "Heiliger Frühling, süße Träume" oder "Später Nachmittag". Was man noch kennt, ist "Der Tanz" von Henri Matisse. Eigentlich ein Bild nach dem Motto "mein Sohn kann es besser", aber die fünf Tänzerinnen im Evakostüm, rot gemalt, heben sich vom einfarbig grünen bzw. blauen Hintergrund ab, so dass man bei diesem Bild stehenbleibt. Matisse hatte sich vom Impressionismus losgesagt und probierte neue Stile aus, die im Expressionismus endeten.

Es war schon später Nachmittag, aber wir wussten, dass die Isaakskathedrale noch geöffnet hatte. An der Admiralität mit ihrer goldenen Spitze vorbei gingen wir dorthin, etwa 1 km Weg. Wir erstanden zwei Tickets und konnten dann ins Innere vordringen. Die Isaakskathedrale ist 111 m lang und 97 m breit, die Kuppel ist 101.5 m hoch. Sie ist nach einem Heiligen benannt, nicht nach dem Sohne Abrahams. Die Gestaltung der Isaakskathedrale wurde 1816 von Alexander I. nach dem Sieg über Napoleon ausgeschrieben. Den Auftrag erhielt der Franzose Auguste de Montferrand (1786-1858). Die Schwierigkeit bestand darin, eine der zu damaliger Zeit schwersten Bauten der Welt auf einem sumpfigen Untergrund zu errichten. Dazu wurden etwa 11000 Baumstämme in die Erde gerammt. Montferrand hatte es schwer - sein Konzept war unglaubwürdig. Mit einem überarbeiteten Entwurf konnte er überzeugen. 1827 waren die Arbeiten am Fundament abgeschlossen, und 30 Jahre später war die Kirche fertig. Im gleichen Jahr starb Montferrand. Da er römisch-katholisch und nicht orthodox war, konnte seinem Wunsch, in seiner Kathedrale beigesetzt zu werden, nicht entsprochen werden. Sein Leichnam wurde nach Paris überführt und auf dem Montmartre-Friedhof beerdigt. In der Isaakskathedrale erinnert eine Büste an ihn. In der kommunistischen Zeit diente die Kirche als Museum und Lager, erst

Vincent van Gogh: Das weiße Haus bei Nacht

1990 konnte wieder ein Gottesdienst abgehalten werden. Im Inneren der Kirche ist alles sehr groß und erschlägt einen. Die Kuppel erscheint von unten riesig. Es gibt 200 großformatige Gemälde, zehn große Säulen aus Malachit und zwei aus Lapislazuli. 43 verschiedene Materialien wurden verwendet, der Spitzname der Kirche ist "Museum der russischen Geologie".
Wir gingen hinaus, warfen im früheren Arbeiter- und Bauernstaat noch einen Blick in den "Rolls-Royce Motor Cars" Shop, kauften aber keinen, weil uns die Farben nicht gefielen. Auf dem Rückweg verspürten wir allen Ernstes Hunger. Wir gingen wieder in unsere "Piroschkovaja" und aßen uns zu einem Spottpreis satt. Und eine russische Borschtsch ist schon klasse. In Russland sind Kochsendungen sehr populär. Einige Wochen zuvor war ich in Novosibirsk, und nach der Tagung verbrachte man noch ein Wochenende auf der Universitätsdatscha mitten im sibirischen Wald. Neben der Banja, der russischen Sauna, war ein Wettkochen der Hit. Die Russen machten sich einen Spaß daraus, uns Ausländer einzuspannen, und der Sieger durfte sich "Masterklass" nennen.

An der Kreuzung Newskij Prospekt / Griboedov-Kanal warfen wir dann endlich einen intensiven Blick auf das herrliche "Dom Knigi" (Haus des Buches). Ehemals war es das Firmengebäude von Singer, dem Nähmaschinenhersteller. Wir verbrachten auch da noch eine Stunde, bis wir das ganze Angebot gesichtet und das Gebäude besichtigt hatten. Im Hotel ruhten wir uns ein Stündchen aus und nahmen dann das Angebot der St. Petersburg Mysteries wahr.
Ein bisschen ulkig war es von Anfang an. Alle 30 min wurde eine Führung angeboten, auf Russisch natürlich. Aber alle 90 min sollte auch eine Tour auf Englisch sein; da wir diese Sprache ungleich besser beherrschen, entschieden wir uns dafür. Mehr-

Isaakskathedrale

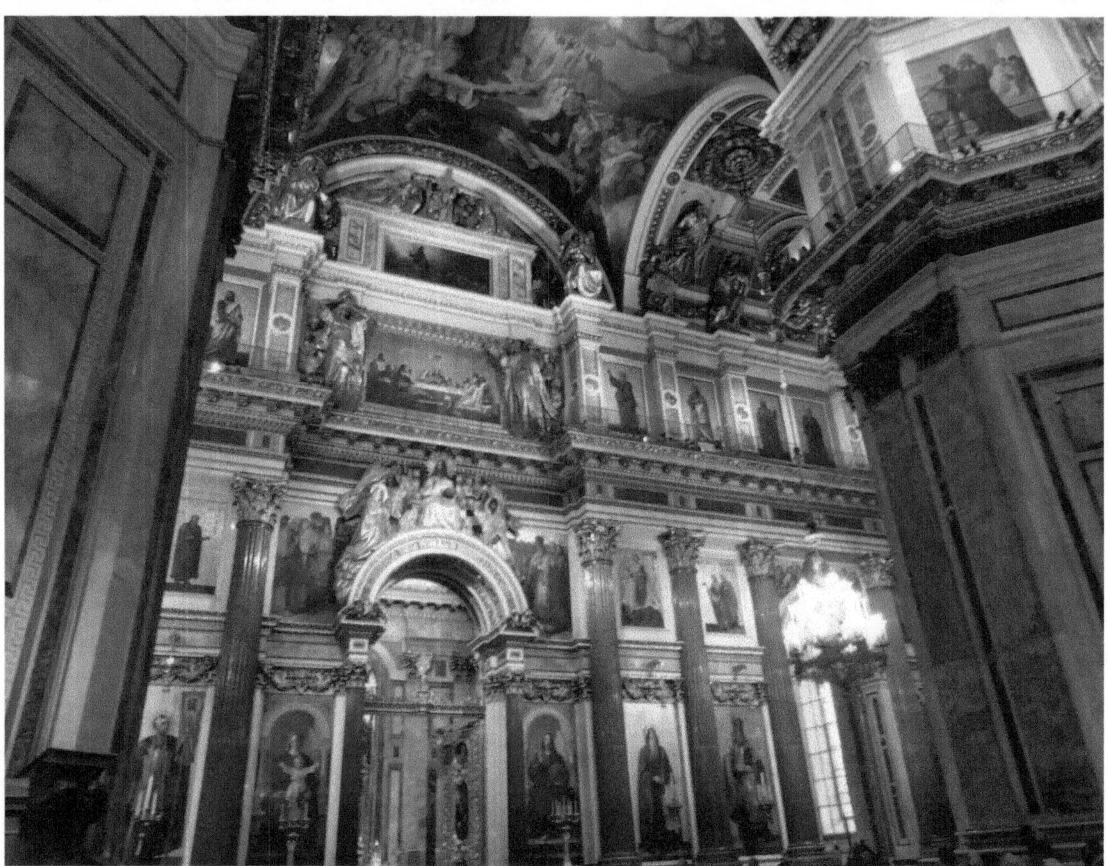

Inneres der Isaakskathedrale

Dom Knigi

fach wurde zurückgefragt, ob es denn wirklich die englische Führung sein sollte, und unser beständiges Nicken hinterließ offenbar eine gewisse Ratlosigkeit. Schließlich nahm uns eine junge Dame, die offensichtlich zum Ensemble gehörte, zur Seite und schilderte die Sachlage. Also: Die englischsprachige Tour sei noch nicht ausgereift. Oder, um der Wahrheit die Ehre zu geben: nicht alle könnten perfekt Englisch. Um nicht zu sagen: wenige könnten ein bisschen Englisch. Das hörte sich nicht nach britischem Understatement an, allerdings auf eine typisch russisch charmante Weise. Die Vorführung war nicht wirklich gruselig wie in London, Berlin oder Hamburg. Es waren elf Spielszenen aus der Geschichte Petersburgs:

1. Die Gründung St. Petersburgs durch Peter den Großen
2. Das Gefängnis in der Peter-und-Paul-Festung
3. Der Tod der Prinzessin Tarakanova (möglicherweise einer Tochter von Zarin Elisabeth)
4. Prophezeiung zum Mord an Zar Paul
5. Die Nase im Brotlaib (Horrorgeschichte)
6. Die drei glücklichen Karten von Germann (ein Spieler wird irrsinnig durch die Begegnung mit einer Toten)
7. Akakij Akakijewitschs Mantel (Einem Mann wird der wertvolle Mantel gestohlen. Nach seinem Tod greift er als Gespenst nach den Mänteln von Passanten.)

Anitschkov-Brücke bei Nacht

8. Raskolnikovs Verbrechen und Strafe
9. Ein Beamter ohne Nase (Pendant zu Die Nase im Brotlaib)
10. Verbrennung von Rasputins Leiche (die sich plötzlich bewegt)
11. Labyrinth von Reflexionen und Echos

Nichts wirklich dolles, aber wir haben uns nicht gelangweilt. Bei der einen oder anderen Szene kam der Schauspieler zu Beginn auf uns zu und bat um Verständnis, dass er doch lieber auf Russisch spielen wolle. Und das hatten wir natürlich. Und zur Belohnung bekamen wir auf dem Rückweg ins Hotel noch einen herrlichen Blick auf die Anitschkov-Brücke.

Was bei der Peterhof-Tour geklappt hatte, wollten wir wiederholen bei der Fahrt nach Puschkin zum Katharinenpalais. Und auch diesmal funktionierte es wieder; die Führerin sprach zwar nicht Deutsch, aber dafür sehr gut Englisch; wir hätten sie am liebsten als Darstellerin zu den St. Petersburg Mysteries vorgeschlagen ...

Das Zarskoje Selo (Zarendorf), heute Puschkin, liegt etwa 25 km südlich von St. Petersburg. Man fährt in Richtung Flughafen, vorbei am Denkmal für die 900-tägige Belagerung Leningrads im 2. Weltkrieg. Es muss hier tatsächlich Leningrad heißen. Viele ältere Leute stemmten sich noch 1991 gegen die Umbenennung in St. Petersburg, gar nicht so sehr, weil sie dagegen waren, sondern weil sie Angehörige verloren hatten, die eben Leningrad verteidigt hatten. Das Denkmal ist ein monumentaler Ring auf einer Verkehrsinsel, der durchbrochen ist - ein Symbol für das Ende der

Katharinenpalast mit den Zwiebeltürmchen der Palastkirche

Blockade. Die Blockade dauerte von September 1941 - Januar 1944, 1.1 Mio. Leningrader verloren dabei ihr Leben, die meisten durch Hunger, was ein erklärtes Ziel der Nazis war. Diese menschenverachtende Kriegsführung gilt als eines der schlimmsten Kriegsverbrechen der deutschen Wehrmacht.

Der Katharinenpalast im heutigen Puschkin war die einstige Sommerresidenz der Zaren. Benannt ist er nach Katharina I., stärker geprägt wurde er vom Hof Katharina II. Er und der angrenzende Park wurden im Laufe der Jahrhunderte immer weiter ausgebaut. Von außen wird das längliche Gebäude (300 m) von den Farben blau, weiß und ocker bestimmt, und schon von weitem sind die vergoldeten Zwiebeltürmchen der Palastkirche zu sehen - bei Sonnenschein eines meiner liebsten Fotomotive. Mit unserer Tourführerin konnten wir um die riesige Schlange vor dem Palast herumgehen und sparten so mit Sicherheit eineinhalb Stunden Zeit. Auch im Innern ist der Palast großartig; prunkvoll, aber nicht überladen. Zuerst kommt man über den in weiß gehaltenen Aufgang in den Ballsaal, 47 m lang und 18 m breit. Er wirkt noch ein wenig größer durch die von vergoldetem Holz umrahmten Spiegel an den Stirnseiten. Hier wollte ich mit Claudia mal unsere Hochzeitsfeier begehen, aber viele unserer Gäste bekamen kein Visum, und so wichen wir dann doch nach Diepholz aus. In der Mitte ist wieder eine Bildergalerie, 130 Werke, die weitaus meisten davon Originale aus dem 17. und 18. Jahrhundert. Leider war die Palastführung nicht vollständig, wir konnten nur die rechte Seite in Richtung zur Kirche hin begehen, und so entging uns der herrliche Anblick der goldenen Zimmerflucht. Mehrere vergoldete Türrahmen scheinen hier perspektivisch ineinanderzugreifen - ein toller Blick. Der Grund für dieses Routing war, dass man jedem Besucher ermöglichen will, einigermaßen unbedrängt das Bernsteinzimmer zu sehen.

Bernsteinzimmer

Das Bernsteinzimmer

Der preußische König Friedrich Wilhelm I., der "Soldatenkönig" und Vater Friedrichs des Großen, war ein berüchtigter Knauserer und hatte mehr Freude an exerzierenden Soldaten als an Prunk, wie z.B. einem Raum, in dem die Wandverkleidungen aus Bernstein gefertigt waren. Bei einem Staatsbesuch Peters des Großen im Jahr 1716 verschenkte er dieses Zimmer aus einer Laune heraus an seinen Gast, der ihm dafür ein paar lange Kerls für seine Truppen überließ. Später, unter Zarin Elisabeth, wurde das Zimmer schließlich 1755 dauerhaft im Katharinenpalast in einem speziell dafür eingerichtetem Raum aufgebaut. Das Schicksal des Bernsteinzimmers verliert sich im 2. Weltkrieg im Dunklen. Der Palast war außerhalb des Rings um Leningrad, er wurde komplett zerstört. das Bernsteinzimmer wurde von den Nazis in einer Nacht- und Nebelaktion demontiert und in 28 Kisten verpackt, die nach Königsberg verfrachtet wurden. Teile des Zimmers wurden in Königsberg nachweislich ausgestellt. Als Königsberg bombardiert wurde, verpackte man das Bernsteinzimmer erneut. Seitdem ist es verschollen. Viele Spekulationen und Theorien über seinen Verbleib sind im Umlauf. Teile wurden auf dem Schwarzmarkt aufgespürt. Ein wenig Hoffnung keimte 1991 nach dem Putsch auf. Boris Jelzin behauptete in einer Pressekonferenz, dass er wisse, wo es ist. Die Behauptung verlor sich aber ebenfalls im Nichts. Seit 1976 wurde das Bernsteinzimmer rekonstruiert, unterstützt von einer großzügigen Spende der Ruhrgas AG. Zur 300-Jahr-Feier von St. Petersburg im Jahre 2003 wurde es wieder zur Besichtigung freigegeben. Und man hofft, dass man das Original nie wieder findet, es ist mit Sicherheit zumindest stark in Mitleidenschaft gezogen - und die Rekonstruktion ist wunderschön geworden. Die verfügbaren Originalteile wurden verbaut, und von alten Fotos wusste man sehr genau, wie es aussah - es ist ein "neues" Original!

Etwa zwei Minuten hat jeder Besucher Zeit, das Zimmer zu genießen. Fotografieren

Details aus dem Bernsteinzimmer. Die Aufnahmen stammen von Kurt Bauer, einem leider viel zu früh verstorbenen Kollegen.

darf man nicht. Eine Kollegin war kurz vor uns da und ließ ihre Handy-Kamera unauffällig mitlaufen. Wir kauften später ein paar Fotodrucke, einen für unsere Mutter, die das auch gerne gesehen hätte.

Wir gingen danach mit unserer Führerin durch den Park, bei leider nicht ganz überzeugendem Wetter. Wir trafen auf das Denkmal von Alexander Puschkin. Wieso heißt Puschkin eigentlich Puschkin?

Alexander Puschkin

Alexander Sergejewitsch Puschkin ist so etwas wie der Goethe von Russland, mit dem Unterschied, dass seine Werke auch heute noch lesbar sind. 1799 in Moskau geboren, besuchte er von 1811-1817 in eben diesem Zarskoje Selo das Lyzeum, eine Eliteschule gleich neben dem Katharinenpalast. Viele seiner Schulfreunde beteiligten sich am Dekabristenaufstand 1825 und bezahlten dafür mit dem Leben. Puschkin selbst war durch seine Schriften bereits aufgefallen und war zur Zeit des Putsches im Exil. Er verfasste unzählige Gedichte, viele Dramen und auch Prosawerke. Er gilt als der Begründer der modernen russischen Literatur. Puschkin ließ sich im Februar 1837 auf ein Duell mit seinem Schwager seiner Frau ein, der dieser Avancen gemacht hatte. Er wurde dabei schwer verwundet und starb zwei Tage später.

Zurück in St. Petersburg, konnten wir uns aussuchen, wo uns der Fahrer absetzte. Wir entschieden uns für die Haseninsel, die kleinste Insel von St. Petersburg. Auf

ihr liegt die Peter-und-Paul-Festung, die zum einen als Gefängnis, zum anderen als Begräbnisstätte für die Zaren diente. Sie wird dominiert von der Peter-und-Paul-Kathedrale mit ihrer goldenen Spitze, die 122 m hoch ist. Als sie 1830 einmal durch einen Blitzschlag geschädigt worden war, erbot sich ein Dachdecker namens Pjotr Teluschkin, sie ohne Gerüst sofort wieder instandzusetzen. Er schaffte das, und er wurde mit dem sog. Zarenbecher entlohnt, d.h. freier Wodkakonsum auf Staatskosten. Er starb, nicht zuletzt deshalb, verfrüht im Jahre 1833.
Wir besuchten die Museumstoilette, elegant in zwei Bussen untergebracht, und gingen dann in die Kathedrale. Das Innere ist im Barockstil gehalten, der Audioguide erklärt einem u.a., wo die einzelnen Sarkophage der Zaren sind. Seit 1998 haben auch die Mitglieder der letzten Zarenfamilie dort ihre letzte Ruhe gefunden. Der damalige Chef des Hauses Romanow bekundete dabei Boris Jelzin seine Dankbarkeit dafür, dass er dies ermöglicht habe. Für Jelzin war es auch eine Art Wiedergutmachung. Als KP-Sekretär von Swerdlowsk, das heute wieder Jekatarinburg heißt, ließ er 1977 das Ipatjew-Haus abreißen, in dem die Zarenfamilie ermordet worden war.
Ebenso führte der Audioguide auch durch das Gefängnis. Für russische Verhältnisse waren die Zellen relativ groß, aber entsetzlich karg: ein kleiner Tisch, ein Stuhl, eine nackte Pritsche, die Häftlinge sollten wenig Zerstreuung haben. Wo die prominenten Häftlinge wie der Bruder Lenins oder Alexei, der Sohn von Peter I., untergebracht waren, lässt sich heute nicht mehr nachvollziehen.

Wir stärkten uns in der Festung kurz und wollten eigentlich zurück zum Newskij, aber auf unserer Seite der Newa gab es noch die Kunstkammer und das Naturhistorische Museum. In der Kunstkammer war ich mal, dort kann man z.B. die von Peter dem Großen höchstpersönlich gezogenen Zähne sehen, aber auch makabre Dinge wie in Alkohol eingelegte Totgeburten. Charmanter ist das Naturhistorische Museum. Steril wie in der guten alten sozialistischen Zeit, ist es eine eher freudlose Zusammenstellung von Objekten, englische Beschriftungen oft Fehlanzeige. Ein Museum, das offensichtlich kein Geld verdienen will. Und es war auch fast leer. Aber es gibt einen Geheimtipp: der kleine Dima, ein 6-7 Monate altes Babymammut, das im Permafrostboden perfekt konserviert in 1.80 m Tiefe gefunden wurde. Es starb vor 39000 Jahren. Und das Beresovskij-Mammut, das vor 44000 Jahren umgekommen ist. Es wurde ebenso im Permafrostboden konserviert und 1900 gefunden. Das Arrangement sieht lebensecht aus, das Mammut ist in der gleichen Position, in der es gefunden wurde. Es war etwa 45 Jahre alt und fiel einen Steilhang hinunter. Der Tod muss schnell eingetreten sein, das Mammut hatte noch Nahrung im Maul. Raubtiere hatten versucht, zu einer Mahlzeit zu kommen, aber sie beschädigten den Körper nur geringfügig.

Der Tag war damit eigentlich durch, aber man braucht nicht für alle Sehenswürdigkeiten eine Eintrittskarte. Einmal über die Newa, dann links schwenkt, und dann noch ein kleiner Fußmarsch von 1500 m, dann ist man am Sommergarten, einem malerischen Park. Auch wenn dort viele Leute sind, genieße ich dort immer die Ruhe. Einfach sich auf eine Bank setzen und die Leute, meist kleine Familien, vorbeigehen lassen. Der Sommergarten ist allerdings auch schön zu besichtigen, es gibt viele Statuen und kunstvolle Springbrunnen. Und wenn man einmal von Nord nach Süd durchgeht, kommt man am "Schwanensee" heraus. Den gibt es wirklich, und es schwimmen dort auch wirklich ein paar Schwäne. Nach diesem See ist das Ballett von Tschaikovskij benannt. Torsten war das eine sofortige Meldung an Jana wert.
Über die Straße liegt dann der Ingenieurpalast, den Paul I. sich hatte bauen lassen,

Peter-und-Paul-Kathedrale

Berezovskij-Mammut

Im Sommergarten

um besser vor Attentätern und Verschwörern geschützt zu sein. Bekanntermaßen wurde er in genau diesem Palast ermordet. Nun gingen wir in Richtung Newskij zurück. Wir sahen die Blutskirche und das Marsfeld, eine 1 ha große Freifläche, die früher für Paraden und Exerzierübungen genutzt wurde. In der Mitte des Platzes wird mit einer ewigen Flamme der Opfer der - überraschenderweise - Februarrevolution gedacht, von denen hier 180 in einem Massengrab beigesetzt sind.
Wir gingen zurück zum Hotel, absichtlich nicht den direkten Weg, sondern vorbei am Russischen Museum, in dem ich bei meinem ersten Aufenthalt in (damals noch) Leningrad 1990 mal drin war und das mich mit seiner Ikonensammlung nicht so sehr begeistert hatte. Immer wieder mussten wir über die Umschriften alltäglicher Begriffe ins Kyrillische schmunzeln, so gab es "Tatuirovki" (Tätowierungen) und "Sabwej" (Subway). Wir verpflegten uns für den Abend. Das machten wir immer in einem "Produkty"-Laden, das steht für Lebensmittel. Den kleinen Hunger zwischendurch bekamen wir so immer gut in den Griff. Der russische Geschmack ist ein wenig anders als bei uns. Man stelle sich vor, man würde bei uns Fanta oder Sprite in der Geschmacksrichtung "Ogurjez" (Gurke) verkaufen! Das wäre ein echter Ladenhüter, in Russland wird das gerne genommen. Es schmeckt auch gar nicht so schlecht, schon zitronig, wie bei Sprite üblich, aber der Nachgeschmack ist einwandfrei Gurke.
Wir gingen noch einmal die Moika entlang zum Jussupow-Palais, das aber leider geschlossen hatte. Zwei Jahre später kam ich dann bei einem weiteren Aufenthalt in St. Petersburg rein und erfuhr viel über die Familie Jussupow, aber die eigentliche Sehenswürdigkeit, der Raum, in dem Rasputin im Dezember 1916 ermordet wurde und wonach uns mordlustigen Touristen nun einmal der Sinn steht, wurde eher nebenbei behandelt. Rasputin wurde betrunken gemacht (wobei vermutlich schon wie stets Vorarbeiten gelaufen waren), und dann mit Zyankali im Kuchen vergiftet. Als das verblüffenderweise nicht funktionierte, schoss man ihm dreimal in die Brust. Er versuchte immer noch zu fliehen, wurde aber dann aufggriffen und in die eiskalte Moika geworfen, wo er dann ertrank. So jedenfalls die Darstellung des Mörders Jussupow, der wie die anderen Beteiligten an diesem Verbrechen praktisch straffrei blieb. Wirklich untersucht wurde der Mord nicht.

Diesmal hatten wir wieder das Glück, dass unser Flug erst am frühen Abend ging, so dass wir den Vormittag über am letzten Tag noch etwas unternehmen konnten. Am Gribojedov-Kanal buchten wir eine Bootsfahrt durch die Stadt. Wir bekamen aber erst die übernächste, und so konnten wir vorher auch noch etwas unternehmen. Und Torsten hatte im Reiseführer noch etwas entdeckt: Hier in der Nähe gab es noch ein richtig nostalgisches "Café" aus der tiefkommunistischen Zeit. Mit einer Spezialität: Kaffee vom Faß. Was das wohl sein mochte? Das mussten wir herausfinden. Neben dem Kaffee hatte das kleine Lädchen ein zweites Produkt: die "Pyschki", schon recht große Kringel aus einem zuckrigen Gebäck. Luxus: Fehlanzeige, keine Stühle, nur Stehtische. Ich bestellte den Kaffee, schwarz natürlich, ohne Milch und Zucker, wie immer. Die Dame hinter dem Tresen schaute mich an, als hätte ich auf ihrer Kasse meine Notdurft verrichtet. Es gab nur eine Sorte Kaffee, nämlich die "vom Fass", einer Art Gulaschkanone für Kaffee. Den verabreichte sie mir, und Torsten schloss sich dem zwanglos an. Wir trauten uns und nahmen jeder einen "Pyschka". Das war ebenso ungewöhnlich, die anderen Gäste hatten alle drei oder vier. Was kann man über den Kaffee sagen: Zunächst einmal war er heiß. Warum die Dame so verstört auf meine Bestellung reagierte, wurde auch schnell klar: ohne Milch gab es

Kasaner Kathedrale

den Kaffee vom Fass nicht, die war schon drin. Und der Zucker auch, und zwar nicht zu knapp. Und mit Zucker hatten sie auch bei den Pyschki nicht gespart. Gefühlte 5000 Kalorien später verließen wir den Laden, das war schon ein Abenteuer. Aber es war recht voll dort, wir konnten uns vorstellen, dass es noch viele Leute gab, die sich eben gern an die alten Zeiten erinnerten.

Wir hatten noch ein bisschen mehr Zeit. Die Kasaner Kathedrale war gleich nebenan. Wir besichtigten sie von innen. In der kommunistischen Zeit war sie ein Museum für Religionsgeschichte, heute ist sie wieder eine echte Kirche, und eine sehr schöne dazu. Sie ist eng verknüpft mit Feldmarschall Kutusov, dem siegreichen Feldherrn über Napoleon. In der Kathedrale befindet sich seine Grabstätte, und vor der Kirche ist ihm ein Denkmal gewidmet. Kutusov konnte Napoleon aus Russland vertreiben, er starb aber im April 1813, so dass er den endgültigen Sieg nicht mehr erlebte. Dann machten wir die Bootsfahrt. Noch einmal überall lang fahren: den Gribojedov-Kanal, die Fontanka, die Moika, ein kleines Stück auf der Newa, und man konnte vieles noch einmal sehen. Dann ging es zum Flughafen. Wir warfen einen Blick auf den Schrittzähler des Handys: Wir waren an den vier Tagen 93 km gelaufen! Kann man das noch toppen? Vielleicht, aber sicher nur in Russland!

Moskau 2018

1982 war ich zum ersten und bis dahin einzigen Mal in Moskau. Es waren damals die letzten Monate der Breschnew-Ära, Breschnew trat praktisch nicht mehr in der Öffentlichkeit auf und starb wenige Monate später. Der Rote Platz im Winter - kalt war es. Unser Reiseguide und Russischlehrer (allerdings nicht meiner, ich hatte bei Herrn Woesner) Hermann Wulfert wies immer darauf hin, dass es eben Russland sei. Wir fuhren zwei Tage lang mit dem Zug, mit einer Zwischenstation in Ostberlin. In Brest hatten wir mehrere Stunden Aufenthalt, unter dem Zug wurde das Fahrwerk ausgetauscht, wegen der unterschiedlichen Spurweite in Russland. Das GUM, das große Kaufhaus am Roten Platz, war ein unzureichend bestückter Lebensmittelmarkt. Das Lenin-Mausoleum konnte nicht besichtigt werden, Umbauarbeiten. Dafür konnten wir jede Stunde den schneidigen Wachwechsel beobachten. Und natürlich die Basiliuskathedrale - sehr russisch und wunderschön. Es gab damals noch keine Digitalfotografie, ich war mit meiner Pocketkamera unterwegs. Wahrscheinlich habe ich einen halben Film allein mit diesem Motiv verknipst. Die Farben auf den Bildern sind leider verblasst, kein Wunder nach 36 Jahren. Wir wohnten im Sewastopol, jwd. Dadurch lernten wir sehr viele der wunderschönen Metrostationen kennen. Es war eine lustige Truppe. Ich war ein Jahr älter als die anderen und schon über 18, dadurch hatte ich gewissermaßen eine Art Aufsicht und konnte mich auch alleine bewegen. Ich besuchte ein Fußballspiel am Prospekt Mira, wo ich die Stätten der Olympischen Spiele 1980 sehen wollte. Es spielte Spartak Moskau gegen Torpedo Moskau. Deutlich war wahrzunehmen, dass die Leute alle mehr oder weniger für Torpedo und gegen den Armeeclub Spartak waren. Mein Sitznachbar fand es ganz toll, dass K-a-i-s-e-r-r-s- l-a-u-t-e-r-r-n, den Namen konnte er tatsächlich aussprechen, Spartak aus dem UEFA-Cup herausgeworfen hatte. Ich war damals HSV-Fan (die mischten zu damaliger Zeit die Bayern am häufigsten auf und spielten einen sehr modernen Fußball mit Raumdeckung), das war auch in Ordnung. Um mich herum wurden einige allzu laute Fans diskret von den Tribünen entfernt, mein Gesprächspartner und ich durften sitzenbleiben. Das war schon ein Abenteuer, dort ist wohl die Reiselust entstanden, die ich seitdem habe. Und an Torsten konnte ich davon etwas weitergeben. Einige Freundschaften von dieser Fahrt hielten sehr lange. Mit Petra König (damals Tietke) telefoniere ich heute noch oft, und gelegentlich besucht man sich mal. Mit Hermann Wulfert war ich ein Jahr später noch in Rom, auch eine unvergessliche Fahrt. In seinem Unterricht bin ich mal eingeschlafen, im Kurs Wirtschaftspolitik (sorry Torsten). Er fragte mich, wie alt ich sei, ich schaute verwirrt auf die Uhr, und er meinte: "So genau wollte ich es gar nicht wissen." Zwanzig Jahre später besuchten Claudia und ich ihn mit seiner Frau, der Tochter von Frau Redöhl, in Mexiko City, wo er Rektor einer deutschen Schule war - der Startpunkt einer tollen Reise.

Mit rund 12 Mio. Einwohnern ist Moskau die größte Stadt Europas, Istanbul zählt nicht, weil es ja teils asiatisch ist[35]. Der Stadtplan hat eine Besonderheit: Moskau ist ein großes Spinnennetz, es gibt Ringstraßen und Sternstraßen - so ganz anders als etwa das Schachbrettmuster in New York. Und nun waren wir also da am Flughafen Domodedowo. Wir nahmen ein Taxi zum Hotel. Es war mal wieder genau richtig, in unmittelbarer Nähe zum Bolschoi-Theater, das wiederum nur ein paar hundert

[35]Die Zahlen fluktuieren immer etwas ...

Roter Platz (allerdings bei schönem Wetter)

GUM (Gosudarstvennyi Universalnyi Magasin)

Meter vom Roten Platz entfernt ist. Und im Hotelzimmer gab es nur drei Dinge: ein Bett, das das gesamte Zimmer einnahm und kaum Platz für unseren Koffer ließ, ein Bad, in dem es sogar warmes Wasser gab, und Internetzugang, besser als in manchem Dreisternehotel in Deutschland.

Zunächst einmal taten wir das naheliegende und gingen zum Roten Platz, am Bolschoi-Theater und an der Duma, dem Gebäude, in dem das russische Parlament tagt, vorbei. Es gingen dort Aufräumarbeiten vor sich, eine Art Tribüne wurde demontiert. Am nächsten Tag war nichts mehr von ihr zu sehen. Der Rote Platz misst 330 m x 70 m. Eigentlich heißt er auch "Schöner Platz", das russische "krasnyi" heißt sowohl "rot" als auch "schön".

An den vier Seiten des Platzes sind: die Basiluskathedrale, die Kremlmauer mit dem Lenin-Mausoleum und dem Erlöserturm "Spasskaja Baschnja", das Historische Museum und das Kaufhaus GUM. Da wir nun schon einmal in der Richtung standen, machten wir, trotz des regnerischen Wetters, erst einmal ein Foto von der Basiliuskathedrale. Und von den anderen vier Seiten. Wir nickten uns zu: das würden wir bei gutem Wetter noch einmal wiederholen.
Was bei meinem ersten Aufenthalt in Moskau damals nicht ging, klappte heute:

Historisches Museum

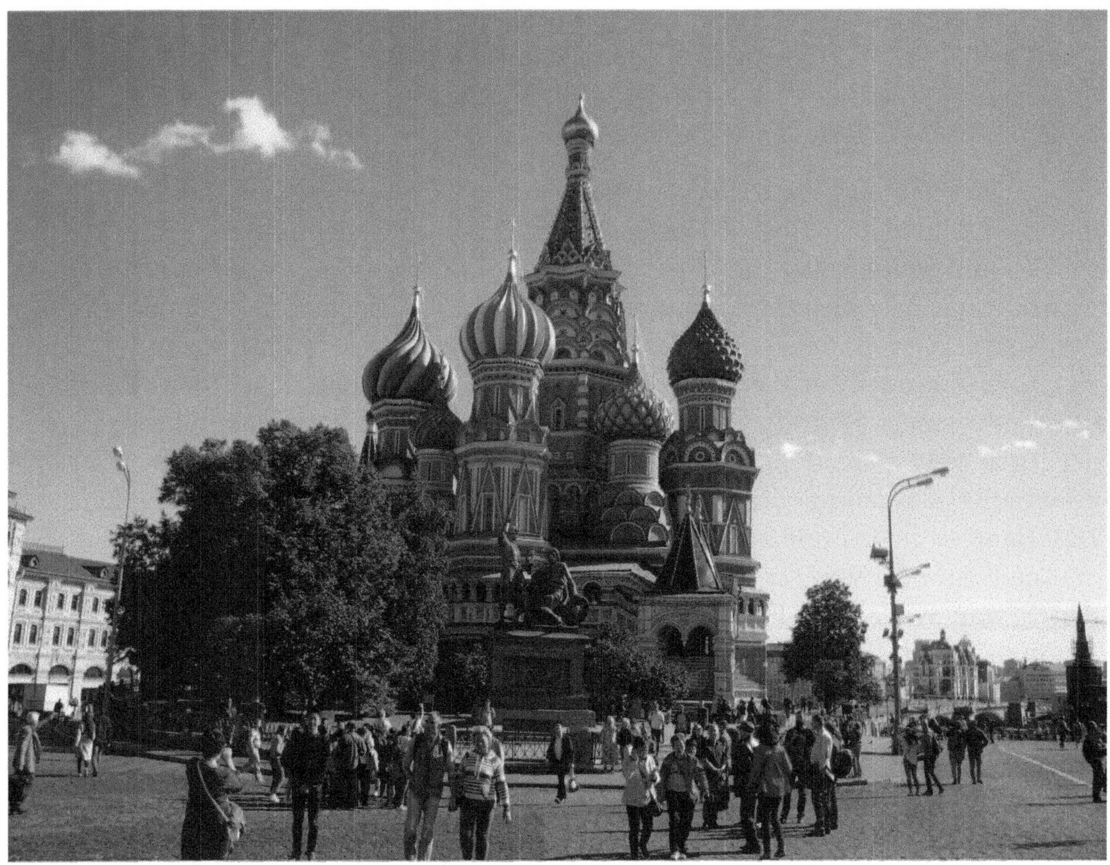

Basiliuskathedrale

Man konnte in die Basiliuskathedrale rein. Wir waren sehr gespannt. Ich bezahlte die Tickets mit unserem Bargeld, das wir von Bettina aus ihren alten Beständen erworben hatten. Es waren knapp 20000 Rubel, umgerechnet etwa 300 €. Die Dame am Schalter schob das Geld milde lächelnd zurück. Die Scheine waren nicht mehr gültig, und das auch schon ziemlich lange. Mit Kreditkarte ging es. Später versuchten wir, in einer Bank damit glücklich zu werden, schließlich wäre bei uns die DM ja auch noch etwas wert. Nix. Am Ende der Reise verrechnete Bettina das mit unseren Schulden.
Das Innere der Basiliuskathedale war anders, als wir es erwartet hatten. Wir gingen von einem Innenraum ähnlich prächtig wie dem der Blutskirche in St. Petersburg aus. Die stammt aber aus dem 19. Jahrhundert, während die Basiliuskathedrale unter Iwan dem Schrecklichen[36] gebaut wurde. Das war im 16. Jahrhundert. Der Innenraum ist schlicht mit Ziegeln vermauert, es gibt ein paar Ikonenwände (Ikonostasen) und Ornamente. Administrativ gesehen ist die Kirche nicht aktiv, sondern eine Abteilung des Historischen Museums auf der anderen Seite des Roten Platzes. Von außen dagegen ist sie ein Wunderwerk. Die Kirche hat neun Zwiebeltürmchen, die alle bunt und verschieden sind. Die höchste Kuppel ist 115 m hoch. Streng genommen sind es neun Einzelkirchen, eine im Zentrum und acht außen herum, die für die acht Schlachten um Kasan stehen, eine der großen Eroberungen Iwans. Die Anordnung der Kirche muss man sich auf Google Earth ansehen, nur aus der Luft ist es zu sehen. Die Basiliuskathedrale ist symmetrisch angelegt, sie steht aber schief zum Roten Platz. Dadurch und durch die unterschiedlichen Bemalungen der Türme wirkt sie herrlich "wuselig" schön, und man mag seinen Blick gar nicht von ihr abwenden. Und den Fotoapparat auch nicht. Einer Erzählung nach ließ Iwan der Schreckliche den Architekten blenden, damit er nicht noch einmal so etwas Schönes erschaffen könne. Dies ist allerdings frei erfunden, gutes Personal war auch damals schon selten und der Architekt ist mit Namen bekannt, er hieß Postnik Jakowlew. Seine Spur verliert sich nach dem Bau der Kathedrale keineswegs, klar ist, dass er Iwan den Schrecklichen ganz locker überlebte.

Wir gingen dann auf den Moskva-Fluss zu und sahen ein paar Eimer mit Blumen und dem Bildnis von Boris Nemzov. Nemzov war einer der profiliertesten Kritiker Putins und wurde 2015 an dieser Stelle in unmittelbarer Nähe zur Basiliuskathedrale mit vier Schüssen ermordet. Als Täter wurden fünf Männer aus dem tschtschenischen Islamisten-Milieu ermittelt und auch verurteilt. Als Motiv wurde Nemzovs Eintreten für die Satirezeitschrift "Charlie Hebdo" nach den Anschlägen in Paris genannt. Beim Regierungsstil Putins werden natürlich Vermutungen, dass der Präsident einen Oppositionellen beseitigen ließ, nicht verstummen. Relativ orientierungslos gingen wir über die Moskva in eine Einkaufsstraße hinein, auch, um eine Bank zu finden und zu echten Rubeln zu kommen, was dann auch gelang. Wir stießen mehr oder weniger zufällig auf das Moskauer Wohnhaus von Leo Tolstoi, dem Autor von 'Krieg und Frieden" und "Anna Karenina". Nach dem Dostojewskij-Museum in St. Petersburg waren unsere Erwartungen hoch. Sie wurden nicht ganz befriedigt; es gab wenig Hinweise auf Tolstoi selbst, und den russischen Erläuterungen konnten wir nicht so ohne weiteres folgen. Interessant war der Briefwechsel mit Turgenew, mit dem der exzentrische Tolstoi eine lange Hassliebe pflegte.

[36]Die Russen nennen ihn eigentlich "den Strengen" und bewerten ihn eher positiv. Ich meine, "der Schreckliche" passt besser, der Mann hat ganze Stadtbevölkerungen umbringen lassen, und seinen Sohn hat er eigenhändig erschlagen, wenn auch wohl im Affekt.

Basiliuskathedrale und Roter Platz auf Google Earth

Nach dem Museum fanden wir ein nettes Restaurant, wo wir draußen essen konnten, natürlich zuerst einmal eine Borschtsch, dann eine Art Grillteller, ganz lecker. Es dämmerte über der Moskva, und im Dunkeln sieht Moskau malerisch aus. Das bekannteste russische melanchlolische Stimmungslied, die "Abende bei Moskau", kann ich immer noch auswendig. Geprägt wird das Stadtbild durch die "Sieben Schwestern", Hochhaus-Ungetüme im Stalinschen Zuckerbäckerstil, alle ähnlich aussehend. Dazu gehören die Lomonossow-Universität, das Außenministerium, das Hotel Ukraine, und, wir gingen die Moskva entlang direkt darauf zu, das Appartement-Gebäude an der Kotelnitscheskaja Uferstraße, einem Wohngebäude mit 700 Wohnungen mit Postamt, Kino und Geschäften, wo zu Sozialismus-Zeiten die verdienten Bürger ihre Bleibe fanden. Neu ist wohl die Kragbrücke, die auf die Moskva herausragt und die eine schöne Aussicht bietet. Auch die Basiliuskathedrale sieht angeleuchtet wieder ganz anders aus, und wir machten ein Foto und, als wir wieder auf dem Roten Platz waren, noch eines. Dann gingen wir noch durch das GUM. Meine Güte, was war aus dem Markt oder Basar aus den 80er Jahren geworden, wo man im GUM jede Menge Blumenkohl und Kartoffeln kaufen konnte. Das GUM ist die erste Adresse als Luxuskaufhaus, und alle Marken, die Rang und Namen haben bei Kleidern, Kosmetika, Schmuck usw., sind hier vertreten. Und leckeres Eis kann man käuflich erwerben, was wir dann auch taten. Die Toilette im GUM ist so pompös im Keramik-Barock gestaltet, dass sie Eintritt kostet. Und auch der GUM Burger, in Kombination mit Pommes und russischem Bier, darf nicht fehlen. An der Außenseite des GUM, das beinahe weihnachtlich erleuchtet ist, gingen wir zurück und fanden über eine sehr belebte Einkaufsstraße wieder zurück zum Hotel. Ein Blick noch auf das ebenfalls schick beleuchtete Bolschoi-Theater, und wir waren wieder im Hotel, wo wir ins Bett fielen.

Am nächsten Morgen stand zunächst das Lenin-Mausoleum auf dem Programm, danach die Kreml-Besichtigung mit Führung. Wir waren mit die ersten, die sich an diesem Tag in die Schlange einreihten. Nur rund 150 m Menschen waren schneller als wir. Die Schlange wurde eher breiter als länger, und die Sicherheitskontrolle jedes einzelnen nimmt ganz schön Zeit in Anspruch. Wir nutzten die Zeit und

Eine der Sieben Schwestern, das Appartement-Gebäude an der Kotelnitscheskaja Uferstraße

Lenin-Mausoleum

machten ein Foto von der Basiliuskathedrale. Schließlich waren wir endlich dran und kontrolliert. Auf das, was dann passierte, bin ich heute noch sauer. Durch die lange Sicherheitskontrolle gab es keine Hinweise, wohin die Herde ziehen sollte, die vor uns waren längst außer Sichtweite. An einer Weggabelung stand ein Wachsoldat, wir nahmen mit ihm freundlichen Blickkontakt auf, er machte einen Ausfallschritt nach links, wir gingen rechts an ihm vorbei, in Richtung Gräber an der Kremlmauer, wo wir auch andere Touristen sahen. Und das war es dann. Als wir erkannten, dass es von dort nicht zum Lenin ging, kehrten wir um und wollten den anderen Weg nehmen. Das ließ der Soldat aber nicht zu - der junge Mann hatte uns als offensichtlich Hilfsbedürftige mutwillig und zu seinem Vergnügen hereingelegt und uns eine gute Stumde umsonst in der Schlange stehen lassen. Für ein erneutes Einreihen in die Schlange war es zu spät, unser Tourguide für den Kreml wollte um 10.00 Uhr am Treffpunkt im GUM sein. Wir hatten noch die Möglichkeit, es am Tag darauf noch einmal zu versuchen, um es vorwegzunahmen: es gelang uns. Immerhin hatten wir schon einmal die Kremlmauer gesehen.

Die großen Helden des Kommunismus haben hier ihre letzte Ruhestätte gefunden: Da wäre der furchtbare Felix Dserschinski, der die Tscheka, den späteren KGB, aufgebaut hat. Nach 1991 wurden fast alle Denkmäler, die an ihn erinnerten, entfernt. An der Kremlmauer durfte er bleiben, und auch die Stadt Dserschinsk nahe Nischnij Nowgorod, in der die russische Zweigstelle meiner Firma beheimatet ist, behielt ihren Namen. Michail Iwanowitsch Kalinin war unter Stalin formell das Staatsoberhaupt der Sowjetunion, er hatte weder Einfluss noch eine eigene Meinung, sein Name steht aber unter vielen Todesurteilen und unter anderem auch unter der Anordnung für das Massaker von Katyn. Andrei Alexandrowitsch Schdanov galt als designierter Nachfolger Stalins, starb aber schon 1948 mit 52 Jahren. Er machte sich einen Namen bei den "Partei-Säuberungen" in den 30er Jahren und bei der Bekämpfung namhafter Schriftsteller und Künstler, z.B. Dmitri Schostakowitsch oder Sergej Prokofjew. In der Kremlmauer findet sich noch u.a. das Grab von Alexei Kossygin, des zweiten Mannes hinter Breschnew in den 60er und 70er Jahren, eines Vertreters der Entspannungspolitik. Und natürlich die Chefs selbst: Stalin, Breschnew, Andropow, Tschernenko - Zeit, sich mit den Herren einmal kurz zu beschäftigen. Keine Angst, es waren weniger als die Zaren, und ihre Lebenserwartung war höher - genau das war am Ende das Problem ...

Die sieben Führer, Jelzin und Putin

- Wladimir Iljitsch Lenin (1870-1924), Regierungschef von 1917-1924
Lenin wurde 1870 als Wladimir Iljitsch Uljanow geboren. Sein Bruder bereitete ein Attentat auf den Zaren Alexander III. vor (s. S. 112, 132) und wurde dafür hingerichtet. Lenin, wie er sich später nannte, sein Deckname kommt vermutlich von dem Fluss "Lena" in Sibirien, wurde davon geprägt. Er verbrachte viele Jahre in der sibirischen Verbannung und im Exil in der Schweiz und verfasste viele theoretische Schriften zum Kommunismus. Er gründete eine Fraktion in der Sozialistischen Arbeiterpartei Russlands, die Bolschewiki, die später zur KPdSU wurde. Nach der Februarrevolution 1917 beendete die provisorische Regierung den Krieg nicht. Die deutsche Regierung ließ Lenin mit einem verplombten Zug durch Deutschland über Schweden und Finnland nach Petrograd reisen und schleuste ihn so nach Russland ein. Lenin hatte unerwarteten Erfolg und konnte in der Oktoberrevolution die Macht erobern. Die Bolschewiki schränkten die Meinungsfreiheit ein und begründeten einen Ein-Parteien-Staat. Die Teilnahme am 1. Weltkrieg wurde beendet. Im anschließenden Bürgerkrieg konnten die Bolschewiki ihre Herrschaft über das gesamte ehemalige Russische Reich ausdehnen. 1922 wurde dann die "Union der Sozialistischen Sowjetrepubliken" (UdSSR) gegründet, die fast 70 Jahre lang Bestand hatte. Lenin wurde 1918 bei einem Attentat schwer verletzt, wovon er sich nie wieder erholte. Erst 1922 konnte ihm eine Kugel aus dem Hals entfernt werden. Einen Monat später erlitt er einen Schlaganfall und war rechtseitig gelähmt. Am 21. Januar 1924 starb er, faktisch hatte Josef Stalin bereits seit zwei Jahren die Macht in den Händen, und er setzte sich gegen den Wunsch Lenins auch im anschließenden Machtkampf gegen Trotzki durch.

- Josef Wissarionowitsch Stalin (1878-1953), 1924-1953
Stalin schloss sich schon in jungen Jahren sozialistischen Organisationen an, was ihm mehrfach eine Freifahrkarte nach Sibirien einbrachte. Jedesmal schaffte er die Flucht. Er nahm an der Oktoberrevolution teil und wurde danach Parteikommissar und ab 1922 die rechte Hand von Lenin. Ab 1924 setzte er sich im Machtkampf mit Leo Trotzki durch. Trotzki musste 1929 ins Exil gehen und wurde 1940 von einem Agenten Stalins in Mexiko City ermordet. In den 30er Jahren führte Stalin sog. Parteisäuberungen durch und beseitigte nach Schauprozessen seine politischen Konkurrenten bzw. solche, die es möglicherweise hätten sein können. Der Verhaftungs- und Erschießungswelle fielen geschätzt 750000 Menschen zum Opfer. Vermutlich hatte Stalin Wahnvorstellungen, in der Psychologie mit "nichtsexueller Sadismus" umschrieben. Durch den Hitler-Stalin-Pakt ermöglichte er den deutschen Angriff auf Polen 1939. Dass Hitler den Krieg 1941 auch in die Sowjetunion tragen würde, glaubte er bis zuletzt nicht und war entsprechend unzureichend darauf vorbereitet. Nach dem Sieg der Aliierten setzte er die Erweiterung des sowjetischen Einflussbereiches in Osteuropa durch. Stalin starb an einem Schlaganfall in seiner Datscha, niemand traute sich zu ihm ins Zimmer, um nach dem rechten zu sehen. Er wurde einbalsamiert und im Lenin-Mausoleum aufgebahrt, im Zuge der Entstalinisierung aber 1961 an die Kremlmauer umgebettet.

Die sieben Führer, Jelzin und Putin (Forts.)

- Nikita Sergejewitsch Chruschtschow (1894-1971), 1953-1964
Im darauf folgenden Machtkampf setzte sich Nikita Chruschtschow durch. Er betrieb eine Tauwetter-Politik, beendete den Personenkult um Stalin und legte dessen Verbrechen offen. Die Straflager wurden geöffnet und unschuldig Inhaftierte entlassen. Chruschtschow führte eine Reihe von Liberalisierungen in Wirtschaft, Bildung und Kultur durch. Andrerseits schlug er den Volksaufstand in Ungarn mit aller Brutalität nieder. Er war bekannt durch seine emotionale Art, berühmt geworden ist die Szene, in der er bei den Vereinten Nationen mit seinem Schuh auf das Pult trommelte. Nachdem er auf Kuba Raketen aufgestellt hatte, geriet die Welt an den Rand eines Weltkriegs. 1964 wurde Chruschtschow gestürzt; er lebte daraufhin auf seiner Datscha bei Moskau und arbeitete an seinen Memoiren. Er starb 1971 und wurde nicht an der Kremlmauer beerdigt.

- Leonid Iljitsch Breschnew (1906-1982), 1964-1982
Breschnew war lange zweiter Mann hinter Chruschtschow und betrieb dessen Sturz. Er ließ in der Tschechoslowakei den Prager Frühling 1968 mit gesammelten Truppen des Warschauer Paktes niederschlagen und beschnitt das Selbstbestimmungsrecht der Völker im Warschauer Pakt. In den 70er Jahren betrieb er durchaus eine Entspannungspolitik, die aber mit dem sowjetischen Einmarsch in Afghanistan endete. Er stand auch für eine Restalinisierung, in dem er Stalins Verdienste in 2. Weltkrieg hervorhob. Seine Ära gilt heute als Zeit der Stagnation, das Durchschnittsalter im Politbüro stieg auf über 70 Jahre. In seinen letzten Jahren war er praktisch nicht mehr amtsfähig und starb 1982.

- Jurij Wladimirowitsch Andropow (1914-1984), 1982-1984
Jurij Andropow war in der Breschnew-Zeit Chef des KGB. Er war bei Amtsantritt bereits schwerkrank, überraschte aber mit weitreichenden Abrüstungsvorschlägen. Er trat während seiner Amtszeit kaum öffentlich auf und starb nach 15 Monaten im Amt.

- Konstantin Ustinowitsch Tschernenko (1911-1985), 1984-1985
Tschernenko war noch drei Jahre älter als Andropow. Auch er war bei Amtsantritt bereits gesundheitlich gezeichnet und starb schon nach 13 Monaten im Amt. Während seiner Amtszeit trat er praktisch nicht in Erscheinung.

- Michail Sergejewitsch Gorbatschow (*1931), 1985-1991
Mit Michail Gorbatschow, damals 54 Jahre alt, wurde das System der "Gerontokratie" (Herrschaft der Alten) abgeschafft. Gorbatschow leitete für alle unglaublich scheinende Reformen ein, die er mit Schlagworten wie "Glasnostj" (Transparenz) und "Perestroika" (Umbau) charakterisierte. Außenpolitsch zog er die Truppen aus Afghanistan zurück und brachte mit Ronald Reagan einen weitreichenden Abrüstungsvertrag zustande. 1990 erhielt er den Friedensnobelpreis. In Deutschland wird er noch heute verehrt, weil er die deutsche Einheit ermöglichte.

Die sieben Führer, Jelzin und Putin (Forts.)

- Michail Sergejewitsch Gorbatschow (Forts.)
In Russland war und ist er bis heute unbeliebt; die Versorgung der Bevölkerung war in seiner Amtszeit teilweise nicht gewährleistet, und er steht für den Niedergang des russischen Machtbereichs und den Zerfall der Sowjetunion. Der wurde eingeleitet durch den Augustputsch 1991. Gorbatschow wurde auf der Krim drei Tage gefangengesetzt; der neue starke Mann war der Präsident der Russischen Föderation, Boris Jelzin.

- Boris Nikolajewitsch Jelzin (1931-2007), 1991-1999
Boris Jelzin war eigentlich ein Weggefährte Gorbatschows, forderte aber noch radikalere Reformen und verlor alle Ämter. Er kam zurück, wurde in den Obersten Sowjet gewählt und gewann im Juni 1991 überlegen die freien demokratischen Wahlen zum Präsidenten der Russischen Föderation. Beim Augustputsch erwies sich die Russische Föderation als stärker als die Sowjetunion. Jelzin verbot die Kommunistische Partei (S. 2), und die Sowjetunion wurde zum 31.12.1991 aufgelöst. Jelzin wurde Präsident des neuen russischen Nationalstaates. Seine Amtszeit war geprägt von weitreichenden Liberalisierungen und einem Bestreben, Russland zu einem freien Land zu machen, aber auch von Konflikten. Er löste das Parlament ohne Rechtsgrundlage auf. Im Weißen Haus, dem Sitz des russischen Parlaments, wurde er als Präsident abgesetzt. Mit Hilfe des Militärs setzte er sich durch. In Tschetschenien führte Jelzin einen Krieg mit hohen Verlusten (ca. 14000 Opfer). Die Wirtschaft lief immer schlechter, und Jelzin selbst war gesundheitlich dem Amt nicht mehr gewachsen, er war vermutlich alkoholkrank und erlitt mehrere Herzinfarkte. In den letzten Jahren seiner Amtszeit wechselte er die regierenden Ministerpräsidenten wie die Hemden. Der letzte war Wladimir Putin, den er dann zu seinem Nachfolger bestimmte. Die Amtszeit Jelzins wird heute als eine Zeit der Wirren empfunden.

- Wladimir Wladimirowitsch Putin (*1952), seit 2000, unterbrochen 2008-2012
Wladimir Putin arbeitete bis 1990 als KGB-Offizier in der damaligen DDR und spricht fließend deutsch. Er ist gebürtiger Petersburger und war danach enger Mitarbeiter des damaligen Bürgermeisters Sobtschak. Ab August 1999 war er der letzte Ministerpräsident unter Jelzin. Am 31. Dezember 1999 übernahm er als sein Nachfolger dessen Amtsgeschäfte. Seine Administration entwickelte ich zunehmend zu einer "Demokratur" oder einer "gelenkten Demokratie", d.h. alle staatlichen Organe unterstehen ihm direkt, bei den Wahlen gibt es stets keine aussichtsreichen Gegenkandidaten. Die Medien werden vom Staat kontrolliert, eine kritische Berichterstattung gibt es nicht. Wirtschaftlich hat sich Russland unter seiner Führung erheblich weiterentwickelt, und das Land hat sich stabilisiert, was ihm eine unbestritten hohe Popularität in der Bevölkerung einbringt. Außenpolitisch ist er seit der Annexion der Krim, dem Konflikt mit der nach Westen strebenden Ukraine und seiner Unterstützung des syrischen Machthabers Assad auf einem Konfrontationskurs mit dem Westen. Nach zwei Amtszeiten machte er als Präsident eine Pause und trat das Amt für vier Jahre an seinen Gefolgsmann Dmitri Medwedew ab.

Im GUM

Wir machten schnell ein Foto von der Basiliuskathedrale und uns dann auf den Weg zum GUM, wo wir unsere Tourführerin am Springbrunnen in der Mitte des Gebäudes treffen wollten. Den Springbrunnen fanden wir leicht, unsere Führerin nicht ganz so leicht, aber dann schließlich doch. Wir erzählten unser Missgeschick beim Lenin-Mausoleum, was sie irgendwie nicht überraschte, und gingen im Alexandergarten am Grabmal des unbekannten Soldaten mit der ewigen Flamme entlang. Wir betraten dann den Kreml durch das Tor an der Westseite. Viele Städte in Russland haben einen Kreml, eine Festung, die wesentliche Gebäude und Kirchen beherbergt. Der Moskauer Kreml als Zentrum der Macht Russlands ist der bekannteste. Man beginnt die Besichtigung mit der Waffenkammer, die eigentlich eine Schatzkammer ist. Hier ist eine Vielzahl von repräsentativen Gegenständen des Alltags ausgestellt wie Kronen, Waffen oder Kleider, aber auch einige Faberge-Eier. Der Kreml hat fünf große orthodoxe Kirchen, die für uns Westeuropäern schwer zu verstehen sind. Sie stammen aus dem 12.-16. Jahrhundert.
Leichter begreifbar sind die weltlichen Gebäude, so z.B. der Facettenpalast, der als Festivitäten- und Tagungsgebäude genutzt wurde. 1994 fand hier z.B. der Empfang der britischen Königin Elisabeth II. statt. Auch Napoleon soll hier übernachtet haben, als er in Moskau einmarschierte und die Stadt leer und brennend vorfand. Und die Kuriositäten sind natürlich schön. Da ist die Zarenglocke (Zar Kolokol), 6.14 m hoch, die größte Glocke der Welt. Sie wurde 1735 gegossen und ist knapp 200 t schwer. Im Mai 1737 gab es im Kreml einen Brand, und ein 11.5 t schweres Stück platzte ab, als die heiße Glocke von kaltem Löschwasser getroffen wurde. 1836 ersann der französische Architekt Montferrand, bekannt als Erbauer der Isaakskathedrale

Im Kreml. Rechts der Facettenpalast.

(S. 126), eine Hebevorrichtung, mit der man die Glocke auf den Sockel stellen konnte. Dort steht sie bis heute. Nur das abgeplatzte Stück nicht. Wenn man möchte, kann man es als Souvenir mitnehmen. Geläutet hat die Glocke nie.
Ebensowenig wie die Zarenkanone (Zar Puschka) auch nie im Kampf eingesetzt wurde. Sie ist 5.34 m lang und 39 t schwer, Kaliber 890 mm. Vier Schuss Munition liegen anbei, jeder 2 t schwer. Sie sind reine Dekoration, als Geschosse nicht zu gebrauchen. Allen Ernstes hat man 1980 festgestellt, dass aus der Kanone mal geschossen worden ist.
Und dann sieht man ihn, man kann zwar nicht allzu nahe dran, aber es ist der Große Kremlpalast, der Arbeitsplatz von Wladimir Putin. Soll innen ganz gut geschmückt sein, rein kann man aber doch nicht. Jüngstes Bauwerk im Kreml ist der Kongresspalast, heute: Staatlicher Kremlpalast. Er fasst 6000 Zuschauer und wird für kulturelle Veranstaltungen genutzt, z.B. Popkonzerte.

Knapp dreieinhalb Stunden dauerte die Kremlführung, und wir hatten viel Zeit, uns mit unserer Führerin zu unterhalten. Allgemein unterschätzte sie unsere Kenntnisse über Russland, und sie war immer völlig verblüfft, wenn wir mal eine Jahreszahl oder einen Zarennamen wussten. Das wirft kein gutes Licht auf unsere Landsleute ... Und natürlich sprachen wir auch über Politik. Es ist immer noch schön zu wissen, dass man das kann. Es herrscht Meinungsfreiheit. Auf Tagungen habe ich auch Russen kennengelernt, die Putin kritisch gegenüberstanden und das auch kundtaten. Unsere Tourführerin gehörte nicht dazu. Sie wusste, dass wir Putin sehr skeptisch betrachten. Selbst sei sie aber ein Fan von ihm. Er habe endlich wieder Ordnung in das Land gebracht, und die Wirtschaft würde florieren. Wir brachten die Unterdrückung der Opposition ins Spiel und nannten den Namen Navalny. Was wir über Navalny[37] wüssten, fragte sie. An dieser Stelle machten wir verdammt dicke Backen. Er sei gegen Putin, und alles, was gegen Putin ist, ist gut .. nein, auf dieses dünne Eis begaben wir uns dann doch nicht. Viele Russen glauben, dass Navalny vom Ausland gesteuert werde. Sehr schwer, das ohne größere Kenntnis der russischen Politik zu widerlegen, ob man das glaubt oder nicht, spielt keine Rolle. Die Annexion der Krim? Es habe ein Referendum gegeben, wo 90 + x % für den Verbleib der Krim bei Russland gestimmt hätten. Es sei nicht das Problem der Russen, wenn

[37]Inzwischen hätte Navalny fast das gleiche Schicksal wie Boris Nemzov gehabt. Er wurde im vergangenen August mit Novitschok vergiftet. Wieder ist unklar, wo das Motiv sein könnte und was Putin damit zu tun hat.

Zarenglocke

Zarenkanone

Großer Kremlpalast, Amtssitz von Wladimir Putin

andere Länder das Referendum nicht anerkennen würden. Die Krim habe immer schon zu Russland gehört; Chruschtschow, der selbst Ukrainer war, habe sie seinem Heimatland zugeschlagen, aus reiner Willkür und weil es damals niemanden störte. Überhaupt sei Russland immer fremdbeherrscht gewesen: Lenin sei noch ein Russe gewesen, Stalin bereits Georgier. Trotzdem müsse Stalin einer Neubewertung unterzogen werden; ja, auf der einen Seite war er ein grausamer Diktator, auf der anderen Seite habe er den Krieg gewonnen, und das sei doch nicht hoch genug zu bewerten. Sie selbst könne das beurteilen, ein Verwandter von ihr sei unter Stalin ermordet worden. Chruschtschow sei, wie gesagt, Ukrainer gewesen, ebenso Breschnew. Andropow war aber doch Russe, oder? Die überraschende Antwort: Andropow wäre zunächst einmal Jude gewesen. Ich habe später nachgeschaut: es stimmte, zumindest kam seine Mutter aus einer jüdischen Familie. Tschernenko war wieder einmal Ukrainer, Gorbatschow hatte ukrainische Wurzeln, Jelzin war Russe, aber er habe nicht russisch ausgesehen (!), außerdem sei er alkoholkrank gewesen[38]. Putin aber sei reiner Russe. dann holte sie Luft. Ein Streitgespräch anzufangen hatte wenig Sinn, das Gespräch verlief im übrigen sehr nett, trotz des brisanten Themas.
Ich möchte einiges an dieser Stelle nicht so stehenlassen. Der Unterschied zwischen Ukrainern und Russen war im Kommunismus nicht relevant, ich glaube, da wird eine künstliche Schranke hochgezogen, aus aktuellem Anlass. Ich würde das Politbüro von damals nicht eine "Ukraine-Connection über Jahrzehnte" nennen. Die besagten Herren haben sich sicher nicht primär als Ukrainer gefühlt. Bei Stalin geht es dann über meine Toleranzschwelle. Den Krieg hat Stalin erst ermöglicht mit dem Hitler-Stalin-Pakt, und gewonnen haben ihn andere für ihn. Freilich machen 20 Mio. Opfer empfänglich für Fehlinterpretationen aller Art. Heute bewerten etwa 40% der Russen Stalin positiv, man kann es kaum glauben. Die Äußerungen zu Andropow und Jelzin (bis auf die Stelle mit dem Alkohol) sind an den Haaren herbeigezogen, um das Schema aufrechtzuerhalten. Die Russen haben Meinungsfreiheit, aber sie denken auch freiwillig ganz anders als wir.

Wir verabschiedeten uns und gingen zurück zum Roten Platz. Da wir uns nicht sicher waren, ob wir von der Basiliuskathedrale schon ein Foto hatten, machten wir schnell eines, man kann ja nie wissen. Mit der Metro fuhren wir zum Park Kultury. Dort ist u.a. die Tretjakov-Galerie, doch was wir sehen wollten, war das Denkmal Peters des Großen auf einer Insel in der Moskva aus dem Jahr 1997. Es zeigt den Zaren stehend auf einem Schiff. Es ist eine der höchsten Statuen der Welt. Das Monument ist 96 m hoch und 600 t schwer. Peters Statue

[38]Ein alter Witz: Beresovskij: "Boris, heb dein Glas!" Jelzin: "Erst einen Trinkspruch!" Beresovskij: "Nix Trinkspruch, Boris, das Glas steht auf dem roten Knopf!"

Das umstrittene Denkmal Peters des Großen in Moskau

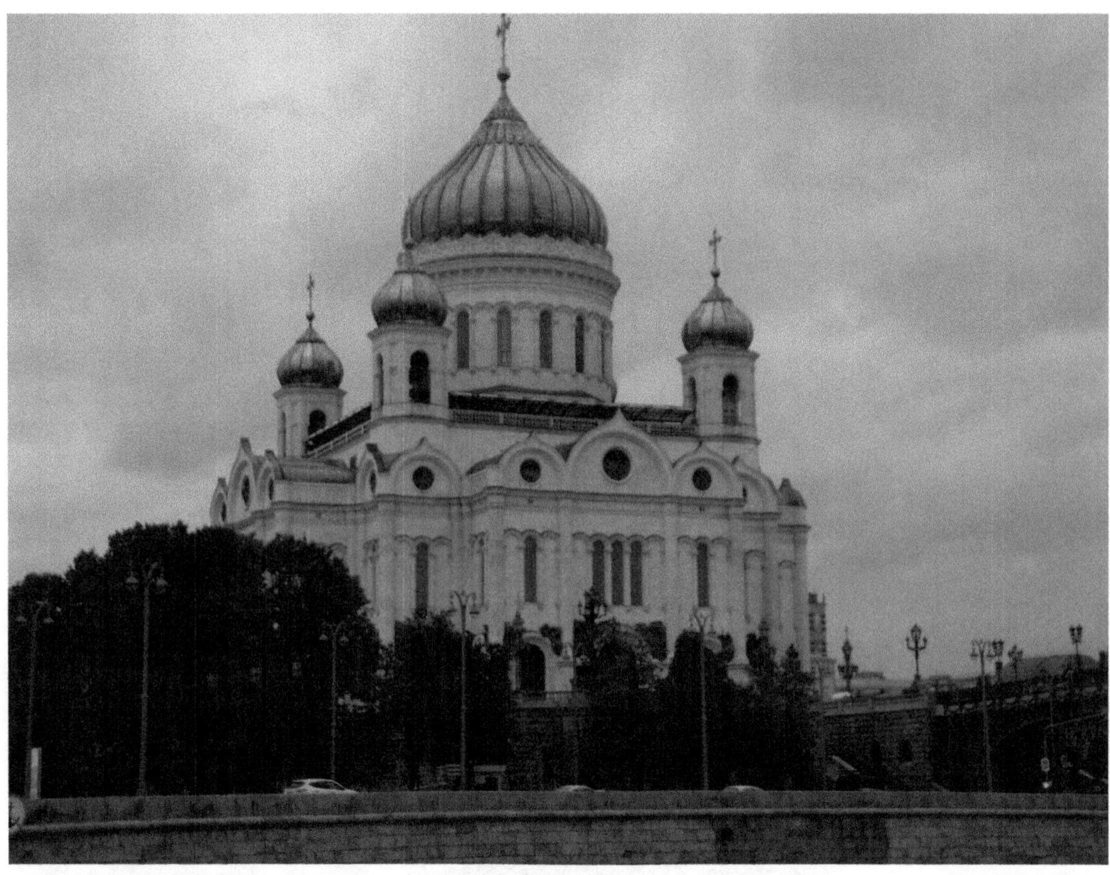

Erlöser-Kathedrale

ist überproportional groß. In der rechten Hand hält er eine mit Gold überzogene Schriftrolle, mit der linken steuert er das Schiff. Diese Scheußlichkeit muss man gesehen haben. Von der Mehrheit der Moskauer wird sie rundheraus abgelehnt. Man muss sich auch klarmachen, dass Peter der Große in Moskau nicht so beliebt ist wie in St. Petersburg - er hatte schließlich Moskau den Status als Hauptstadt genommen. Doch auch die Petersburger lehnten die Kolossalstatue ab und fanden überhaupt keinen geeigneten Standort. Stattdessen schlug man vor, doch einmal den reinen Metallwert zu ermitteln. Es geht auch noch hartnäckig das Gerücht um, dass es ursprünglich um ein Denkmal für Kolumbus gewesen sein soll, doch es habe sich dafür kein Abnehmer gefunden, und so wurde es umgearbeitet. Au weia!

Auf dem Rückweg nahmen wir ein Boot und fuhren so auf der Moskva in Richtung Kreml. Am Ufer sahen wir die Erlöser-Kathedrale, mit 103 m Höhe der höchste orthodoxe Sakralbau Russlands und der zweithöchste der Welt. Dann kamen wir am Kreml vorbei mit dem Großen Kremlpalast, dann der Rote Platz mit der Basiliuskathedrale, die vom Wasser aus wieder ganz anders aussieht, was wir mit einem Foto gleich dokumentierten. Die Kragbrücke über der Moskva konnte man gut sehen. Wir stiegen auf der Rückfahrt in der Nähe der Kathedrale aus, machten noch einmal ein ordentliches landgestütztes Foto und gingen dann in einem kleinen Buffetrestaurant etwas essen. Als wir zurück am Roten Platz waren, war es schon dunkel. Wir machten ein Foto von ... aber der Rote Platz bei Nacht ist auch wirklich wundervoll. Wir gingen zurück auch nicht gleich zum Hotel, sondern ein Stück weiter. Dort war eine Straße, die im September schon auf Weihnachten getrimmt war (Roschdestvenka ulitza - die Weihnachtsstraße), und ein riesiges

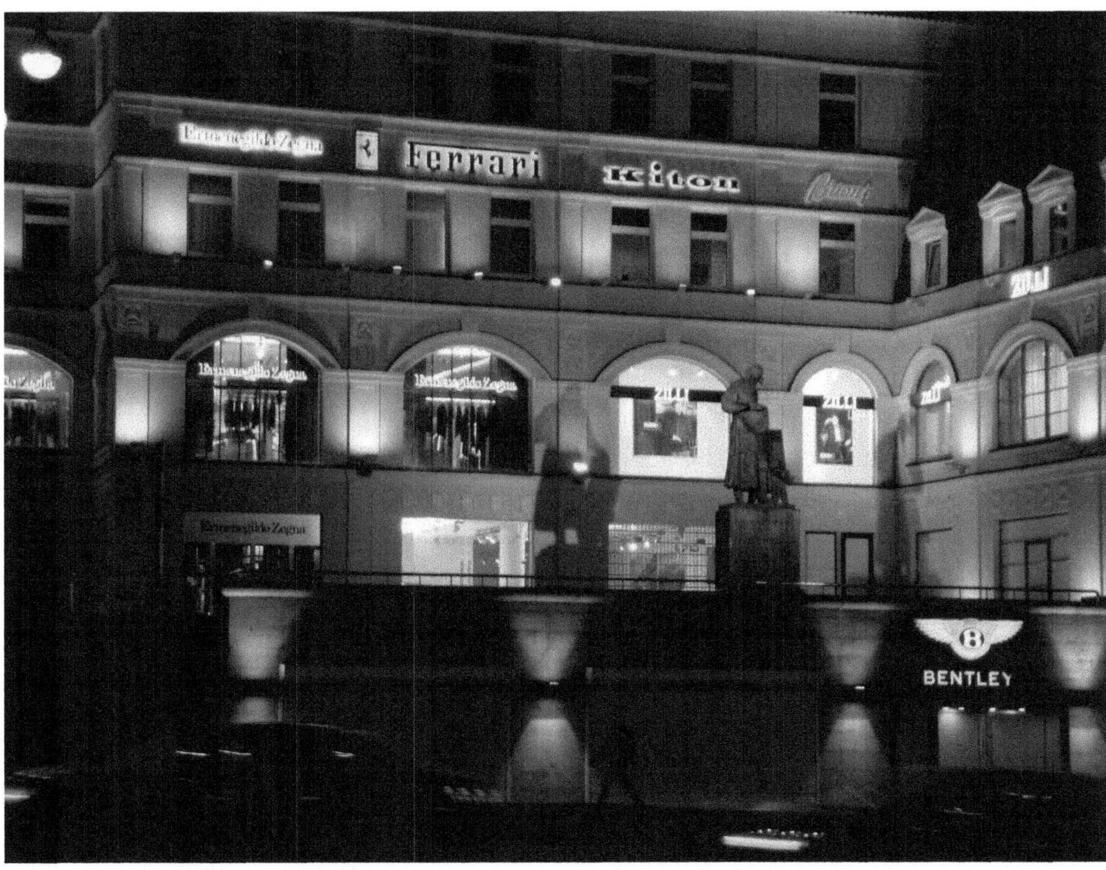

Ferrari und Bentley - offenbar zwei in Russland etablierte Marken

Einkaufsgebäude "Zentrales Kinderkaufhaus". Disney, LEGO mit einem Nachbau des Bolschoi-Theaters und des Erlöser-Turms, alles, was Rang und Namen hatte, war vertreten. Und "Spielzeuge für Tineidscher" - die kyrillische Umschrift hat es manchmal wirklich drauf. Dazu eine Essecke, die uns sehr sehr neugierig machte und die wir auch nochmal ausprobieren wollten. Auf der anderen Straßenseite sahen wir Filialen von Ferrari und Bentley - Lenin würde sich in seinem Mausoleum umdrehen!

Selbiges wollten wir dann am nächsten Morgen kontrollieren. Wir dackelten also wieder los, reihten uns in die Schlange ein, durch die Sicherheitskontrolle durch, und beim Wachmann ... nach links. Und es klappte. Man geht dann eine Treppe hinunter, der alte Herr ruht unterirdisch. Und dann liegt er da, in einem frischen Anzug, der jedes Jahr neu präpariert wird. Die Mumie wirkt unnatürlich, ist aber intakt[39]. Lenin selbst wollte keinen Kult um seine Person, konnte sich aber nach seinem Tod nicht mehr wehren. Der Leichnam wurde einbalsamiert, und als man ihn 1942 in Sicherheit bringen musste, stelle man fest, dass es kurz vor 12 war. Man schaffte es, den Körper zu erhalten, aber zweimal pro Woche wird seitdem kontrolliert. Alle zwei Jahre wird er generalüberholt. Die Temperatur im Sarkophag wird konstant auf 7°C gehalten. Der Spaß kostet 1.5 Mio. $ pro Jahr. Eine Mehrheit der Russen befürwortet die endgültige Beisetzung Lenins, aber niemand traut sich, es umzusetzen; auch Putin fasst dieses heiße Eisen nicht an.

An der Kremlmauer hatten wir noch einen Prominenten vergessen: Jurij Gagarin,

[39]Bei Mao in Peking geht das Gerücht um, dass das rechte Ohr alle paar Wochen abfällt. Wir haben es selber mal erlebt, dass die Schlange plötzlich andersrum um den Sarkophag geführt wurde.

den ersten Menschen im All.

Jurij Alexejewitsch Gagarin (1934-1968)

Der Wettlauf zum Mond begann mit einer Serie von Niederlagen für die USA. 1957 war Sputnik der erste Satellit im Weltraum, und am 12. April 1961 war Jurij Gagarin der erste Mensch im Weltraum. Mit seiner Kapsel "Wostok" flog er in etwa 90 min einmal um die Erde und landete auf einem Kartoffelacker. Vor dem Start musste er noch einmal für kleine Kosmonauten; er bat um eine Pause und erleichterte sich am Hinterreifen des Transportbusses. Aus Tradition machen das bis heute alle Kosmonauten. Gagarin hatte danach vor allem repräsentative Aufgaben. 1968 wollte er seine Kampfpilotenausbildung abschließen und stürzte am 27. März tödlich ab, vermutlich durch einen Pilotenfehler. Der Untersuchungsbericht zum Unfall wurde erst 1985 unter Gorbatschow zugänglich gemacht. Der erste, der ihn las, war sein Freund Alexei Leonov, selbst ein berühmter Astronaut als erster Mensch auf einem Außeneinsatz im Weltraum; er bezeichnete ihn als Unsinn.

Dann hatten wir diesen Programmpunkt endlich abgewickelt, noch einen Versuch hätten wir nicht gehabt, da das Mausoleum nur an zwei Tagen in der Woche geöffnet ist. Erleichtert machten wir ein Foto von der Basiliuskathedrale und nahmen die nächste Station in Angriff, das Historische Museum am Roten Platz. Es entsprach nicht ganz unseren Erwartungen. Wir hatten mit einem hochpolitischen Museum gerechnet und waren völlig verblüfft, als wir mit der Natur- und Frühgeschichte Russlands konfrontiert wurde. Nicht uninteressant, aber eben nicht erwartet. Erst der letzte Teil des Museums war dem Zarenreich gewidmet, und dann musste doch eigentlich die Geschichte der Sowjetunion kommen - tat sie aber nicht. Ein bisschen hatten wir das Gefühl, dass dieses Museum noch nicht entschieden hat, wie es sich dazu aufstellen soll. Wir wussten, dass der Rolls-Royce von Lenin ausgestellt sein sollte. Wir fragten das Personal danach und wurden, sagen wir mal, nicht hinreichend informiert, unsere naturgegebene Desorientierung mit eingerechnet. Schließlich stöberten wir ihn kurz vor dem Ausgang auf, in einem Raum, der gerade so für ihn ausreichte. Ganz sicher ohne die Absicht, ihn zum Dreh- und Angelpunkt der Ausstellung zu machen. Ein Mantel von Lenin war auch noch da - das war es auch schon.

Und so kamen wir rechtzeitig zu unserer Verabredung auf dem Roten Platz, wie hatten sogar noch Zeit, ein paar Fotos zu machen, wobei ein Motiv besonders ins Auge stach ... Wir waren verabredet mit Tatjana Baskakova, der Spezialistin für Arno Schmidt in Russland. Sie hat seine Werke ins Russische übersetzt, u.a. "Aus dem Leben eines Fauns", "Brand's Heide" und "Schwarze Spiegel", Bücher, die schon im Deutschen für Muttersprachler keine leichte Kost sind. Tatjana hat darüber auch schon mal im Forum Bomlitz vorgetragen. Torsten hat ja die Erfahrung gemacht, dass der Arno-Schmidt-Fanclub sehr begeisterungsfähig ist; wenn man denen einen Parkplatz zeigt, auf dem Arno Schmidt mal gestanden hat, machen die sofort ein Foto, ähnlich reflexartig wie wir bei der Basiliuskathedrale. Wir gingen zusammen essen in einem georgischen Restaurant und schilderten unser Gespräch mit unserer Kremlführerin. Ansichten dieser Art, so Tatjana, seien in Russland nicht ungewöhnlich.

Abends wollten wir uns dann den merkwürdigen Bau an der Moskva mit der Krag-

Der Rolls-Royce von Lenin

In der Kältekammer

Metro-Station Mayakovskaja

brücke anschauen; keiner der Moskauer, mit denen wir gesprochen hatten, schien darüber etwas zu wissen. Wir buchten die Kältekammer. Wir hatten noch ein wenig Wartezeit zu überbrücken und sahen uns um. Es wurde großflächig für Urlaub auf der Krim geworben, mit Plakaten und Fernsehspots, in denen beeindruckende Naturlandschaften gezeigt wurden. Schließlich ging unsere Veranstaltung los, vorher bekamen wir noch Schals und Mützen ausgehändigt. In der Kältekammer waren so ungefähr -15°C, und man konnte mit Musikuntermalung eine künstliche Eislandchaft bestaunen. Sicher keine Weltsensation, aber mal etwas ganz anderes.

Der Abend war noch früh, und so beschlossen wir, uns die im Reiseführer ausgewiesenen fünf schönsten Metrostationen anzusehen. Da war als erstes der Platz der Revolution, mit eleganten flachen Halbbögen zwischen Gang und Bahnsteig, an deren Enden jeweils zwei Bronzestatuen platziert sind. Am schönsten fand ich die Mayakovskaja, ein endloser Gang entlang des Bahnsteiges, auf dem jeweils vier Pfeiler ein hell erleuchtetes Deckengwölbe tragen. Die Belorusskaja fand ich weniger interessant; das Deckengewölbe ist natürlich toll, aber die große Lenin-Büste sowie andere plastische Darstellung von Kämpfern mit Kalaschnikow - wohl alter sozialistischer Realismus. Novoslobodskaja ist sehr prunkvoll, mit von innen beleuchteten Glasmalereien - ein Bahnsteig wie eine Kirche. Und schließlich Komsomolskaya mit den mächtigen Pfeilern und den Stuckarbeiten an der Decke.
Danach war es Zeit, wir aßen in der Nähe des GUMs noch eine Borschtsch und machten uns dann auf zum Hotel.

Der nächste Morgen war nicht schön. ich hatte doch heftige Kopfschmerzen und wusste gar nicht, wovon. Wir wollten mal wieder Hop-on-Hop-off fahren, das gibt

Lomonossov-Universität

Weißes Haus

Olympiastadion von Moskau

Das neue Geschäftsviertel in Moskau

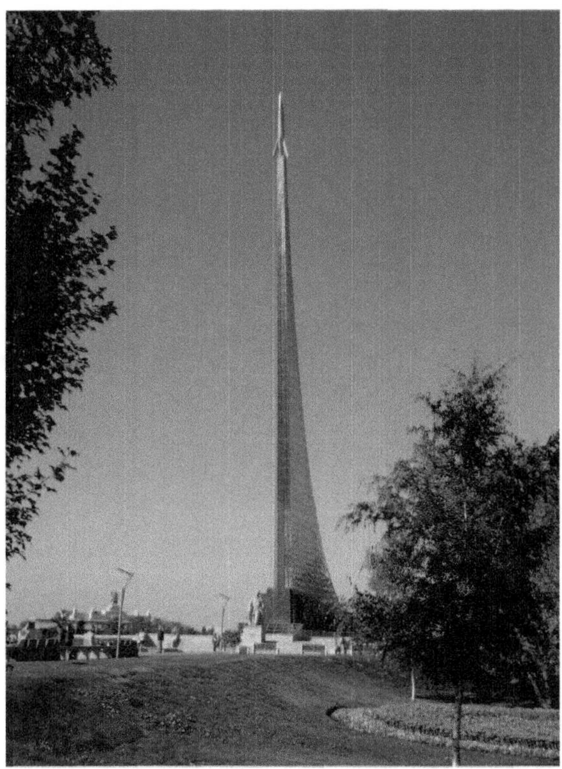

Gagarin-Denkmal

es auch in Moskau. Vorher besorgten wir noch ein paar Schmerztabletten, und die taten ihre Wirkung, nach einer Zeit ging es mir besser. Die Tour startete an der Basiliuskathedrale, leider hatten wir vom Bus aus einen unmöglichen Winkel, so dass wir kein Foto machen konnten. Die Tour dauerte zwei Stunden und deckte ein großes Gebiet von Moskau ab, wo wir noch nicht hingekommen waren. Ein toller Haltepunkt war auf den Leninbergen vor der Lomonossov-Universität, die ja zu den sieben Schwestern von Stalin im Zuckerbäcker-Stil gehört. Sie hat etwa 40000 Studenten. Man konnte herunterschauen auf das Olympiastadion und das von Wolkenkratzern geprägte neue Geschäftsviertel. Auch das Weiße Haus, das in Russland nicht zum Präsidenten, sondern eigentlich zum russischen Parlament gehört, hatten wir noch nicht gesehen. Es sollte 1991 beim Augustputsch gestürmt werden, was den Putschisten jedoch misslang. Auch während der Verfassungskrise 1993 stand es im Brennpunkt; Jelzin hatte das Parlament widerrechtlich aufgelöst, der Konflikt eskalierte, und die Jelzin-treuen Streitkräfte beschossen das Gebäude und beschädigten es schwer. Die Duma, das russische Parlament, tagt heute in einem Gebäude zwischen Kreml und Bolschoi-Theater, ganz in der Nähe unseres Hotels. Im Weißen Haus sitzt heute die Regierung. Und am Arbat, einem belebten Schickeria-Viertel, fuhren wir vorbei und ärgerten uns ein wenig, dass wir das bei unserer Planung nicht auf dem Schirm hatten.

Unser letzter halber Tag in Moskau brach an, die Kopfschmerzen waren inzwischen weg, und wir kamen auf die Idee, einen Ausflug zum Ostankino-Fernsehturm zu machen. Bis 1975 war er mit 537 m das höchste freistehende Bauwerk der Welt, inzwischen ist er die Nummer 4. Die Metro-Haltestelle war die WDNCh, die Ausstellung der Errungenschaften der Volkswirtschaft. 1982 bei meinem ersten Aufenthalt in Moskau hatten wir da schon einen Vormittag verbracht, das gehörte zum Standardprogramm. Zu sehen gab es damals vor allem Gegenstände aus der Raumfahrt,

Russische Improvisationskunst

Fernsehturm Ostankino

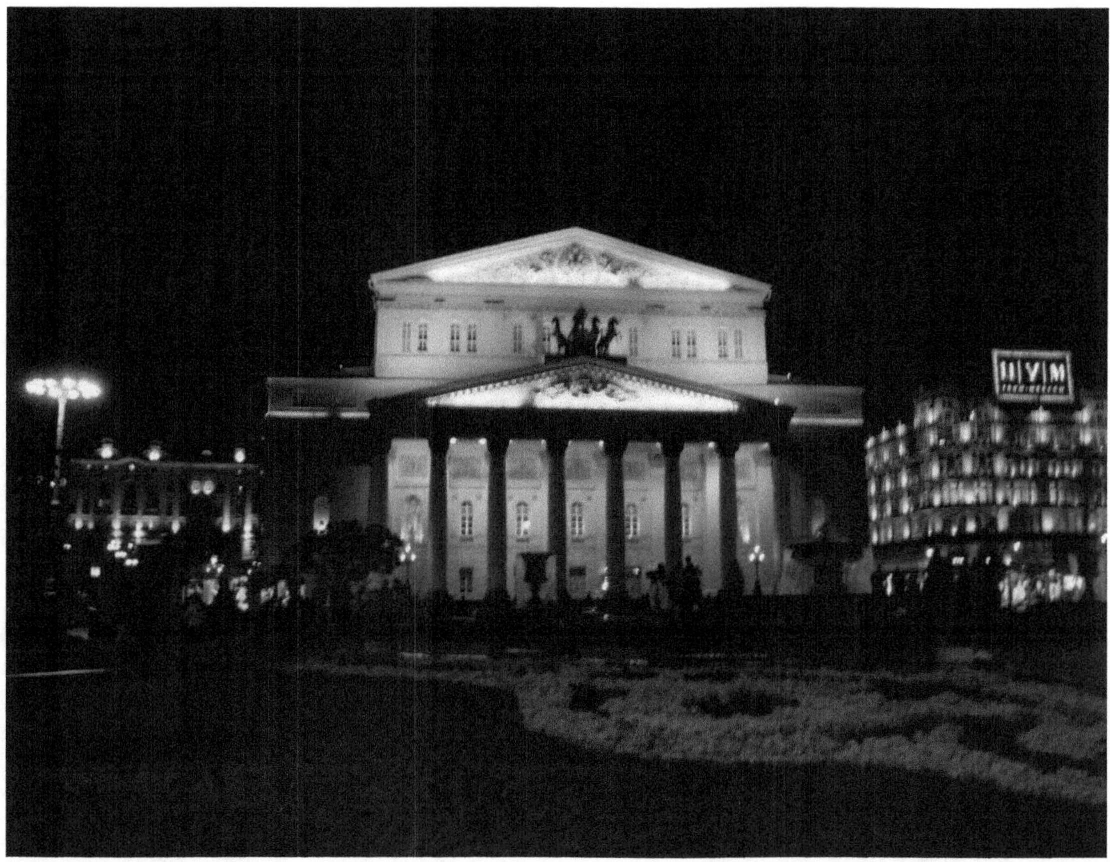

Bolschoi-Theater

wie den Sputnik-Satelliten, Raumanzüge oder Teile von Raketen. Heute ist es eher eine Art Park. Auffälligstes Stück ist das Gagarin-Denkmal, das eine Rakete beim Aufstieg darstellen soll. Auf dem Weg zum Ostankino-Turm sahen wir dann noch etwas typisch Russisches: Jemand wollte ein Warndreieck aufstellen, wusste nicht, wie, und hatte es dann an eine volle Wasserflasche angelehnt - diese Art Improvisation gibt es nur in Russland. Für den Ostankino-Turm musste man nach dem Kauf der Tickets mehrere Sicherheitskontrollen durchlaufen, dann ging es mit dem Fahrstuhl hoch. Die Aussicht war schon irre in 500 m Höhe, erkennen konnte man allerdings nicht wirklich viel, immerhin das nahegelegene Gagarin-Denkmal. Auf einer Panzerglasscheibe konnte man senkrecht 500 m in die Tiefe schauen, für uns zwei nicht-schwindelfreie ein besonderer Nervenkitzel. Wir tranken am Turm noch einen Kaffee und machten uns dann auf den Weg zurück. Wir gingen nochmal in das "Zentrale Kinderkaufhaus", die Fast-Food-Ecke wollten wir ja noch ausprobieren, was wir dann auch taten. Und in der obersten Etage gab es noch eine Aussichtsplattform, gut konnte man den Roten Platz erkennen.

Und eines wollten wir noch erledigen. Wir gingen also ein letztes Mal zu unserem Roten Platz und kamen endlich mal dazu, ein Foto von der Basiliuskathedrale zu machen!

Unser Flug zurück ging am nächsten Tag schon gegen Mittag, da mussten wir gleich nach dem Frühstück los. Es blieb noch Zeit, den Schrittzähler nochmal zu prüfen: In Moskau waren wir nur 78 km gelaufen. Wir werden auch nicht jünger ...

Basilius-Kathedrale bei Nacht

Musste das sein?

Barcelona 2019

Es goss aus Eimern. Wir hatten den Flug ins südliche Europa gerade hinter uns, das Gepäck vollständig in Empfang genommen, jetzt noch den Bustransfer, den Bettina uns nahegelegt hatte, weil ein Taxi nicht zu bezahlen sei. Der Bus würde gerade mal 30 € kosten und uns dann in der Nähe der Plaza de Catalunya herauslassen, und von dort wäre es ein Katzensprung zum Hostal Balmes Centro, Carrer de Balmes 83. Nix da, die nächste Stunde ließ der Himmel alles raus, was er hatte. Wir schafften es, einen Unterstand in der Nähe des Busbahnhofs am Flughafen zu bekommen, und von dort unternahmen wir wechselweise Ausflüge zu Fahrzeugen, die wie Shuttlebusse aussahen. Keiner davon war uns zugeordnet, und keiner wusste, wo wir vielleicht mit einem anderen Fahrzeug glücklich werden könnten. Mehr noch: es schien bei dem Schietwetter auch keiner Lust darauf zu haben, uns weiterzuhelfen. Dann doch lieber Taxi. Da gibt es einen Taxi-Haltebereich. Man reiht sich in eine Schlange ein, zieht ein Ticket und winkt sich ein Taxi herbei. Keine Preisverhandlungen, keine Gefahr, übers Ohr gehauen zu werden. Dauer der Aktion: 15 min, Preis: 31 €. Und er setzte uns etwa 1.50 m vor dem Hotel ab. Aber der Regen war immer noch da.
Das Hotel: im dritten Stock des Hauses gelegen, zwei Betten, ein Badezimmer, Internet-Anschluss, und wenn man sich schlank machte, konnte man sich am Bett vorbei unfallfrei in das Badezimmer begeben - genau nach unserem Geschmack. Zunächst einmal stand, verfahrenstechnisch gesprochen, ein Trocknungsschritt auf dem Programm.

Ich war 2017 einmal für ein paar Tage in Barcelona, auf der LDPE-Tagung[40]. Damals im Nobelhotel "Grand Marina" direkt am Hafen. Ich kam damals einen Tag früher, und zwischendurch war auch mal ein Nachmittag frei, so dass ich mir ein paar Sachen ansehen konnte. Damals bei knalligem Sonnenschein. Hier regnete es, so

[40]LDPE = Low Density Polyethylene

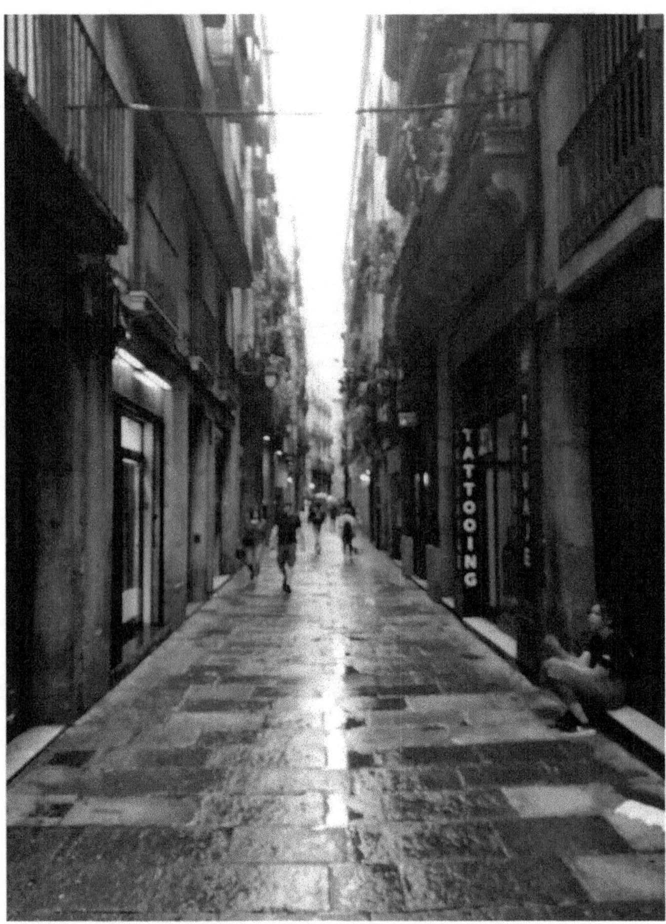

Verlegenheits-Shopping

dass wir eigentlich schon dankbar waren, dass es erst noch etwas zu organisieren gab. Bettina hatte aus Versehen die Besichtigung der Kirche "Sagrada Familia" zweimal gebucht. Das System nahm ihr die überzähligen Karten nicht wieder ab, und so hatten wir jetzt zwei Tickets zuviel, einzulösen am Tag nach unserer Abreise, so dass wir wirklich nichts damit anfangen konnten. Wir versuchten, sie bei der Tourist Info zurückzugeben, aber die Stadt Barcelona fühlte sich dafür auch nicht zuständig. Und so gingen wir unverrichteter Dinge wieder raus in die feuchte Stadt. Immerhin ließen wir uns die Barcelona Card nochmal erklären. Die hatte Bettina auch besorgt; man konnte damit verbilligt und ohne Schlange zu stehen fünf Sehenswürdigkeiten besuchen. Draußen sahen wir schnell, dass es keinen Zweck hatte: Wir gingen in die kleinen Gassen von Barcelona und erstanden einen Schirm. Normalerweise ist damit garantiert, dass der Regen dann aufhört und wir den überflüssigen Schirm den ganzen Tag mit uns herumschleppen müssten. Diesmal funktionierte das nicht. In dem Gassenviertel gab es noch jede Menge Kleinkunstläden, in denen es nicht regnete. Einer dieser Shops hatte sich auf originelle Badeenten spezialisiert. Torsten suchte für sein Detektivquiz im Forum Bomlitz ein Sherlock-Holmes-Motiv, ich hatte mich in eine Mr.-Spock-Ente verguckt, für meinen Sohn, den kleinen Timon (inzwischen gut 1.90 m). Wir beschlossen, an einem anderen Tag noch einmal wiederzukommen; draußen war es möglicherweise zu nass für die Enten.

Wo sollten wir jetzt Unterschlupf finden? Die Kathedrale von Barcelona war ganz in der Nähe. Sie wurde im gotischen Stil 1448 fertiggestellt. Der imposante mittlere Turm ist jedoch aus dem frühen 20. Jahrhundert. Gewidmet ist die Kirche der Hl.

Triumphbogen

Eulalia, die mit 13 Jahren unter dem römischen Kaiser Diokletian ermordet wurde. Das Schönste ist sicherlich der mittelalterliche Kreuzgang mit kleinen Kapellen, Grabsteinen auf dem Weg und den 13 Gänsen, die das Alter der Hl. Eulalia symbolisieren sollen. Ihr Schnattern ist oft deutlich hörbar und schreckte in früheren Zeiten Diebe ab.
Es regnete immer noch, aber das Gute an so einem Wetter ist, dass man ab einem gewissen Zeitpunkt nicht mehr wesentlich nasser wird. Wir gingen zum Kolumbus-Denkmal am Hafen, wo ich das Grand Marina wiedersah, und da war so ein leckerer Crepes-Stand, dem wir beide nicht widerstehen konnten. Ich nahm den Crepes mit Honig und war danach so verklebt, dass ich zum ersten Mal dem Regen eine positive Seite abgewinnen konnte. Natürlich wollten wir am ersten Tag auch schon mal die "Sagrada Familia" in Augenschein nehmen. Ich wusste noch so ungefähr, wo sie war. Man musste eigentlich nur den Triumphbogen finden, und mit einem so fähigen Stadtplan, wir wir ihn von der Tourist Info bekommen hatten, gelang das leicht. Der Triumphbogen in Barcelona ist im Unterschied zu anderen aus roten Ziegeln gebaut. Er ist 30 m hoch und wurde für die Weltausstellung 1888 errichtet. Von dort ein paar hundert Meter geradeaus nach Norden, dann rechts, und dann so halblinks halten, bis man darauf stößt. Das Problem ist, dass man sich in einer Häuserschlucht befindet und die Kirche trotz ihrer Höhe nicht sehen kann, bis man wirklich fast davor steht.

Die Sagrada Familia ist für Barcelona ungefähr das, was die Basiliuskathedrale für Moskau ist, mit zwei Unterschieden: Man kommt nicht so oft daran vorbei, und wenn man da ist, bekommt man schwer eine vernünftige Perspektive. Aber schön anzusehen ist sie auch.

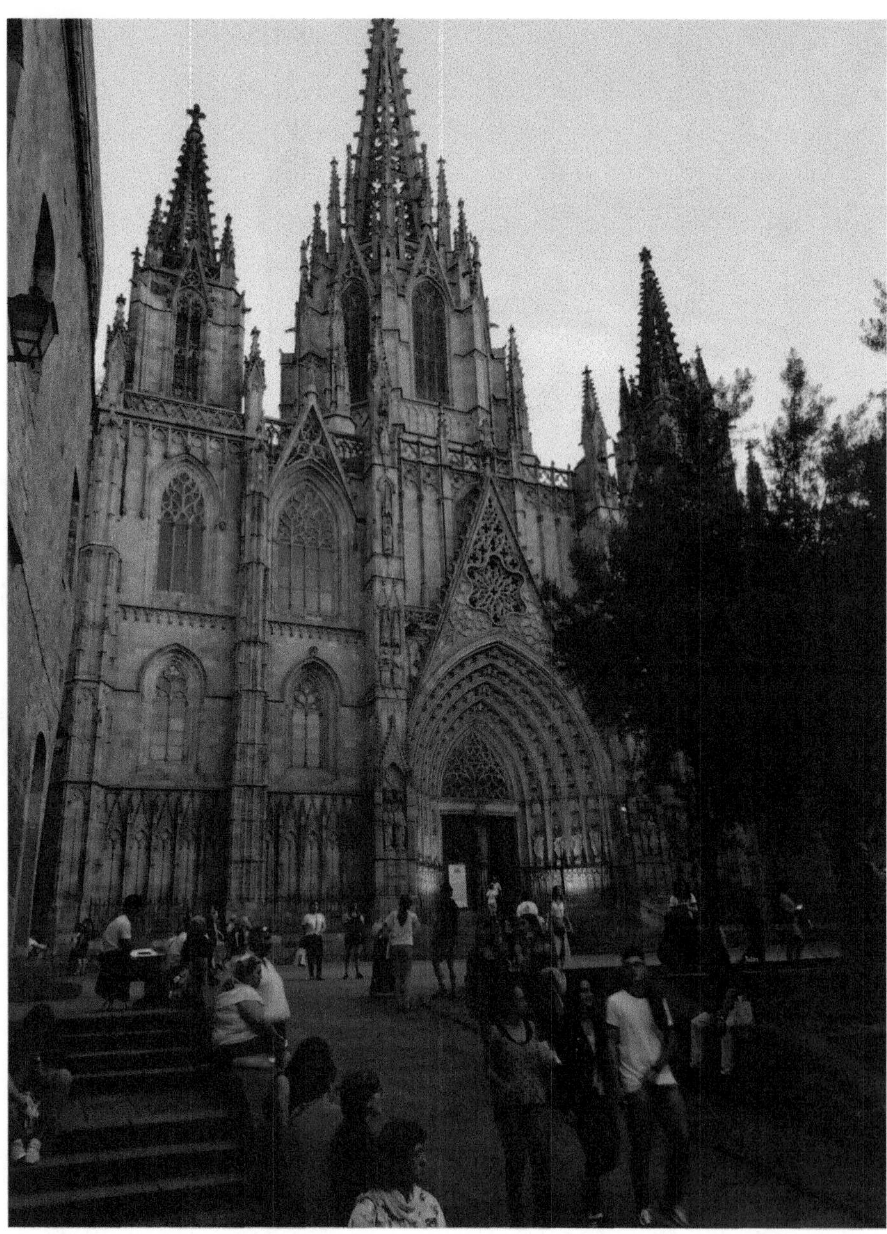

Kathedrale von Barcelona

Mit ihrem Bau wurde 1882 von Antoni Gaudi begonnen, und sie ist heute, fast 140 Jahre später, immer noch nicht fertig. Gaudi starb 1926. Hundert Jahre nach seinem Tod, 2026, soll die Kirche fertiggestellt werden. Der Bau finanziert sich aus Spenden. Für die Vollendung braucht man noch so 300-400 Mio. €.
Die Kirche hat zwei Fassaden: die Geburtsfassade, die die Geburt Christi darstellt, und die Passionsfassade mit dem Leidensweg Christi. Während die Geburtsfassade mit vielen detailreichen Reliefs von Gaudi fast fertiggestellt werden konnte, sieht die Passionsfassade völlig anders aus; sie wurde erst nach Gaudis Tod begonnen und hat klare Geometrien und kaum Verzierungen. Wenn die Kirche mal fertig ist, wird sie 18 Türme haben, alle 90-125 m hoch, der zentrale Turm in der Mitte soll 172.5 m hoch werden. Damit wird er den bislang höchsten Kirchturm der Welt, das Ulmer Münster, um 11 m überragen. Die Höhe ist so gewählt, dass die Kirche nicht höher wird als die Berge um Barcelona herum.

Sagrada Familia

Rambla bei Nacht

Antoni Gaudi (1852-1926)

Antoni Gaudi studierte Architektur in Barcelona, und bereits sein Professor zweifelte 1878, ob gerade ein Verrückter oder ein Genie das Diplom bekommen hatte. Gaudis Stilrichtung war der Modernismus, vergleichbar dem Jugendstil in Deutschland. Man wollte mit der traditionellen Architektur brechen und neues für das 20. Jahrhundert kreieren. Dabei standen die Industrialisierung und die dadurch bedingte Entstehung eines Bürgertums mit ganz neuen Bedürfnissen im Fokus.
In der Architektur spielten natürliche Vorbilder und fließende Bewegungen eine zentrale Rolle. Gerade in Barcelona, das sich im 19. Jahrhundert deutlich über seine bisherigen Grenzen hinaus vergrößerte, entstanden eine Fülle interessanter Gebäude, so von Gaudi die Sagrada Familia, der Park Güell, die Wohnhäuser Casa Mila und Casa Batllo und viele andere. Typisch für Gaudi sind die welligen, weichen Formen mit Motiven aus der Natur, unregelmäßige Grundrisse und bunte Keramikfliesen. Er galt als extrem detailverliebt und entwarf auch kleinste Stilelemente selbst. Sein Hauptwerk ist die Sagrada Familia, an der er über 40 Jahre arbeitete. Nach einer unglücklichen Liebe führte er ein asketisches Leben und wohnte in einem Haus im Park Güell.
Am 7. Juni 1926 wurde er auf dem täglichen Weg zur Baustelle der Sagrada Familia von einer Straßenbahn erfasst und blieb bewusstlos liegen. Drei Tage nach dem Unfall war Gaudi tot. Er wurde in seiner Kirche begraben.

Der Rückweg war noch abenteuerlich. Wir gingen vom zentralen Platz Barcelonas,

dem Placa de Catalunya, die Rambla hinunter. Die Rambla ist eine 1200 m lange Promenade zum Hafen herunter. Links und rechts fahren Autos, in der Mitte ist eine Fußgängerzone, mit Blumenhändlern, Kneipen und Restaurants, Straßenkünstlern und Musikern. Am 17. August 2017 fuhr ein Attentäter mit einem Lieferwagen in die Menschenmenge. 15 Menschen wurden getötet und 188 verletzt. Die islamistischen Täter wurden von der Polizei in der Kleinstadt Cambrils, 120 km von Barcelona entfernt, gestellt und getötet. Sie wollten dort offenbar weitere Morde begehen. Es ist einfach furchtbar, dass ein so fröhlicher Ort wie die Rambla für immer mit so einer Tat verknüpft sein wird.
Wir meinten, den Weg zum Hotel so gut zu kennen, dass wir nach einem Abstecher in einen Großmarkt an der Rambla von dort aus direkt zurückgehen wollten. Das ging völlig schief, und nachdem wir eine halbe Stunde im Kreis gelaufen waren, gaben wir klein bei und ließen uns von einem Taxi ins Hotel zurückbringen. Der Türrahmen im Hotel war sehr niedrig, ich stieß mir ordentlich die Rübe, und am nächsten Abend passierte mir das gleich wieder, natürlich auf die gleiche Stelle. Da ich oben keinerlei schützendes Haarkleid mehr besitze, sah man die lange Schürfwunde bei mir eine ganze Zeit lang. Zu Hause darauf angesprochen, erzählte ich, dass ich mit dem Axtmörder von Okriftel gekämpft hätte ("Ich: Schwinger mit der Rechten") - ich war erstaunt, wie lange mir das manche Mitmenschen abgekauft haben.

Barcelona ist nach Hamburg die zweitgrößte Stadt Europas, die nicht Hauptstadt ist. 1.6 Mio. Menschen leben hier. Hinsichtlich der Bevölkerungsdichte ist es ebenfalls die Nr. 2, hinter Paris. Im September beträgt die Durchschnittstemperatur immerhin 22°C. September und Oktober sind mit etwa 80-90 mm Niederschlag die regenreichsten Monate im Jahr, aber das machte jetzt nichts mehr; bei dem, was am Tag vorher herunterkam, dürfte es nun sechs Wochen nicht mehr regnen. Und das tat es dann auch zunächst nicht, wir hatten die nächsten Tage ein phantastisches Wetter. Wir beschlossen, eine der fünf Optionen auf der Barcelona Card für die Hop-on-hop-off-Tour zu verwenden, die es auch in Barcelona gab. Es gab zwei Touren, wir konnten sie auf zwei Tage verteilen. Start war jeweils auf dem Catalunya-Platz. Die erste Tour führte in die Gegend um den Hafen herum. An der Strandpromenade gibt es den Fisch aus Gold, ein Kunstwerk, das anlässlich der Olympischen Spiele 1992 errichtet worden ist. Der Fisch ist 35 m hoch und 54 m lang, je nach Sonneneinstrahlung verändert sich sein Aussehen. Überhaupt wurden auf der Bustour die Olympischen Spiele oft erwähnt. Barcelona hatte sich in der Franco-Zeit einige Male beworben und nie die Unterstützung der Zentralregierung in Madrid erhalten. Die Spiele 1992 war für die Region Katalonien ein einschneidendes Erlebnis, das vermutlich auch wegweisend für die heutigen Unabhängigkeitsbestrebungen war. In der Hafengegend wurden wir auch auf das Aquarium aufmerksam gemacht, das eines der schönsten Europas sei. Wir beschlossen, uns das einmal anzusehen.

Im Geschäftsviertel sahen wir den "Phallus'. So hatten meine Kollegen und ich den "Torre Glories" genannt, 32 Stockwerke, 142 m hoch. Lt. Wikipedia sei er einem zeitgleich in London errichteten Gebäude sehr ähnlich - nein, klarer Fall, Ähnlichkeit hat er mit etwas anderem. Was denkt eigentlich der Fensterputzer über seinen Job? Ursprünglich ein Bürogebäude, wird er demnächst zu einem Hotel umfunktioniert.

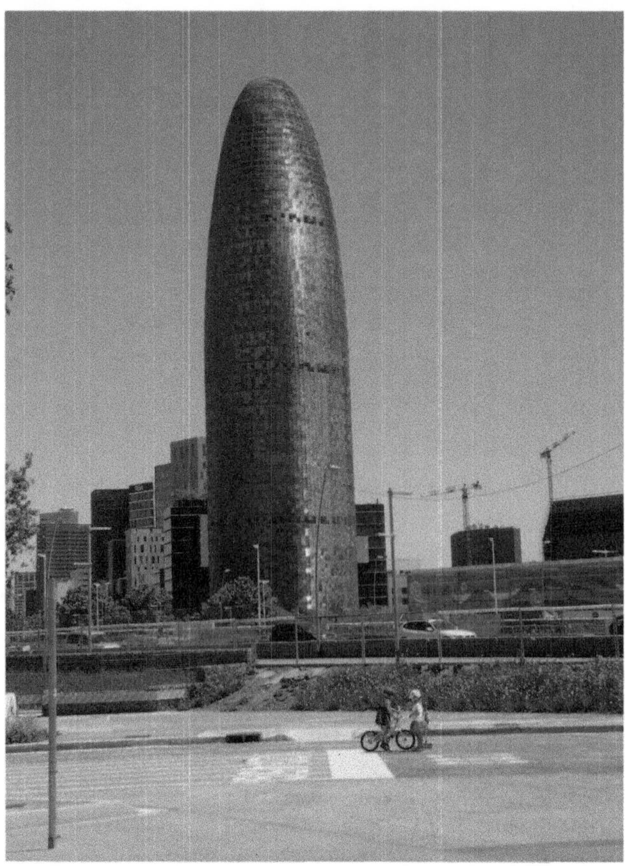

Torre Glories

Nachts ist der Turm farbig beleuchtet. Wir sahen schon von weitem die Sagrada Familia, zu der wir dann auch hinfuhren. Der Bus hielt für eine Weile an, und so konnten wir in Ruhe Fotos machen - bei Sonnenschein.

Wir stiegen am Catalunya-Platz wieder aus und hatten mit der Casa Batllo und dem Park Güell noch ein ambitioniertes Programm für diesen Tag vor uns, beides Weke von Gaudi. Die Casa Batllo war nur ein paar hundert Meter entfernt auf dem Passeig de Gracia, Barcelonas Antwort auf die Avenue des Champs-Elysees. Das Haus wurde 1877 gebaut und von Gaudi in den Jahren 1904-1906 in seinem modernistischen Stil umgestaltet. Es gehört seit 2005 zum Weltkulturerbe. Am besten ist es, sich das Haus von der anderen Straßenseite aus anzusehen. Es sticht mit seinen geschwungenen Formen aus der ganzen, gewiss nicht schlichten Häuserzeile heraus. Hundertwasser hat bei uns ähnlich gebaut, in der Tat fasste er sich als Schüler Gaudis auf. Eine Million Menschen gehen jedes Jahr durch dieses Gebäude. Die geschwungenen Formen setzen sich in Inneren fort, wie bei Arielle in der Unterwasserwelt. Herzstück des Hauses ist die Beletage, ein Salon mit einer riesigen Glasfront zum Passeig de Gracia - sehen und gesehen werden. Man begegnet einem Kamin in Pilzform. Die Decke ist gewellt und soll ebenfalls an das Meer erinnern.
Der Innenhof, mit unterschiedlich blauen Kacheln ausgekleidet, hat eine Schlüsselfunktion. Von hier werden Luft und Licht im Haus verteilt, die beide über die große zentrale Öffnung von oben in das Haus kommen. Die Kacheln sind oben intensiv blau, unten eher blassblau gehalten, um das Licht gleichmäßig zu verteilen. Die Fenster zum Innenhof sind unten größer, oben kleiner, ebenfalls, um eine gleichförmige Verteilung des Lichtes und ggf. auch der Luft zu erreichen; mit Holzgittern konnte man die Luftzufuhr regeln. In der obersten Etage kommt man vom Esszimmer in

Casa Batllo

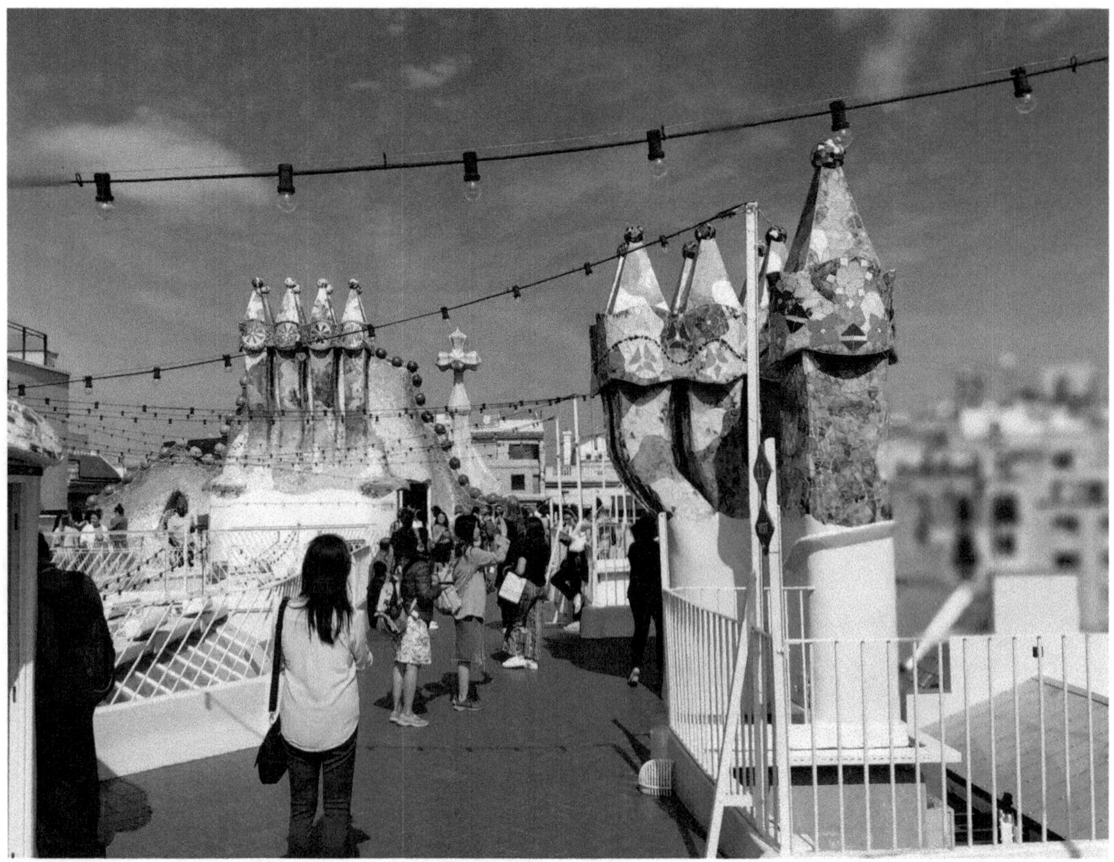

Schornsteine auf dem Dach der Casa Batllo

den Hofgarten, wo die Familie früher oft den Nachmittag verbracht hat. Der Boden ist reich ornamentiert, ebenso die großen Blumenkästen.
Im Dachgeschoss ist der Servicebereich des Hauses. Parabelförmige Bögen, die an den Brustkorb eines Tieres erinnern sollen, sind in weiß gehalten und sorgen auf diese Weise für eine bemerkenswerte Helligkeit. In diesem Obergeschoss sind z.B. Abstellräume und die Waschküche.
Ganz oben ist dann die Dachterrasse, ebenfalls eine bemerkenswerte Kombination aus Ästhetik und Funktionalität. Sie wird bestimmt von den bunten gekrümmten Schornsteinen, die so gestaltet sind, dass der Wind die Luft nicht in den Kamin zurückdrückt. Im Volksmund wird das "Der Rücken des Drachens" genannt.

Zum Park Güell mussten wir zunächst einmal den Passeig de Gracia weiter gehen. Wir kamen an der Casa Mila vorbei, dem anderen berühmten Werk Gaudis auf dem Passeig, das wir dann letztlich am Samstag, unserem letzten Tag in Barcelona, besichtigten. Der Weg zum Park Güell war weit, und es kamen uns Hunderte, sind wir ehrlich, Tausende von Demonstranten entgegen. Kollege Stefan whatsappte mich später an. Ob ich die Nachrichten gesehen hätte? Es seien 450000 Demonstranten für ein unabhängiges Katalonien in Barcelona unterwegs. So kam uns das auch vor. Alle hatten das gleiche T-Shirt an; sie schienen vom Park Güell aus zu kommen und wollten zum Catalunya-Platz. Der Marsch verlief sehr friedlich, wir mussten halt "gegen den Strom schwimmen". In der Sache ist es für uns schwer, sich eine vernünftige Meinung zu bilden. Klar ist man für das Selbstbestimmungsrecht, klar reagiert die spanische Zentralregierung über, aber was will die Welt und was wollen die Katalanen mit einem Kleinstaat, der dann zu einem wesentlichen Teil Handel mit Spanien betreibt? In der EU will man einen neuen Mitgliedsstaat auch nicht

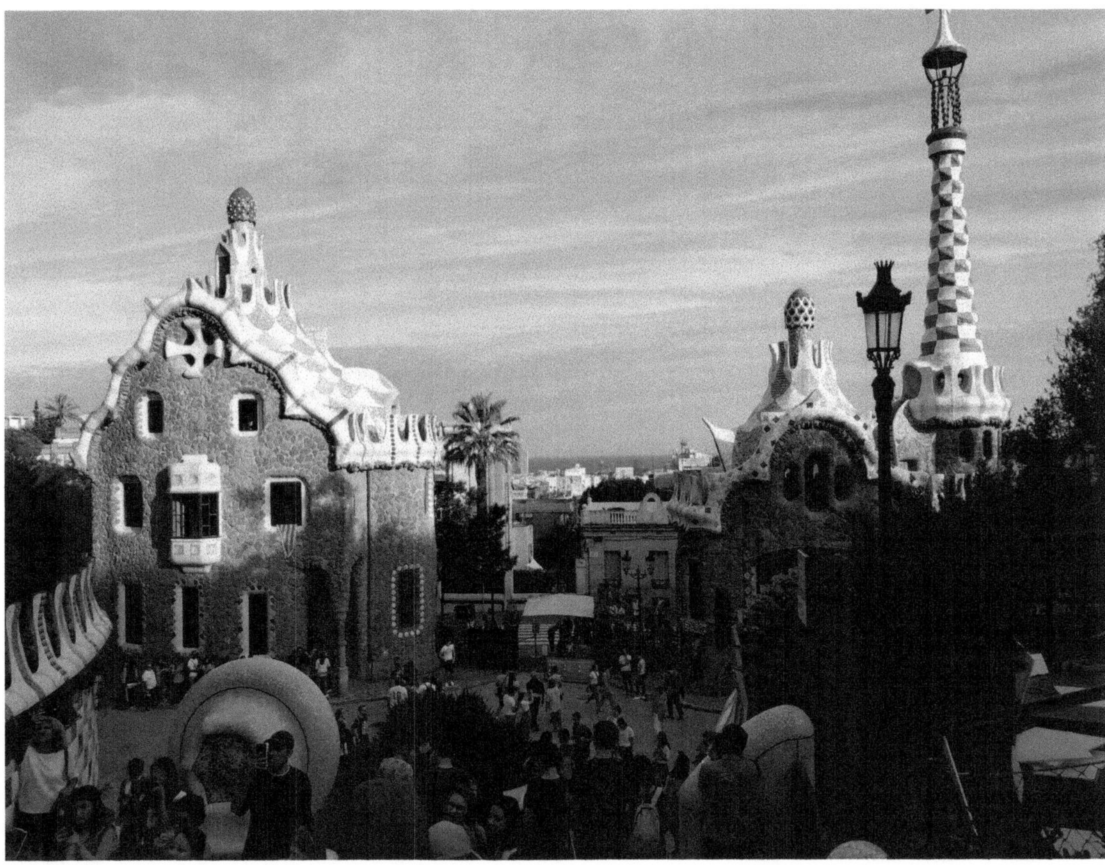

Eingang zum Park Güell

so recht, man hat so genug zu tun. Was bedeutet es für den FC Barcelona, jedes Jahr mit einem blödsinnig großen Vorsprung katalanischer Meister zu werden? Ich glaube, dass das nicht zu Ende gedacht ist.

Zum Park Güell waren es doch einige Kilometer zu Fuß. Es ging dann zum Schluss noch steil einen Berg hoch, schließlich mussten wir noch das Lädchen finden, wo man unsere Gutscheine gegen ein Ticket für den Park mit englischsprachiger Führung eintauschte. Bis es los ging, hatten wir noch eine gute halbe Stunde Zeit, das reichte ganz locker für ein Eis. Bettina hatte uns empfohlen, als letzte Gruppe in den Park zu gehen, weil man dann den Sonnenuntergang mit Blick von oben auf die Stadt sehen könnte.
Der Guide sammelte uns ein und erklärte im Folgenden zuerst auf Spanisch und dann auf Englisch. Schon bei seinem ersten Statement war es etwas merkwürdig. Seiner zweiminütigen Auslassung auf Spanisch entsprachen drei Sätze auf Englisch. Diese Relation blieb in etwa bestehen. Des Spanischen nicht mächtig, führten wir das zunächst noch darauf zurück, dass die englische Sprache immer sehr präzise ist und die spanische vielleicht etwas blumig, aber als die englischen Erklärungen immer nur noch präziser wurden, erkannten wir: das war gar keine englischsprachige Führung, der Mann hätte auch in den St. Petersburg Mysteries auftreten können. Wir sahen trotzdem eine ganze Menge vom Park.

Er wurde in den Jahren 1900-1914 angelegt und gilt nach der Sagrada Familia als die zweitgrößte Sehenswürdigkeit Barcelonas, mit 3 Mio. Besuchern jährlich. Man merkt, wie sich ein Gaudi hier regelrecht ausgetobt hat. Die einzelnen Objekte passen sich in das bergige Gelände ein, als wenn sie dorthin gehörten. Ursprünglich als

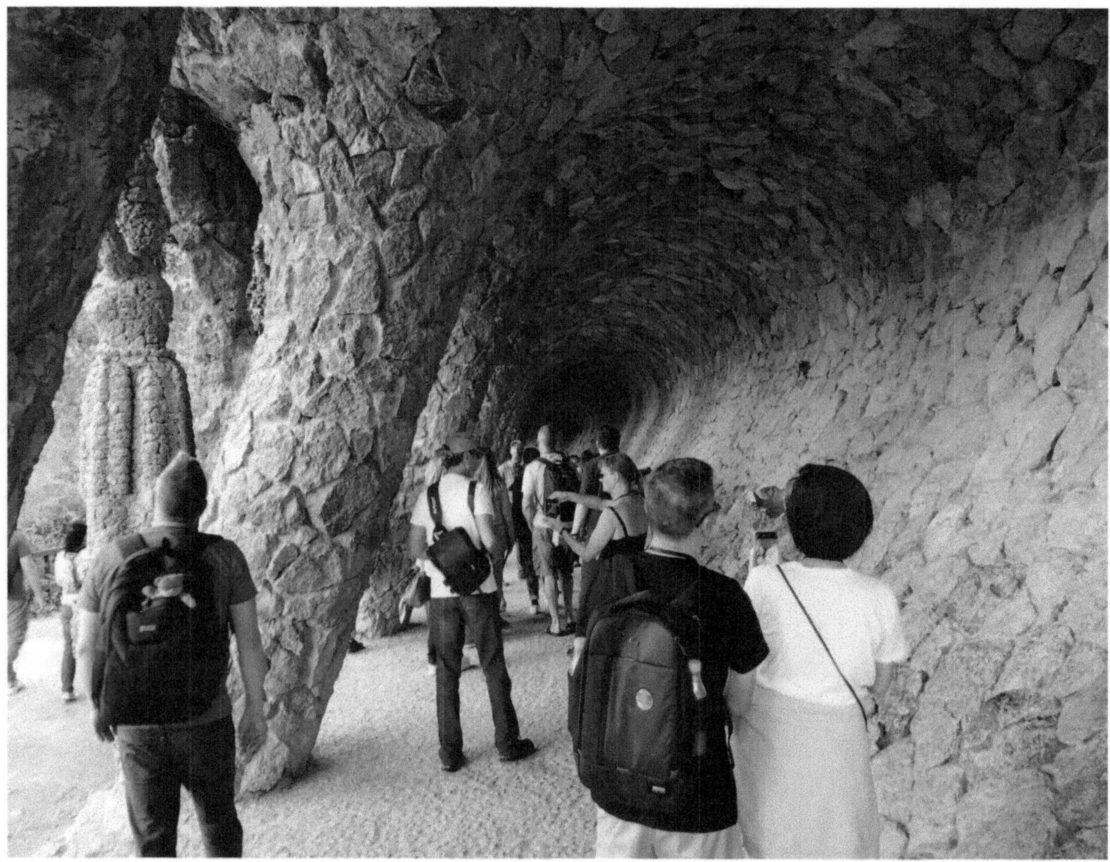

Überdachter Gang im Park Güell

Wohnviertel gedacht, gibt es nur drei Häuser: das der Familie Güell, das von Gaudi selbst und das Haus eines Freundes von Gaudi, das immer noch bewohnt ist. Der Eingang ist schon witzig, man sieht zwei kleine Häuschen im Zuckerbäckerstil, als wenn man Hänsel und Gretel aufführen wollte. Der ganze Park ist dann ein Gewirr aus Wegen, überdachten Gängen, Viadukten, Mauern und Brücken, wie ein Märchengarten. Direkt gegenüber vom Eingang ist der Treppenaufgang zur Markthalle mit dem Wahrzeichen des Parks, dem blau-orangenen Salamander aus Keramik, der einen eher freundlich anschaut. Die Markthalle selbst ist eine Säulenhalle mit 86 Säulen, ein Markt ist es nach dem Scheitern der Wohnviertel-Pläne letztlich ja nicht geworden. Die Markthalle stützt den Terrassenplatz, von dem aus man eine herrliche Sicht über die Stadt hat. Zum Beobachten des Sonnenuntergangs war es freilich noch viel zu früh. Der Terrassenplatz wird begrenzt von einer wellenförmigen steinernen Bank. Man konnte sich keinen rechten Reim darauf machen, wozu sie diente, aber sie ist tatsächlich eine Sitzgelegenheit. So unbequem sie ausssieht, sie ist dem menschlichen Körper nachempfunden und man sitzt auf ihr ausgesprochen bequem. Vor dem Verlassen des Parks sind wir noch in die beiden Hexenhäuschen am Eingang gegangen. Eines ist schlicht ein Kiosk, das andere beherbergt eine Ausstellung über die Entstehung des Parks. Da die Häuschen eng sind, wird immer nur eine Anzahl Leute hineingelassen, so dass man ein paar Minuten Schlange stehen muss.

Wir gingen zurück, auch wieder zu Fuß. Bis zum Catalunya sind es etwa 5 km. Jetzt kamen wir wirklich in den Sonnenuntergang hinein und konnten die bunte Fassade der Casa Batllo in diesem Dämmerlicht fotografieren, nochmal ein herrlicher Anblick. Und der Vollmond über dem Catalunya-Platz war auch noch ein Foto wert. Hunger

Der Salamander, das Wahrzeichen des Parks Güell

Camp Nou Stadion des FC Barcelona

hatten wir. Auf der Rambla aßen wir eine Pizza, wir fanden ein ganz gemütliches Restaurant mit ganz erträglichen Preisen. Wir kamen diesmal einwandfrei zurück zum Hotel, und beschwingt stieß ich mir ein zweites Mal den Kopf am Türrahmen.

Am nächsten Tag machten wir den zweiten Teil der Stadtrundfahrt. Die Tour ging am Hafen den Montjuic (spanisch: Jüdischer Berg, wegen eines jüdischen Friedhofs) hoch, der mit seinen 173 m die höchste Erhebung Barcelonas ist und damit die endgültige Höhe der Sagrada Familia bestimmt (S. 166). Wir fuhren am Olympiastadion vorbei - wo der FC Barcelona nicht spielt. Der spielt drei Kilometer weiter, im Camp Nou, dem mit fast 100000 Plätzen größten Fußballstadion der Welt. Und man kann hinein!

Es erwartet einen zunächst einmal eine Ausstellung des FC Barcelona. Man bekommt einen (bei mir mal wieder schlecht funktionierenden) Audioguide und geht einen langgestreckten Tisch ab, auf dem die Geschichte des FC Barcelona ausgerollt ist.

FC Barcelona

Der FC Barcelona wurde 1899 von dem Schweizer Joan Gamper gegründet. Der Club hat über 140000 Mitglieder und gilt als Symbol für Katalonien. Hinsichtlich der gewonnenen Titel liegt er hinter Real Madrid in Spanien auf Rang 2. Mit Real Madrid verbindet den FC Barcelona eine viele Jahrzenhte währende Rivalität, dabei können die Fans nur für den einen oder für den anderen Club sein. Der Club engagiert sich auch sozial und pflegt so sein Image. Außer im Fußball ist der FC Barcelona auch noch in anderen Sportarten führend in Europa, z.B. im Handball oder im Basketball.
Der Verein war in den 20er Jahren schon erfolgreich, kam dann aber im Spanischen Bürgerkrieg und später unter dem Franco-Regime in eine heftige finanzielle und sportliche Schieflage. 1950-1961 hatte man mit Laszlo Kubala, der aus Ungarn geflohen war, zum ersten mal einen Weltstar in seinen Reihen. Unter merkwürdigen Umständen scheiterte der Transfer von Alfredo di Stefano, der am Ende doch zu Real Madrid ging und dort fünfmal hintereinander den Europapokal der Landesmeister gewann.
Die 60er Jahre waren schwach, dann holte man den Niederländer Rinus Michels als Trainer und 1973 Johan Cruyff als Spieler. Von Platz 14 in der Tabelle nach dem 8. Spieltag gestartet, verlor Barcelona kein einziges Spiel mehr, siegte bei Real Madrid mit 5:0 und wurde überlegen Meister. Cruyff wurde zum Fußballer des Jahres gewählt. Cruyff hatte auch ein Angebot von Real Madrid, er entschied sich aber dagegen, weil er "nicht für den Franco-Club" spielen wollte. Weitere Meistertitel mit Cruyff folgten in den nächsten vier Jahren jedoch nicht.
Zwischendurch spielte auch Diego Maradona für Barcelona, freilich wenig erfolgreich. Meister wurde Barcelona erst wieder 1985, mit Beteiligung von Bernd Schuster. Ein Jahr später war Barcelona im Endspiel des Europapokals der Landesmeister gegen Steaua Bukarest. Nach 90 min stand es 0:0, nach 120 min auch, und ebenso kann sich niemand an einen Eckball erinnern. Die ersten vier Elfmeter gingen auch daneben, dann traf Bukarest zweimal, während kein einziger Barcelona-Spieler verwandeln konnte.
1988 wurde Johan Cruyff Trainer und kreierte das offensive Kurzpassspiel, das bis heute von Barcelona praktiziert wird und auch bei der Nationalmannschaft Spaniens die Grundlage für drei Titel von 2008-2012 war. Cruyff blieb acht Jahre lang Trainer, wurde viermal Spanischer Meister und gewann 1992 zum ersten Mal den Europapokal der Landesmeister.
Die Verbindungen zum niederländischen Fußball hielten an, unter Louis van Gaal (später auch bei den Bayern) wurde Barcelona 1998 und 1999 Meister, wobei der Disziplinfanatiker van Gaal bei den Fans nicht beliebt war. Der nächste Erfolgstrainer war mit Frank Rijkaard wieder ein Niederländer, der zweimal Meister (2005, 2006) und einmal Champions League Sieger wurde. Bekannte Namen aus dieser Zeit sind Ronaldinho, Deco, Eto'o, Xavi oder Iniesta. Rijkaard wurde nach zwei weniger erfogreichen Jahren von Pep Guardiola abgelöst, der konsequent auf die eigene Jugendarbeit setzte und mit Lionel Messi einen Weltstar zur Verfügung hatte, der bis heute bei Barcelona spielt. Man spielte weiter das Kurzpassspiel, Tiki-Taka genannt.

FC Barcelona (Forts.)

Guardiola blieb bis 2012, in diese Zeit fielen das Triple 2009 sowie zwei weitere Meisterschaften und der Champions League Sieg 2011. Guardiola nahm dann ein Jahr Pause und fing dann bei den Bayern an. Sein Nachfolger Tito Vilanova wude 2013 noch einmal Meister, danach trat er zurück und verstarb ein Jahr später an Krebs. Unter spanischen Trainern folgten vier Meistertitel (2015, 2016, 2018, 2019) und ein Champions League Sieg 2015. Bestimmend für das Spiel war der starke Sturm mit Messi, Suarez und Neymar, der inzwischen nach Paris gewechselt ist. Dafür spielt jetzt der Franzose Griezmann bei Barcelona.
In der Champions League gab es ein paar spektakuläre Spiele in den letzten Jahren. 2017 verlor man im Achtelfinale 0:4 bei Paris St. Germain. Im Rückspiel führte man bis zur 88. Minute nur mit 3:1, um dann noch drei Tore zu erzielen, die zum Weiterkommen reichten. Im Viertelfinale schied man dann sang- und klanglos gegen Juventus Turin aus. 2018 gewann man zu Hause im Viertelfinale 4:1 gegen den AS Rom, um dann das Rückspiel in Rom mit 0:3 zu verlieren. 2019 gewann Barcelona im Halbfinale im Camp Nou 3:0 gegen Liverpool und verlor das Rückspiel mit 0:4, als die gesamte Mannschaft in der entscheidenden Szene einen gegnerischen Eckball verschlief.
2019/2020 war ein schlechtes Jahr für Barcelona. Man verspielte gegen Real Madrid die Meisterschaft und schied gegen Bayern München im Viertelfinale der Champions League nach einer 2:8-Niederlage aus. Messi und Co. kommen in die Jahre, der FC Barcelona wird sich mal wieder neu erfinden müssen.

Dann wird man an den Pokalen des Vereins entlanggeführt, anschließend in die Gästeumkleidekabine[41] mit Dusche und Whirlpool. Richtig bemerkt der Audioguide: "Wenn die Wände hier Ohren hätten ...". Wäre man nicht zu gerne damals dabeigewesen, als Bayern München 1999 hier im Camp Nou gegen Manchester United verlor und die Spieler dann in dieser Umkleide ihre Niederlage realisierten? Die Bayern hatten seit der 6. Minute 1:0 geführt durch ein Tor von Basler. Zwischen der 80. und 90. Minute trafen die Bayern noch je einmal Pfosten und Latte. Aber in der Nachspielzeit stellte Manchester mit Toren von Sheringham und Solskjaer den Spielverlauf auf den Kopf[42] - es war großartig, und wenn ich traurig bin, schaue ich mir das Video von diesem Spiel an; bei uns in der Familie sind wir Bayern-Hasser seit vier Generationen. Von diesem Spiel gibt es auch eine kleine Gedenktafel im Stadion.
Von der Umkleidekabine nimmt man dann den Weg ins Stadion, den die Spieler auch nehmen - die Treppe hinunter rein in den Hexenkessel. Rechts vom Gang ist noch eine kleine Kapelle, habe aber nie gesehen, dass einer der Spieler die Gelegenheit zum Beten wahrnimmt. Das Stadion mit seinen 100000 Plätzen erschlägt einen dann natürlich. Man darf überall mal hin - auf die unteren Tribünen, auf die hohen Tribünen, und sogar auf die Trainerbank. Die habe ich allerdings nicht verstanden, im ganzen Stadion hat man einigermaßen Sicht, aber der Trainer sitzt etwas tiefer und sieht fast nichts. Mich wundert jetzt überhaupt nicht mehr, dass es viele Trainer nicht auf der Bank hält, sie wollen schlicht und einfach etwas sehen. Wir machten

[41] ins Allerheiligste, die Umkleidekabine der Barcelona-Spieler, natürlich nicht
[42] Große Spiele werden durch große Spieler entschieden und nicht durch Basler.

Eingang zum Hexenkessel

Schon wieder ein Trainerwechsel bei Barcelona

Gläserner Unterwassertunnel im Aquarium

jeder noch ein Foto mit dem anderen auf der Trainerbank, dann wurden wir nach oben geführt zu den Reporterkabinen. Man hat dann so ziemlich alles vom Stadion gesehen, wird dann noch durch den Devotionalien-Shop geführt, und zum Schluss aßen wir etwas in der Cafeteria des Stadions. Und seitdem versuche ich, jedes Champions League Spiel von Barcelona zu verfolgen, vor allem, wenn sie das Heimspiel haben.

Der Hop-on-hop-off-Bus kam sehr bald, und wir fuhren zurück in die Stadt. Nächstes Ziel war das Aquarium am Hafen. Wir wollten vorher nochmal ins Hotel, und der Bus machte gerade an der Carrer de Balmes halt. Wir stiegen schnell aus, wir mussten nur die Straße runter zur Nr. 83 gehen, da brauchten wir den Bus nicht dazu. So einfach war es dann letztlich auch. Schade nur, dass die Carrer de Balmes eine sehr längliche Straße ist, die erste Hausnummer, die wir sahen, war - irgendwas mit 720. Das dauerte dann ein wenig, aber wir fanden noch eine kleine Bäckerei, die uns den Weg etwas leichter und uns selbst etwas schwerer machte.
Wir nahmen dann wieder den Bus, um zum Aquarium zu kommen. Wir bekamen die Tickets wieder mit unserer Barcelona-Card. Das Aquarium hat 35 Becken und 450 verschiedene Tierarten. Highlight ist der 80 m lange gläserne Unterwassertunnel, durch den man mit einem Laufband geführt wird. Mit diversen Haien und Rochen steht man so Auge in Auge gegenüber. Für Action-Fans gibt es noch einen Hai-Käfig, aber der war wohl nicht in Betrieb. Draußen war dann noch ein Crepes-Stand.

Barcelona-Panorama vom Montjuic

Ein Blick gab den anderen, und wir schlugen zu. Ich hatte gelernt, der Honig vor zwei Tagen war etwas klebrig, darum entschied ich mich diesmal für Schokolade. Es spricht für meinen Lebensmut, dass ich danach zum Säubern nicht gleich in das Haifischbecken gesprungen bin.

Es war später Nachmittag geworden. Bei meinem ersten Aufenthalt in Barcelona hatten wir ein großes Abendessen auf dem Montjuic im Spanischen Dorf (Pueblo Espanol). Ich fand das damals ganz nett und machte den Vorschlag, abends dort essen zu gehen. Und am Hafen gab es ja eine Seilbahn, die direkt zum Montjuic führte. Wir sahen die Station, aber nicht, wir wir dahin kommen konnten. Nach einigen Fehlversuchen landeten wir auf der Rückseite des Aquariums, also praktisch da, wo wir hergekommen waren. Wir gingen also in Richtung "Grand Marina", da wusste ich, dass dort die Seilbahn halt machte. War aber auch undurchsichtig, wo es Tickets gab, und ob die Seilbahn da wirklich anhielt. Dafür kam dann der Hop-on-hop-off-Bus, es war die Linie, die hoch auf den Montjuic fuhr, und wir hoppten on. Was für eine prima Ausrede für uns Höhenangstler, uns nicht dieser Seilbahn widmen zu müssen. Oben auf dem Berg hatte man eine tolle Aussicht auf die Stadt: der Phallus, die Sagrada Familia, der Hafen ... und auch die Seilbahn, die wir von der Station aus heraufkommen sahen. Huii, war die eng und voll. So unglücklich über unser orientierungstechnisches Unvermögen waren wir nicht.

Das Spanische Dorf wurde 1929 anlässlich der Weltausstellung errichtet. Eigentlich wollte man es danach gleich wieder abreißen, aber der große Erfolg führte zu dem Entschluss, es weiter zu betreiben. Es sind insgesamt 117 Gebäude, die aus verschiedenen Epochen und Regionen sind. Dazu gehören auch eine Kirche, ein Kloster und ein Rathaus. Es gibt viele kleine Kunst- und Handwerksläden, die traditionelle Waren verkaufen. Eine Ausstellungshalle führt traditionelle Tänze und Bräuche vor. Es gibt auch eine Kunstausstellung. Der bekannteste Künstler Barcelonas ist Joan Miro, ein Surrealist, der auch auf dem Montjuic beerdigt ist. In der Ausstellung sind Werke von ihm, aber auch von Picasso und Dali. Wir trafen ein deutsches Ehepaar und fragten, ob sie unsere überschüssigen Karten für die Sagrada Familia gebrauchen könnten, das war aber nicht der Fall. Wir gingen noch in die kleine Kirche und suchten uns dann ein Restaurant, wo wir Paella aßen. Wir genossen noch den Nachtblick herunter auf die Stadt, der Phallus mit seiner Nachtbeleuchtung machte schon etwas her. Zu Fuß gingen wir dann den Montjuic herunter zu unserem Hotel.

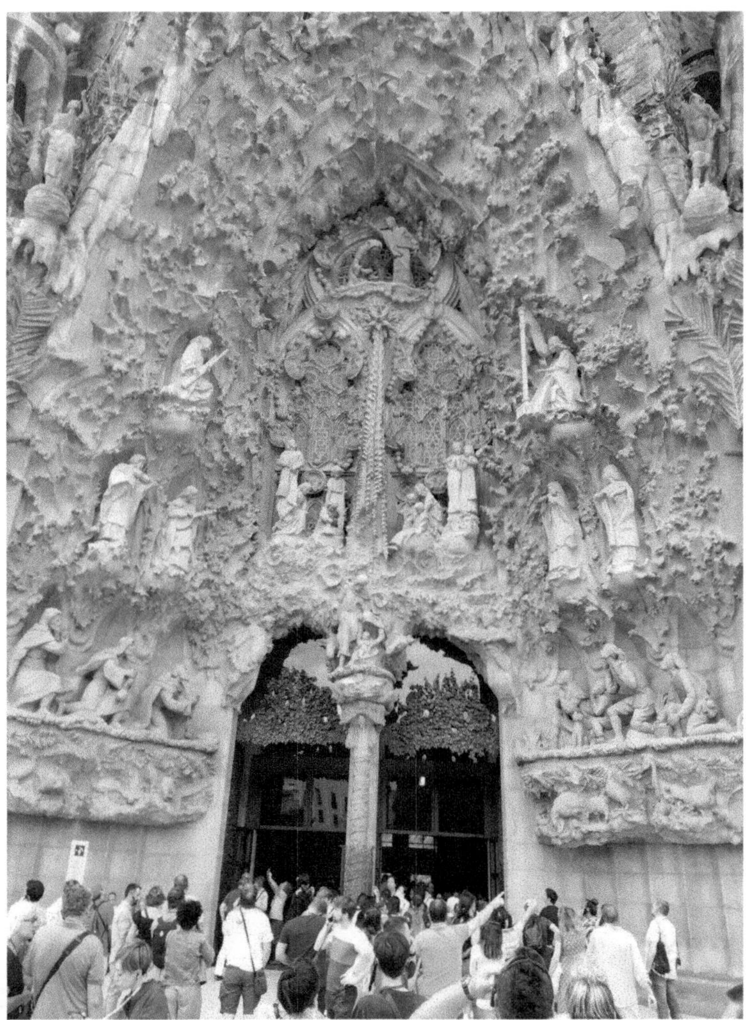

Geburtsfassade der Sagrada Familia

Wir nahmen einen anderen Weg über das Gelände der Weltausstellung, wo offenbar eine Veranstaltung stattfand. Das Wahrzeichen der Ausstellung war der Nationalpalast, ein mächtiger Palast mit Kuppel, der einen Festsaal mit 20000 Plätzen hat. Allein fanden wir nicht mehr nach Hause, Torsten bemühte die Navi auf seinem Handy und es klappte, wir fanden das Hotel. Ich stieß mir am Eingang nicht den Kopf. Den Abend verbrachten wir zu einem Teil mit Telefonieren, Torsten mit Jana und ich mit Timon, der mir eine Matheaufgabe auf WhatsApp geschickt hatte - er schrieb am Tag darauf seine erste Leistungskursklausur.

Dann war es schließlich soweit: am nächsten Morgen hatten wir den Termin zur Besichtigung der Sagrada Familia. Zur Sicherheit gingen wir sehr pünktlich los. Auf der Rambla frühstückten wir in einem Café, dann gingen wir weiter den Weg, den wir ja schon kannten: Triumphbogen, dann nach Norden, an der großen Kreuzung rechts und dann halblinks halten. Als wir ankamen, hatten wir noch ein bisschen Zeit, und wir gingen in dem kleinen Park vor der Kirche spazieren. Natürlich gingen wir auch noch einmal herum und schauten uns noch einmal die Fassaden an. Am Einlass nahm man es dann mit der Zeit nicht so genau, und wir kamen zehn Minuten vor unserer Zeit rein. Nach der Sicherheitskontrolle bekamen wir einen Audioguide, der uns die Geschichte des Baues erzählte und die Geburtsfassade detailliert erklärte. Faszinierend ist der Einfallsreichtum von Gaudi, z.B. wenn ein

Passionsfassade der Sagrada Familia

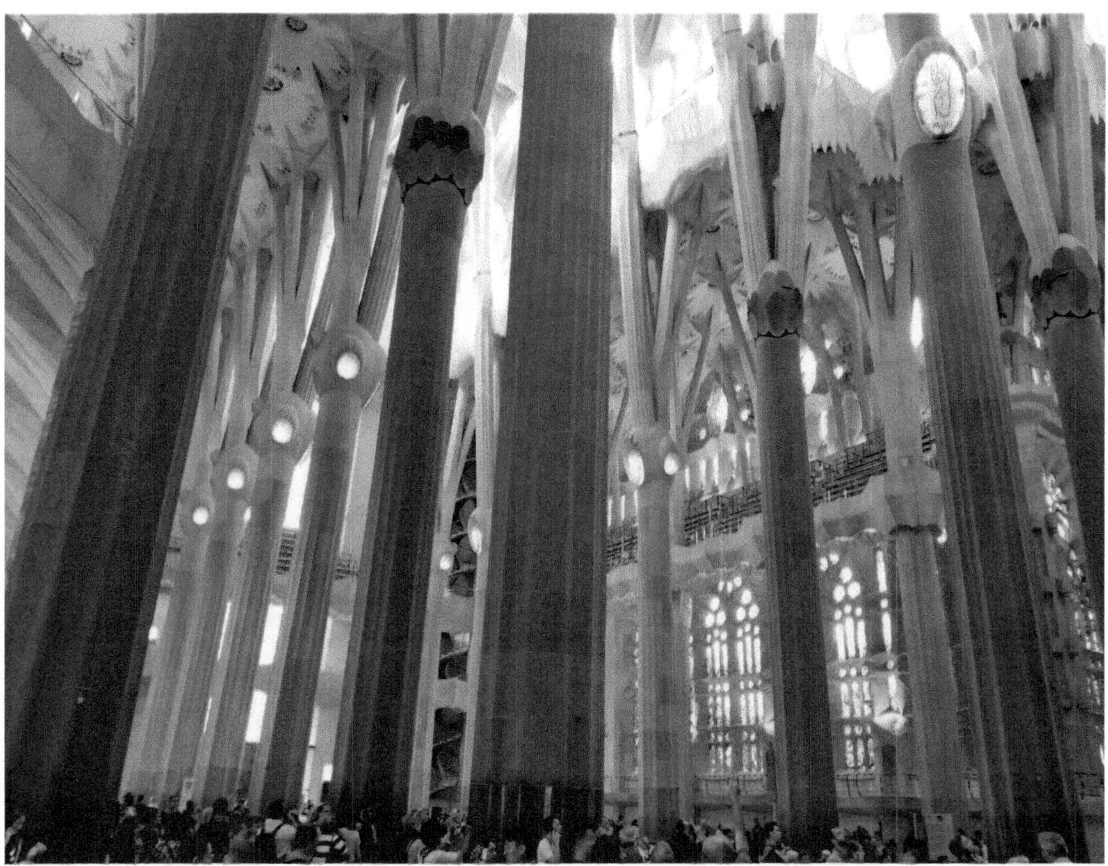

Das Innere der Sagrada Familia stellt einen Wald dar.

Pfeilerfuß als Schildkröte ausgeführt ist. Dann geht man hinein in die Kirche. Ich kannte es ja schon, aber für Torsten war es neu: das Innere der Sagrada Familia ist ein Wald! Das gotische Streben nach Höhe wird sichtbar, über der Apsis ist das Gewölbe 75 m hoch. Die tragenden Säulen sind als Bäume ausgeführt, die sich im oberen Teil in Äste verzweigen. Die Gewölbe sehen mit etwas Phantasie aus wie ein Blätterdach. Die farbigen Glasfenster machen den Innenraum für eine Kirche sehr hell. Über eine Wendeltreppe kann man dann auf einen der beiden Türme gehen, die zur Besichtigung freigegeben sind. Mit der Höhenangst kommt man schon klar, die Wendeltreppe ist komplett innen, und man wird erst am Schluss mit der Höhe konfrontiert. Die Aussicht ist eigentlich weniger spektakulär, pikanterweise ist das einzige, was man in dieser Richtung von der Kirche ausmachen kann, der Phallus. Wieder unten, kann man sich auch die Passionsfassade aus der Nähe ansehen, man sieht z.B. den Judaskuss, die Geißelung, den Weg nach Golgatha und die Kreuzigung. Von der Passionsfassade aus kann man auch noch durch die Krypta gehen und das Grab von Gaudi und ein Modell der fertigen Kirche sehen.

Jetzt war so ziemlich die letzte Gelegenheit, aus den Karten für den Sonntag noch nützliche Glieder der Gesellschaft zu machen. Torsten hatte folgende Idee: Kein Mensch kauft uns die Karten ab, weil er ja gar nicht wissen kann, ob sie echt sind. Wir müssen sie deshalb verschenken. Und wir können ja unsere Kontonummer hinterlassen, wenn die Karten nützlich waren, möchten unsere Kunden doch bitte einen Betrag ihrer Wahl überweisen. Wir fanden tatsächlich Kunden unserer Wahl. Eine junge Familie mit Kind freute sich darüber und war sichtlich dankbar. Was für ein schönes Gefühl, wenn man etwas Gutes getan hat! Geld auf dem Konto traf übrigens nie ein. Das kann alle möglichen Gründe haben, wir werden es nie erfahren. Und es

Hospital de Sant Pau

ist auch nicht wichtig.

Auf einer der Bustouren hatten wir noch das Hospital de Sant Pau gesehen, das ganz in der Nähe der Sagrada Familia war. Es ist nicht von Gaudi, der Architekt hieß Lluis Domenech i Montaner, der die Anlage von 1902-1930 baute. Von 1916-2009 war es als Krankenhaus in Betrieb. 1997 wurde es zum Weltkulturerbe erklärt. Es ist ganz eindeutig der katalanische Jugendstil, der Modernismus, von Gaudi inspiriert. Soweit man das von einem Krankenhaus sagen kann, ist die Anlage wunderschön, es hätte ja auch etwas anderes werden können. Die Einzelgebäude stehen mitten in einer Parkanlage und sind unterirdisch durch ein Tunnelsystem miteinander verbunden. 2009, nachdem das Krankenhaus außer Betrieb genommen wurde, begann die Restaurierung von Sant Pau. Von den zwölf Pavillons sind inzwischen acht fertig.
Das Tunnelsystem ist raffiniert, und durch Projektionen wird dem Besucher illustriert, wie es wohl seinerzeit zuging, da geht mal zwei Ärzte vorbei, die sich unterhalten, dann wird ein Bett durchgeschoben, es macht einen echt lebendigen Eindruck. Das OP-Gebäude steht mittendrin und hat Glasdach und Glasfassade, die Operateure sollten gute Lichtverhältnisse haben. Auch ergonomische Gesichtspunkte wurden berücksichtigt, das war uns gar nicht so klar, dass auch etwas wie ein Operationssaal "designed" werden muss. Schwer verdaulich ist der Krankensaal. Die Philosophie war anders als heute. Der Krankensaal bestand aus einer riesigen Doppelreihe von Betten, an Privatsphäre war für die Patienten nicht zu denken. Man verlässt das Gebäude durch die prachtvolle Empfangshalle, nicht, ohne einen klasse Blick auf die Sagrada Familia zu haben. Wenn die erst einmal fertig ist ... Sant Pau ist ein echter Geheimtipp, das war eine sehr kurzweilige Stunde.

Pablo Picasso: "Mann mit Barett" und "Portrait von Jaume Sabartes"

Es war nun später Nachmittag, und wir überlegten, was wir noch machen könnten. Wir stärkten uns mal wieder bei einem Bäcker und kamen zu dem Schluss, dass das Picasso-Museum noch offen haben müsste. Wir machten uns wieder auf den Weg. Das Museum war etwas schwer zu finden. Ausnahmsweise behaupte ich, dass das mal nicht an uns lag. Wir waren in der richtigen Straße, aber die richtige Hausnummer fehlte. Mehrfach gingen wir hin und zurück und stellten fest, dass das auch andere taten, die möglicherweise das gleiche Problem hatten. Wir probierten dann eine kleine Seitengasse aus und hatten schließlich Erfolg. Ein wenig mussten wir noch Schlange stehen, denn unsere Barcelona Card war hier nicht gültig. Wir erwarteten ein kleines überschaubares Museum mit ein paar Bildern, in der Tat brauchten wir aber gute eineinhalb Stunden für die Besichtigung.

Wie kommt Picasso nach Barcelona? Er wurde 1881 in Malaga geboren, die Familie zog aber 1895 nach Barcelona, wo Picasso mit 14 Jahren ohne Probleme die Aufnahmeprüfung für die Kunstakademie schaffte. Die Bilder werden gut von einem Audioguide erläutert, selbst ich, sonst eher Kunstbanause, konnte mich damit anfreunden. Was die Kunstfertigkeit von Picasso angeht: Er konnte malen! Er konnte ein menschliches Antlitz malen wie eine Fotografie. Dass seine Bilder zuweilen nur Strichmännchen darstellten, liegt an seiner Epoche, man probierte damals sehr viel aus. Manches ist wirklich nicht schön, aber das Museum hilft, die Gedanken dahinter nachzuvollziehen.

Da ist der "Mann mit Barett", den Picasso mit 14 Jahren malte. Wahrscheinlich stellt das Bild seinen Onkel dar. Naturgetreuer geht es nicht, einzig der Hintergrund lässt auf ein gemaltes Bild schließen. Mit 15 Jahren, 1896, stellte er seinen Vater ebenfalls leicht realistisch dar, allerdings ist das eindeutig kein Foto, das Gesicht ist schon unscharf, die Kleidung verschwommen dargestellt. Ähnlich verhält es sich

mit der Darstellung seiner Tante im gleichen Jahr, es ist ein Gesicht auf schwarzem Hintergrund, ihre Kleidung ist noch dunkler, so dass sie sich abzeichnet. Picasso versuchte sich auch in Landschaftsdarstellungen wie den "Bergen von Malaga" oder versuchte, Handlungen einzufangen, so 1897 mit 16 Jahren auf dem Bild "Wissen und Pflege", wo ein offensichtlicher Schwerkranker im Bett liegt, ein Arzt misst rechts den Puls, links bekommt der Kranke Tee von einer Nonne verabreicht, die gleichzeitig noch ein Kind auf dem Arm hält. Für einen 16jährigen ein sehr sensibles Motiv.
Deutlich verfremdeter ist da 1900 "Die Straßen von Riera de Sant Joan", Passanten sind mehr oder weniger Flecken, die Häuser sind auf dem Bild Flächen, fast ohne Struktur. Von weitem kann man das Gemalte erkennen, trotzdem ist es kein Impressionismus mehr. In seiner Pariser Zeit um 1901 malte Picasso Stillleben und Frauenportraits (Wartende Margot, Frau mit Haube), mit grob skizzierten Flächen, aber immer noch individuellen Zügen. 1905 porträtierte er eine "Madame Canals", vielleicht eine Auftragsarbeit, das Gesicht der Frau ist sehr akkurat gemalt. Sein Barcelona malte er 1903 als Dächermeer, sehr abstrakt, nichts ist wirklich zu erkennen. 1917 malte er "Columbus Avenue", einen Blick aus einem Fenster auf das Kolumbus-Denkmal am Hafen von Barcelona. Während das Kolumbus-Denkmal klar zu erkennen ist, ist die Perspektive merkwürdig, ob es sie überhaupt geben kann, ist fraglich.
Die Zeichnung "Das durchbohrte Pferd" (1917) zeigt ein Pferd, die Vorderbeine gespreizt, den Hals weit nach oben gereckt, eine Klinge zeigt auf seine Brust, man fühlt Schmerz beim Betrachten des Bildes. Picasso testete vieles aus, z.B. auch das Bemalen von Keramik, wobei ihm sein Lehrmeister bescheinigte, dass er ihn nicht als Gesellen beschäftigen wollte. Aber auch Karikaturen konnte er, wie in dem Portrait seines Freundes und Verwalters Jaume Sabartes mit Hut und Rüsche, Nase, Mund und Augen seltsam gegeneinander verdreht. Man kann sich auf Wikipedia ein Foto des Mannes anschauen, man erkennt den Mann wieder.
In einen späten Jahren widmete er sich komplexeren Projekten. In seinem Urlaubsort Cannes malte er 1957 jeden Tag den Blick aus seinem Fenster, und es entstand eine Sequenz von Bildern, auf denen kaum zu erkennen ist, dass es das gleiche Motiv ist.
Im gleichen Jahr entstand der Zyklus "Las Meninas" (Die kleinen Hofdamen). Das Originalbild wurde 1656 von dem spanischen Hofmaler Diego Velazquez gemalt. Es zeigt einen großen Raum im Königspalast in Madrid. Dargestellt sind die Prinzessin, umgeben von einem Hoffräulein, einem Diener, zwei Hofnarren und einem Hund. Velazquez selbst arbeitet an einer Leinwand. Im Hintergrund betritt ein Mann den Raum. In einem Spiegel ist das Königspaar zu sehen. Das Bild ist von Kunsthistorikern viel diskutiert, interpretiert und analysiert worden. Es gibt hier mannigfaltige Fragestellungen: Zeigt der Spiegel das Königspaar oder das Bild, das Velazquez malt? Was kann man aus der Darstellung auf die Stellung von Velazquez schließen usw.? Picasso malte von diesem Bild 44 Variationen mit starker Abstraktion in seinem typischen Kubismus-Stil. Dabei griff er einzelne Teile heraus und interpretierte sie neu, z.B. ergänzte er aufgrund der Handhaltung eines Hofnarren einfach ein Klavier.

Zum letzten Mal gingen wir danach noch einmal zum Essen auf die Rambla, und es war nur noch ein Programmpunkt für den letzten Tag übrig, gleichzeitig die letzte

Attraktion, die wir dann mit unserer Barcelona Card abwickeln konnten: Gaudis Casa Mila auf dem Passeig de Gracia.

Aber zuerst wollten wir ja noch Badeenten kaufen. Wir gingen also am nächsten Morgen noch einmal zur Rambla, hielten uns in Richtung Kathedrale, und irgendwie fanden wir den Laden wieder. Mr. Spock als Entchen war noch da, schwieriger war der Sherlock Holmes, Torsten fand dann aber noch eine andere Lösung. Die Casa Mila war dann leicht zu finden. Links sahen wir noch einmal die Casa Batllo, dann ein paar hundert Meter weiter, und da war sie. Wir mussten wegen der Barcelona Card auch nicht Schlange stehen. Wir erwarteten dann eigentlich eine ähnliche Führung wie in der Casa Batllo, aber das war nicht so, denn die Casa Mila ist kein Familienhaus, sondern ein Wohnblock. Er wurde von Gaudi von 1906-1914 erbaut, sein letzter Profanbau, bevor er sich ganz seiner Sagrada Familia widmete. Das Gebäude war in seiner Anfangszeit sehr umstritten. Die wuchtige Form und die wellige Fassade brachten dem Haus den Spitznamen "La Pedrera" (Der Steinbruch) ein. In der Tat war aber auch die Casa Mila ein Meilenstein in der Gebäudetechnik. Es gab bereits eine Tiefgarage, und im Entwurf waren bereits Aufzüge vorgesehen, die allerdings erst nach Gaudi eingebaut wurden. Durch das Konzept der tragenden Säulen lassen sich in jeder Wohnung die Wände individuell verändern, und es gibt auch hier einen Innenhof, durch den die weitaus meisten Zimmer mit frischer Luft und Tageslicht versorgt werden können. Durch die natürliche Belüftung waren Klimaanlagen nicht notwendig. Die herrschaftlichen Räume zeigen zur Straßenseite, die der Dienstboten zu den Innenhöfen. Heute kann man das Dachgeschoss und eine Wohnung im 6. Obergeschoss mit Einrichtungen aus den 20er Jahren besichtigen, der Rest des Gebäudes wird auch heute noch teils geschäftlich, teils privat genutzt. Man trifft sich zunächst im Innenhof und fährt dann mit dem Fahrstuhl direkt zur Dachterrasse. Man sieht wieder die typischen Belüftungsschächte, die wir aus der Casa Batllo schon kannten, und kann in den Innenhof schauen. Von der Stadt sieht man nicht so viel. Im darunter befindlichen Dachgeschoss ist eine Ausstellung über die Werke Gaudis, u.a. mit einem Modell der Casa Mila.

Wir hatten nach der Casa Mila noch etwas Zeit. Wir frühstückten noch auf dem Passeig de Gracia. Oder wir versuchten es. Wir bestellten eine Anzahl von Tapas, die dann so nach und nach, aber eben nicht vollständig, eintrafen. Wir sinnierten noch darüber, wie schnell diese Tage in Barcelona wieder herumgegangen waren, und als wir dann keine Zeit mehr hatten, zahlten wir und gingen in Richtung Hotel. Wir nahmen ein Taxi zum Flughafen. Da hatten wir dann wieder etwas Zeit, und die verbrachten wir in der Lounge, die ich schon bei meinem ersten Aufenthalt in Barcelona zu schätzen gelernt hatte. Dann ging der Flug.

Casa Mila

Corona-Tour 2020

2020 war das Corona-Jahr. Der sogenannte Lockdown von März bis Mai ging uns allen kräftig ans Nervenkostüm. An eine Fernreise, ursprünglich war Jordanien geplant, war nicht zu denken; man konnte ja nicht einmal garantieren, dass man auch wieder zurückkommt. Mit der Familie war bei mir ursprünglich Panama geplant. Bereits im April hatten wir uns davon endgültig verabschiedet; immerhin bekamen wir die geleistete Anzahlung zurück. Das ganze hatte noch einen zweiten negativen Aspekt: Die Reiseunternehmen hatten furchtbare Probleme. Auch unsere Bettina. Die musste rückabwickeln; viel Arbeit für negative Umsätze, das macht keinen Spaß. Wir fuhren dann schließlich nach Kroatien. Sicher eine schöne europäische Alternative, doch kaum waren wir in Dubrovnik ganz im Süden angekommen, stiegen auch schon die Infektionszahlen, die vorher nahe null waren. Jeden Abend prüften wir die Seiten der beteiligten Auswärtigen Ämter: Deutschland, Österreich, Slowenien, Kroatien. Es ging letztlich gut, aber einige Wochen später wurde die Reisewarnung tatsächlich ausgesprochen; in einem solchen Fall hätten wir den Urlaub abgebrochen. Ausland allgemein war ein unsicheres Pflaster. Vor ein paar Jahren hatten wir einmal im Spaß gesagt, dass wir die Nahziele nehmen, wenn wir es mit den Fernreisen nicht mehr schaffen. Diese Situation war eingetreten. Die Terminwahl war ungewöhnlich leicht. Die üblichen Tagungen im September fielen ja alle aus, und so stand der gesamte September zur Verfügung. Wir beschlossen einen Trip durch die FNL. Diese Abkürzung ist ja schon lange nicht mehr in Gebrauch, aber ich liebe und pflege sie: "fünf neue Länder", nichtssagender hätte man das 1990 nicht formulieren können. Natürlich kannten wir schon einiges, aber manches war schon lange her. Unsere geplante Route war:

Eisenach - Erfurt - Weimar - Merseburg - Leipzig - Wittenberg - Potsdam.

Was auch noch anders war: wir buchten diesmal sehr gute Hotels, Bettina fragte ein paarmal nach, ob es uns damit ernst sei. Leipzig strichen wir bald von der Liste; in der Woche davor waren dort abends Unruhen gewesen, man sah brennende Autos in den Nachrichten. Das brauchten wir nicht auch noch. Auch Start und Ziel waren anders als sonst. Es sollte am Sonntag losgehen, und am Freitag davor hatte ich noch einen dienstlichen Termin in Osnabrück. So fuhren wir dann in Bomlitz los, oder Walsrode, wie es ja jetzt heißen muss. Mal was neues - sonst blieb es ja immer an Torsten hängen, die ersten 400 km zurückzulegen.

Erstes Ziel war Eisenach, von Bomlitz etwa 280 km entfernt - das geht eigentlich. Die Navi führte uns bis Göttingen über die Autobahn, danach über die Landstraße, bei herrlichem Wetter. Natürlich muss man in Eisenach auf die Wartburg. Das Ziel fanden wir leicht, einen Parkplatz nicht. Hoch fahren war nicht möglich; eine Schranke machte uns klar, dass das gerade nicht gewünscht war. 100 m weg von der Auffahrt gab es einen Parkplatz, und wegen des neuen elektronischen Parkuhrsystems konnte Torsten ein Parkticket erlangen, das bequem mit dem Handy verlängert werden konnte. Ich machte mich meinerseits verdient darum, dass ich auf die Notwendigkeit festen Schuhwerks hinwies. Von Eisenach City aus geht es gute 200 m hoch. Ein Schild bereitete uns auf 30 min Fußweg vor. Normalerweise sind wir da ein bisschen flinker, aber 25 min brauchten wir tatsächlich. Jedenfalls waren wir froh, als wir endlich oben ankamen, das letzte Stück zog sich doch ganz schön hin. Man freut sich, wenn man oben angekommen ist und endlich die Burg in Augenschein nehmen

Die Wartburg

kann.

Die Wartburg ist fast 1000 Jahre alt, sie wurde 1067 gegründet, seit 1999 ist sie UNESCO-Weltkulturerbe. Bereits im 19. Jh. galt sie als nationales Denkmal.
Die größte Bekanntheit hat sie dadurch, dass Martin Luther auf seiner Rückkehr vom Reichstag zu Worms 1521 zum Schein entführt und auf die Wartburg gebracht wurde. Luther war für vogelfrei erklärt worden, d.h. er war rechtlos und konnte ggf. straffrei umgebracht werden. Immerhin hielt man sich noch an die Zusage, ihm freies Geleit zu gewähren. Luther verbrachte zehn Monate auf der Wartburg, vom 4. Mai 1521 bis zum 1. März 1522, getarnt als "Junker Jörg". Er betrieb in dieser Zeit theologische Studien und übersetzte in nur elf Wochen das Neue Testament ins Deutsche. Der Sage nach erschien ihm bei der Arbeit in seinem spartanisch eingerichtetem Zimmer der Teufel an der Wand, und Luther vertrieb ihn dadurch, dass er mit dem Tintenfass nach ihm warf. Abertausende von Besuchern haben sich ein paar Krümel von der Wand gekratzt, so dass der Tintenfleck ständig erneuert werden musste. Inzwischen hat man das aus Gründen der Gebäudeerhaltung aufgegeben, man sieht nur noch eine kahle Wand. Und echt war der Fleck wohl nie, viel wahrscheinlicher ist es, dass Luthers Ausspruch "Ich habe den Teufel mit Tinte vertrieben", der sich auf die Übersetzung des Neuen Testaments bezog, ein bisschen überinterpretiert worden ist. Ärgerlicherweise ist auch dieser Ausspruch nicht belegt, wie so vieles aus der Zeit. Was wir mitnehmen: die Wartburger verstanden früher eine Menge von PR. Dies traf für uns auch zu; Torsten schickte dem ehemaligen Bomlitzer Pastor noch schnell eine WhatsApp mit der Mitteilung, dass wir gerade auf den Spuren seines Firmengründers wären.

Eine ähnlich mystische Geschichte ist der Sängerkrieg auf der Wartburg. Um 1200 herum war der Höhepunkt des deutschen Minnesanges, mit Vertretern wie Walther von der Vogelweide oder Wolfram von Eschenbach. In diesem Sängerkrieg ging es der Sage nach um einen Wettstreit zwischen sechs Sängern, die darum stritten, wer den Fürsten am besten im Gesang rühmen könnte, mit den üblichen Verwicklungen. Der Stoff wirkte als Motiv bis in die Neuzeit nach und wurde von Novalis, E.T.A. Hoffmann und Richard Wagner im Tannhäuser thematisiert.

Die sog. Wartburgfeste waren Veranstaltungen studentischer Verbindungen verschiedener Universitäten, die für einen Nationalstaat eintraten. Das erste fand am 18. Oktober 1817 statt, anläßlich des 300. Jahrestages der Reformation. Diese Tradition blieb bis in unsere Zeit bestehen, auch heute noch ist die Wartburg ein bevorzugter Treffpunkt für die Burschenschaften, schlagende Verbindungen, die sich an den rechten Rand des demokratischen Spektrums anschmiegen.

Im Bistro der Burg ließen wir uns über die hiesigen Corona-Maßnahmen aufklären und nahmen jeder ein Käffchen und ein Stück Kuchen zu uns. Der Rückweg den Berg wieder runter war nicht ganz so schweißtreibend wie hinauf, trotzdem, auch das ständige Abfangen des Körpers schlaucht nicht schlecht. Unten stellten wir erfreut fest, dass kein Knöllchen am Auto war, und wir machten uns auf den Weg zum Geburtshaus von Johann Sebastian Bach, gerade mal 1 km. Wir fanden einen soliden Parkplatz mit Parkscheinautomat, dem Torsten wieder auf dem elektronischen Weg ein wenig Parkzeit abtrotzte.

Die Annahme, dass es sich um das Geburtshaus von Bach handelt, ist leider ein Irrtum. In Wirklichkeit kam Bach ganz in der Nähe in der Lutherstr. zur Welt. Seit 1907 wird dieses Haus am Frauenplan in Eisenach, das zumindest von den Nachkommen Bachs bewohnt wurde, als Museum benutzt. Und das gelingt hervorragend; selbst nicht allzu bewandert auf diesem Gebiet, fand ich die Ausstellung hochinteressant. Anhand von Exponaten wird die Lebensgeschichte von Bach erzählt, mit einigen bemerkenswerten Sammlungen, z.B. Bachs Bibeln. Höhepunkt ist ein kleines Konzert, bei dem ein Mitarbeiter des Museums an fünf Instrumenten aus Bachs Zeit Stücke von Bach spielt und erklärt. Torsten unterhielt sich noch lange mit ihm. Ein Kuriosum sind die Portraits von Bach. Während man seine frühen Portraits aus jungen Jahren, als er noch nicht bekannt war, noch glauben mag, gibt es merkwürdige Diskrepanzen bei den Portraits der späten Jahre, als Bach ein berühmter Mann war. Die Lippenpartien sind völlig unterschiedlich dargestellt. 1985 fand man ein Gemälde, das die Lippen sehr schmal zeichnet. Es gibt keinen Zweifel an der Echtheit; der dargestellte, etwas füllige Herr hält ein Notenblatt in der Hand, das die Noten B-A-C-H zeigt. Allgemein verbreitet ist freilich ein Portrait von Elias Gottlob Haußmann aus dem Jahr 1746, das Bach mit vollen Lippen zeigt und heute in Leipzig im Alten Rathaus hängt. Diverse andere Bilder werden heute als Bach-Portraits nicht mehr anerkannt. Bach war auf dem Leipziger Johannisfriedhof bestattet worden. Mehr als 140 Jahre später wurde die Kirche umgebaut. Ein Eichensarg wurde exhumiert; kein Grabstein, kein Hinweis auf den Insassen. Nur zwölf von 1400 Verstorbenen waren 1750 in Leipzig in einem Eichensarg beerdigt worden: da Bach darunter war, konnte man der Versuchung nicht widerstehen, aus dieser 1:12-Chance eine sichere Identifizierung zu machen. Der Sarkophag wurde 1950 aus Anlaß des 200. Todestages in den Chor der Leipziger Thomaskirche überführt. Ein DNA-Abgleich mit den Knochen seines Sohnes Carl Philipp Emanuel, die eindeutig zuzuordnen sind, ist vorsichtshalber noch nicht

erfolgt.
Bei dieser Gelegenheit wurde auch der Schädel Bachs sichergestellt und ein Bronzeabguss davon angefertigt. Eine gesichtsanatomische Rekonstruktion ergab weitgehende Übereinstimmung mit dem Gemälde von Haußmann. Schädeltechnisch sind die Thüringer eine Klasse für sich; wir bekamen am nächsten Tag eine noch viel blödere Geschichte erzählt. Doch dazu später mehr.
Das Museum beanspucht, die führende Sammlung von Bach-Exponaten und -Tonträgern zu haben, noch vor Leipzig. Der Weg hin zumindest zu diesem Anspruch war beschwerlich. Während der DDR-Zeit gab es kein Geld, sich Aufnahmen von Bach-Konzerten aus dem Westen zu besorgen, auch gab es keine Entscheidung, welche der Bach-Sammlungen im Land führend sein sollte. Und für Original-Devotionalien von Bach werden auf dem Markt irrsinnige Preise bezahlt, die DDR konnte da nicht mithalten.

Wir gingen dann noch ein wenig durch das Zentrum von Eisenach. Das Lutherhaus hatte schon geschlossen. Ich hatte mir Eisenach immer ein wenig schmuddelig vorgestellt. Das Gegenteil ist richtig. Blitzsaubere Gassen, schicke Fachwerkhäuser, ein adretter Marktplatz im Zentrum und eine nette Fußgängerzone als Einkaufsmeile. Wir fanden unser Auto wieder und machten uns auf dem Weg nach Erfurt, unserer zweiten Station. Es ging die A4 lang. Ich kenne diesen Weg von vielen Dienstreisen nach Leuna und Berlin ganz gut. Zwischen Eisenach und Erfurt sind die sog. Drei Gleichen, drei kleine Burgen, die man von der Autobahn aus sieht. Gleich sollen sie überhaupt nicht sein, aber das kann man vom Auto aus nicht beurteilen. Erfurt liegt nicht direkt an der A4, wir mussten noch etwas über Land fahren und uns dann durch die Stadt zum Hotel vorkämpfen. Dank einer super Baustelle an zentraler Stelle und der dazugehörigen Umleitung lernten wir die Stadt bereits jetzt intensiver kennen, als wir eigentlich wollten. Doch wir fanden den Theaterplatz und auch das Hotel, und sogar ein Parkhaus war leicht zugänglich.
Das Hotel selbst war ein ganz eindrucksvoller Schuppen - und praktisch leer. Wir bekamen einen desinfizierten Kugelschreiber, um uns im Hotel zu registrieren. Es wurde uns freigestellt, ob wir ihn behalten oder mit dem Formular gleich mit abgeben. Wir entschieden uns für letzteres. Es war noch Zeit, Erfurt bei einem Abendspaziergang kennenzulernen. Wir waren unmittelbar im Zentrum, gerade mal 200 m vom Wahrzeichen der Stadt entfernt, dem Domplatz mit dem Erfurter Dom und der Severikirche. Beide hatten freilich schon geschlossen. Gegenüber sahen wir ein paar nett aussehende Restaurants in einer Fachwerkhauszeile, aber wir hatten noch etwas vor, wofür wir am nächsten Morgen kaum Zeit haben würden: Wir wollten das Hotel "Erfurter Hof" finden, gleich gegenüber dem Hauptbahnhof, etwa 1500 m entfernt. Dort passierte 1970 etwas Bemerkenswertes.

Johann Sebastian Bach

Johann Sebastian Bach wurde 1685 in Eisenach als jüngstes von acht Kindern geboren. Seine Eltern starben, bevor er zehn Jahre alt war. Sein dreizehn Jahre älterer Bruder Johann Christoph übernahm seine Erziehung. Die Bachs waren seit Generationen eine im Raum Thüringen und Sachsen bekannte Musikerfamilie. Von seinem Bruder lernte er, auf der Orgel zu spielen, und er bekam wegen der vielen Reparaturarbeiten ein tieferes Verständnis vom Aufbau und der Wirkungsweise der Orgeln. Bach galt später auch als ausgezeichneter Fachmann für dieses Instrument und war an der Entwicklung und Optimierung weiterer Musikinstrumente beteiligt. Mit 14 Jahren ging er zu einer weiterführenden Schule nach Lüneburg, wo er 1702 die Qualifikation zum Studium erwarb. 1703-1707 war er in Arnstadt, 20 km südlich von Erfurt, als Organist tätig. Danach zog er nach Mühlhausen, 50 km nordwestlich von Erfurt. Auch hier war er als Organist tätig, bei einem etwas höheren Gehalt. Er heiratete 1707 Maria Barbara, mit der er sieben Kinder hatte; die Zwillinge Johann Christoph und Maria Sophia starben jedoch beide kurz nach der Geburt. Die beiden ältesten Söhne, Wilhelm Friedemann und Carl Philipp Emanuel, wurden selbst erfolgreiche und bekannte Musiker; manche ihrer Werke wurden für die des Vaters gehalten und umgekehrt.
Von Mühlhausen aus führte ihn der Weg nach Weimar, wo er zunächst eine Stelle als Hoforganist innehatte und nach ein paar Jahren zum Konzertmeister befördert wurde. Teil seiner Pflichten war es, alle vier Wochen eine neue Kirchenkantate zu komponieren. 1717 trat er in Köthen die nächste Stelle an und war dort Kapellmeister. 1720 durchlitt er einen schweren Schicksalsschlag. Als er von einer zwei Monate langen Reise nach Karlsbad zurückkehrte, musste er erfahren, dass seine Frau nach kurzer, schwerer Krankheit gestorben und schon beerdigt war. Schon ein Jahr später heiratete er noch einmal; seine zweite Frau Anna Magdalena war Sopranistin. Mit ihr hatte er weitere dreizehn Kinder, von denen aber nur sechs das Erwachsenenalter erreichten. 1723 bekam er schließlich die Stelle seines Lebens als Thomaskantor von Leipzig, wo er bis zu seinem Tode 1750 blieb. Er war dort für die Musik in den vier größten Kirchen Leipzigs verantwortlich.
In den ersten beiden Jahren komponierte Bach hier etwa eine Kantate pro Woche. 1747 folgte er einer Einladung Friedrichs des Großen in Potsdam, wo sein Sohn Carl Philipp Emanuel als Cembalist in der Hofkapelle angestellt war. Friedrich galt selbst als Musikfachmann; der Auftritt war legendär. Er improvisierte ein vom König vorgegebenes Thema und fasste dies dann in seiner Schrift "Musikalische Opfer" zusammen. Friedrich der Große schwärmte noch fast dreißig Jahre später von diesem Auftritt. In seinen letzten Jahren litt Bach an einer Augenkrankheit und motorischen Störungen im rechten Arm. Er ließ sich zweimal operieren, was seinerzeit nichts mit den heutigen Operationen zu tun hatte. Von der zweiten Operation erholte er sich nicht mehr; Bach starb am 28. Juli 1750.

Bach war beim Komponieren ein Autodidakt. Es ist nicht bekannt, dass er je "Kompositionsunterricht" erhalten hat. Er eignete sich seine Fähigkeiten hauptsächlich durch Hören anderer Werke und Nachahmen an. Die Schwierigkeit, sein Werk zu begreifen, ist sicher auch dadurch begründet, dass er keine Werke hinterließ, die im heutigen Sinne"'populär" sind, etwa Opern oder eingängige Stücke. Dafür sind von ihm etwa 200 Kirchenkantaten erhalten, und eine Vielzahl gilt als verschollen.

Das Bachhaus in Eisenach

Am 19. März 1970 begann der damalige Bundeskanzler Willy Brandt mit dem Vorsitzenden des Ministerrates der DDR, Willi Stoph, das erste offizielle Gespräch mit einem Politiker der DDR. Dieses Treffen fand in Erfurt statt. Vor dem Erfurter Hof, in dem Brandt wohnte, kamen aus einer großen Menschenmenge laute "Willy, Willy"-Rufe. Da beide Politiker auf diesen Namen hörten, entstand zunächst einmal Verwirrung, bis die Menge präziser formulierte: "Willy Brandt ans Fenster". Brandt zeigte sich, ein erhebender Augenblick, vielleicht der allerallererste Schritt hin zur deutschen Einheit, für die DDR-Führung natürlich hochnotpeinlich. Die Erinnerung daran wird bewahrt. Über dem Hotel prangt der Schriftzug "Willy Brandt ans Fenster", und in dem Fenster selbst befindet sich ein lebensgroßes Foto von ihm. Die kleine Bar neben dem Hotel heißt "Willy B.".
Jetzt konnten wir der geballten Restaurantkapazität nicht mehr viel entgegensetzen. Wir ließen uns bei einem netten Italiener draußen nieder und genossen noch ein wenig den herrlichen Abend.

Und am nächsten Morgen war es dann soweit: ein reichhaltiges Frühstück erwartete uns am Buffet. Die thüringischen Corona-Regeln sahen vor, dass ein Buffet erlaubt ist, natürlich nur mit Maske. Nach dem die Oberaufseherin unsere Adressen aufgenommen hatte, bekamen wir noch jeder ein paar Plastik-Handschuhe und die Erlaubnis, uns frei am Buffet zu bewegen. Das taten wir dann auch.

Wir packten das Auto und gingen dann noch einmal los zum Domberg, um uns die beiden Kirchen anzusehen. Der Erfurter Dom ist 81 m hoch. Erfurt war nur im 8. Jahrhundert einmal kurz Bischofssitz. Erst 1994 wurde im Zuge der Wiedervereinigung das Bistum Erfurt neu geschaffen, so dass der Dom wieder eine angemessene Funktion hat. Er wurde in seiner heutigen Form im 12. Jahrhundert in einem spätromanischen Stil gebaut. 1182 wurde er geweiht, 1184 kam es zu einer Panne, dem Erfurter Latrinensturz. Während eines Hoftages brach die Propstei

Erfurter Dom und Severikirche

Hotel Erfurter Hof

Goethehaus am Frauenplan in Weimar

des Domes zusammen. Etwa 60 Leute kamen dadurch ums Leben, dass sie zwei Stockwerke tief in die Latrinengrube fielen und dort in den Exkrementen ertranken oder erstickten. Was für ein mieser Tod! Bis zum 15. Jahrhundert wurde an der Kirche weitergebaut, freilich im gotischen Stil. Auch in der DDR-Zeit wurde nicht versäumt, die notwendigen Arbeiten zur Erhaltung der Kirche auszuführen. Echte Highlights im Dom sind die fast 20 m hohen Kirchenfenster im Chor, die zum Großteil aus dem Mittelalter noch erhalten sind, und der barocke Hochaltar.
Unmittelbar neben dem Dom steht die Severikirche mit ihrer ungewöhnlichen Form. Warum man eine zweite große Kirche direkt neben den Dom baut, ist mir nicht klar. Auch hier gehen die Ursprünge auf das 8. Jahrhundert zurück. Etwa um 1350 war die Kirche fertig. Im Inneren ist sie sehr viel schlichter gehalten als der Dom; ich hatte das Gefühl, eher in einer romanischen Kirche zu sein.

Das war also Erfurt. Wir brachen dann auf nach Weimar, gerade mal 25 km Landstraße entfernt. Wir bekamen einen guten Parkplatz in der Steubenstr. Torsten dengelte das mit der Parkuhr wieder hin. Es waren nur ein paar hundert Meter bis zum Frauenplan, wo Goethes Wohnhaus steht. Als wir keine Schlange davor sahen, hatten wir schon ein ungutes Gefühl, und tatsächlich, Montag war Ruhetag. Schillers Wohnhaus, von Goethes Haus zweimal um die Ecke, war ebenfalls geschlossen. Wir gingen zur Tourist-Info und erfuhren, dass überhaupt alles geschlossen war. Das war schlecht vorbereitet. Immerhin hatte die Fürstengruft geöffnet, da war am Dienstag der Ruhetag. Wir beschlossen, uns die anzusehen.

Johann Wolfgang von Goethe

Johann Wolfgang von Goethe wurde 1749 in Frankfurt als Sohn einer angesehenen bürgerlichen Familie geboren. Goethe studierte zunächst Jura in Leipzig und Straßburg und ging dann nach Wetzlar, vermutlich würde man das heute "Referendariat" nennen. Dort begann er seine Laufbahn als Dichter, seine ersten Werke waren der "Götz von Berlichingen" ("Er aber, sag's ihm, soll mich im A... lecken") und "Die Leiden des jungen Werther", ein Briefroman, der weite Verbreitung fand und autobiografische Züge trägt; Goethe war in Wetzlar unglücklich in die bereits verlobte Charlotte Buff verliebt, und einer seiner besten Freunde, Abt Jerusalem, hatte sich gerade das Leben genommen. 1775 übersiedelte er nach Weimar auf Einladung des Herzogs Carl August, der in den nächsten 50 Jahren bis zu seinem Tod Goethes Freund und Gönner blieb, so dass Goethe nie wieder finanzielle Probleme bekam. Er bekleidete diverse administrative Ämter (u.a. Geheimrat und Leiter des Hoftheaters), hatte aber als Dichter keine großen Erfolge, über zehn Jahre gab er keine nennenswerten Werke heraus. In einer Nacht- und Nebelaktion floh er nach Italien und kehrte erst zwei Jahre später nach Weimar zurück. Dort wurde er wieder vom Herzog in allen Ehren aufgenommen, und seine Aufgaben wurden auf repräsentative Tätigkeiten beschränkt, selbstverständlich bei gleichem Gehalt. Danach arbeitete er wieder weiter als Dichter; die bedeutendste Schöpfung war dabei der "Faust" (1808). In Frankfurt hatte Goethe 1772 die Hinrichtung der Kindsmörderin Susanna Margareta Brandt erlebt, die er angeblich als "düstere Zeremonie" empfand. Sie wurde später zum Vorbild für das "Gretchen" aus dem Faust. Später als Geheimrat trat er dann 1785 selbst für die Todesstrafe in einem solchen Fall ein, obwohl sein Herzog sie in Frage stellte.

Seit 1794 verband Goethe eine enge Freundschaft mit Schiller, der dann schließlich 1799 auch nach Weimar zog. Beide befruchteten sich gegenseitig in ihrer Arbeit und begleiteten jeweils die Werke des anderen. Sie waren sich auch einig in der Ablehnung der Französischen Revolution und in der Sehnsucht nach der Antike. Der frühe Tod Schillers bedeutete für Goethe einen tiefen Einschnitt.

Goethe wäre nicht Goethe ohne seine Frauengeschichten, die allesamt, sagen wir, schräg waren. Goethe schien systematisch aussichtslose Beziehungen anzufangen, entweder waren die Damen längst verlobt oder verheiratet, oder aber unter oder über seinem Stand, was damals noch ein Problem war. Die Liste seiner Beziehungen ist lang. Ohne Anspruch auf Vollständigkeit: die Pfarrerstochter Friederike Brion aus dem Elsass, die verlobte Charlotte Buff aus Wetzlar, die ihn im Alter in Weimar noch einmal besuchte, Lili Schönemann, die Tochter eines schwerreichen Bankiers, später in Weimar dann Charlotte von Stein, die verheiratet war und bereits sieben Kinder hatte.

Johann Wolfgang von Goethe (Forts.)

Nach seiner Italienreise lernte er Christiane Vulpius kennen, die aus ärmlichen Verhältnissen stammte. Er nahm sie in seinen Haushalt auf, was in der Weimarer Gesellschaft Anstoß erregte. Goethe nahm darauf keine Rücksicht. Erst als Christiane Goethe vor einer französischen Soldatentruppe verteidigte, beschloss er, sie zu heiraten, um ihre Versorgung zu gewährleisten. Sie lebten bis zu Christianes Tod 1816 noch einige Jahre nebeneinander her. Goethe war weder an ihrem Krankenbett noch bei ihrer Beerdigung. Eine seiner bekannten Aktionen war noch, als er sich bei einem Kuraufenthalt als 74jähriger in die 19jährige Ulrike von Levetzow verliebte und allen Ernstes durch den Herzog um ihre Hand anhalten ließ. Die junge Dame lehnte freundlich, aber bestimmt ab. Sie wurde 95 Jahre alt und heiratete nie, was oft als Reue über die verpasste Chance gedeutet wird. M. E. ist das keine naheliegende Interpretation der Geschehnisse.

Die Fürstengruft ist Bestandteil des Historischen Friedhofs. Unsere Angewohnheit, sich den Zielen eher spiralförmig als direkt zu nähern, ließ uns auch diesmal mehr von Weimar sehen als ursprünglich gedacht. Und auch auf dem Friedhof hielten wir an unserer Spiralbahn fest, bis wir die Nerven verloren und eine Dame fragten, die uns entgegenkam. Sie zeigte uns das Gebäude in ca. 50 m Entfernung und dachte sich dabei wohl ihren Teil. Wir besorgten uns Tickets und den Audioguide und bekamen eine Story zu hören, die die Bachsche Portraitstory vom Tag zuvor noch weit in den Schatten stellte.
Friedrich von Schiller starb 1805, er wurde nur 45 Jahre alt. Seine Organe waren so stark geschädigt, dass der Arzt sich wunderte, wie er überhaupt so lange gelebt haben konnte. Er wurde im sog. Kassengewölbe, einem kleinen Mausoleum, beigesetzt, schon ein Begräbnis für eher bessergestellte. Gut zwanzig Jahre später hatte man die Idee, ihn in die neu erbaute Fürstengruft zu überführen. Ärgerlicherweise fand man beim Versuch der Exhumierung mehrere Skelette, eine klare Zuordnung zu Schiller war nicht mehr möglich. Es sei denn, nach Analyse des Schädels. Man wählte den größten (logisch, gell?), ihn und die dazugehörigen Gebeine bewahrte man in der Anna Amalia Bibliothek auf. Dort wurde der Schädel dann gestohlen. Vom Herrn Geheimrat Goethe persönlich, der noch einmal ein wenig Zeit mit seinem Freunde verbringen wollte! Ergriffen und sensibel, wie er war, schrieb der Gute das Gedicht "Bei der Betrachtung von Schillers Schädel" und verfügte, in der Fürstengruft neben ihm beerdigt zu werden. Wie Goethe das Teil zurückbrachte, weiß man nicht, wohl aber, dass Schillers Gebeine im Dezember 1827 ihre vorletzte Ruhe in der Fürstengruft fanden. Man hat schon so ein ungutes Gefühl, wie die Geschichte weiterging. 1911 tauchte ein weiterer Schädel von Schiller auf. Man schaute nochmal in den Aufzeichnungen nach und war verzweifelt - kein Hinweis darauf, dass Schiller zwei Schädel gehabt haben könnte. 2008 war es soweit. Eine DNA-Analyse der Gebeine im Sarg in der Fürstengruft ergab, dass sie von mindestens vier verschiedenen Personen stammten, und Schiller war nicht darunter. Auch gehörte keiner der beiden Schädel zu Schiller. Das Kassengewölbe wurde 1854 eingeebnet, dabei wurden vermutlich die echten Gebeine Schillers im Erdreich verteilt. Der Sarg neben Goethe in der Fürstengruft ist seitdem leer, er ist nur ein Symbol für einen der größten Dichter, die wir je hatten.
Noch einen anderen alten Bekannten sahen wir. Gleich neben der Fürstengruft

befindet sich das Grab von Johann Peter Eckermann, in den letzten zehn Jahren Goethes so etwas wie sein Privatsekretär. Beide haben ihre Gespräche miteinander aufgeschrieben und veröffentlicht. Eckermanns "Gespräche mit Goethe" habe ich mal als Hörbuch gehört. Seine Unterwürfigkeit ist irgendwie grotesk, er redet Goethe konsequent nach dem Mund und bekommt ab und zu einen Brocken Anerkennung hingeworfen ("Ja, da haben Sie recht"), wenn es ohnehin auf eine Beweihräucherung Goethes hinausläuft. Goethe wird auch zitiert, wie er seinen Freund Schiller schlecht macht ("ohne mich hätte er kein einziges Werk vollendet"), ein Wort der Anerkennung kommt ihm nicht über die Lippen; na ja, das Gedicht über seinen Schädel hätte Schiller bestimmt gefallen. Die Gespräche enden mit dem Tod Goethes 1832; Eckermann sieht ihn noch einmal und beschreibt einen "Titan", strotzend vor Kraft - kommt einem merkwürdig vor, wo doch gerade ein 83jähriger an Altersschwäche gestorben war. Eckermann hatte Goethe auch zur Vollendung des 2. Teils des "Faust" gedrängt, den er dann 1830, zwei Jahre vor seinem Tod, veröffentlichte. Das Werk fällt allerdings gegenüber dem 1. Teil deutlich ab; der Inhalt erscheint konfus, und primitive Reime ("und ich trinke, tinke, tinke ...", mehrfach wiederholt) lassen den Leser bzw. Hörer[43] an der Größe des Werkes über den schieren Umfang hinaus zweifeln; vergleichbar ist für mich nur die "Offenbarung des Johannes" aus dem Neuen Testament.[44]

Auf dem diesmal nicht spiralförmigen Rückweg zum Frauenplan hatten wir noch eine Idee: das Haus von Franz Liszt, der hier von 1843-1861 Kapellmeister war. Wir fanden es für unsere Verhältnisse leicht, hatten aber auch hier Pech: wegen Corona blieb das Liszt-Haus bis auf weiteres geschlossen. Wir gingen zurück zum Frauenplan, tranken dort einen Kaffee und besprachen die Weltlage. Mit dem Montags-Weimar waren wir durch. Wir beschlossen, dem Dienstags-Weimar noch eine Chance zu geben, die Häuser von Goethe und Schiller wollten wir schon noch sehen. Dazu mussten wir von unserem Hotel in Merseburg die gut 100 km morgen noch einmal hin- und zurückfahren - nicht sehr elegant, aber machbar. Leipzig würden wir wegen der Unruhen eh weglassen und damit Zeit gewinnen. Für den Nachmittag schlug ich vor, Wittenberg vorzuziehen, Torsten ermittelte aber schnell, dass Wittenberg keineswegs im Dreieck Halle - Leipzig - Merseburg liegt, sondern eher halb auf dem Weg nach Potsdam. Wir machten uns also auf den Weg zu unserem Hotel in Merseburg, ein wenig enttäuscht, dass wir kein Programm mehr hatten. Doch auf der Autobahn sahen wir die Abfahrt Naumburg, da gab es doch noch etwas, oder? Der Dom ist immerhin Weltkulturerbe. Wir fuhren ab, schlugen uns über 20 km Landstraße nach Naumburg durch und sahen schon von weitem den Dom. Und der war es wirklich wert!

Mein Kunstgeschichte-Lehrbuch damals für den Kurs bei Dr. Erler weist es als Werk zwischen Spätromanik und Frühgotik aus. Ganz klar sieht man natürlich das Streben nach Höhe. Im Inneren gibt es aber auch romanische Elemente, z.B. den Ostlettner, der relativ schmucklos bemalt ist. Ein Lettner ist eine Art Grenzbau zwischen dem Chor und dem Rest des Längsschiffs. Der Westlettner ist eindeutig gotische Kunst. Es wird ausgeschmückt, was geht. Der Christus am Kreuz ist nicht mehr statisch, sein Lendentuch fällt nicht einfach senkrecht am Körper herunter, sondern wirft sich dynamisch in Falten. Die Figuren drumherum zeigen echten Schmerz. Auf dem

[43]Ich bin ein leidenschaftlicher Hörbuch-Fan.

[44]Ein Literaturkritiker ist ein böser Mann, bei dem es zum Henker nicht gereicht hat.

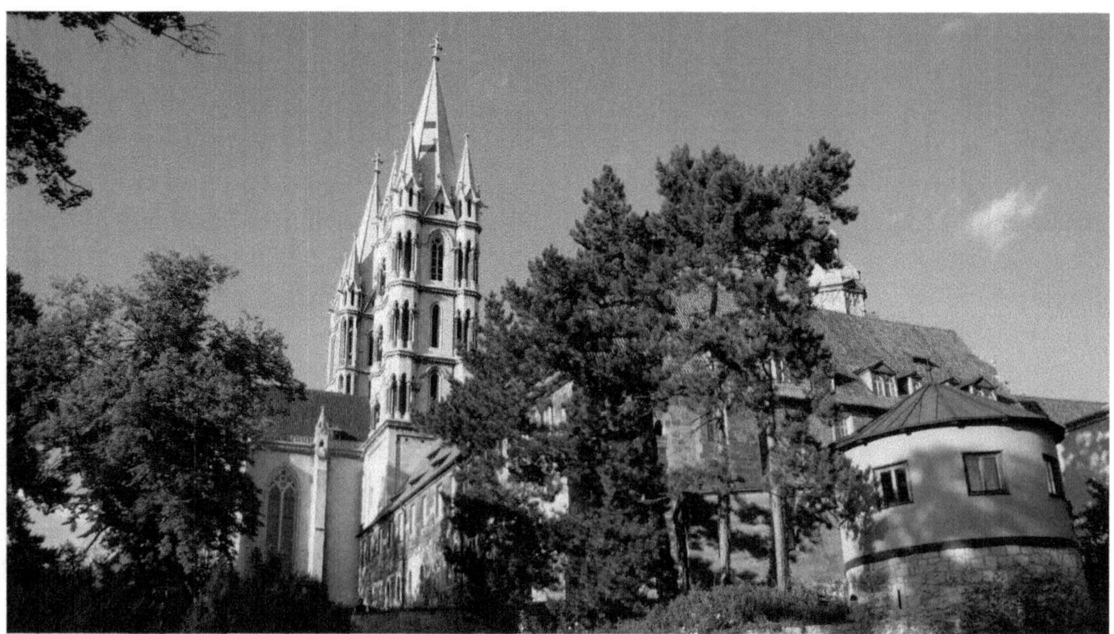

Naumburger Dom

Lettner wird die Passionsgeschichte dargestellt; vom letzten Abendmahl über den Verrat des Judas, das Verleugnen des Petrus, das Urteil des Pontius Pilatus und den Weg nach Golgatha. Es ist ein buntes Halbrelief mit vielen faszinierenden Details, die der hervorragende Audioguide toll erklärte. Der Faltenwurf der Tischdecke beim Abendmahl sieht aus wie ein Pfeil, der auf Judas zeigt. Schon damals fiel auf, dass die Evangelien voneinander abweichen: So gibt es eine Version, in der Jesus das Brot eintunkt und Judas reicht, und in einer anderen gibt er Judas das Brot, der es dann eintunkt. Man wählt hier den Kompromiss, Jesus führt Judas beim Tunken die Hand[45]. Die acht Bilder des Lettners wirken wunderbar lebendig, die letzten beiden freilich fallen etwas ab in der Qualität. Deren Originale fielen einem Brand zum Opfer, was man sieht, sind Replikate aus Holz.
Im Chor sind die Stifter des Doms dargestellt. Die Figuren sind um 1250 entstanden und zeigen Menschen aus dieser Zeit; die Stifter selbst lebten 200 Jahre früher. Die Figuren stehen paarweise auf hohen Sockeln an den Chorwänden. Sie wirken lebendig, wie echte Menschen. Die schönsten sind die des Markgrafen Ekkehard und seiner Gemahlin Uta, die zum Prototyp der vornehmen Frau wurde. Gegenüber befinden sich Hermann und Reglindis; deutlich ist zu sehen, dass Reglindis lacht, in einer Kirche damals (und heute auch noch) ein unerhörter Vorgang. Der Audioguide führte einen durch den ganzen Dom. Die Treppengeländer zum Ostchor sind mit metallenen Tierfiguren besetzt, alles mit hoher Symbolkraft, so sieht man die Römische Wölfin und die böse Schlange aus dem Paradies. Nicht gesehen haben wir allerdings die schachspielenden Affen. Die Darstellung bezieht sich auf den Ausspruch eines Bischofs, wonach eher die Affen anfangen, Schach zu spielen, als dass Naumburg an die Reformation fällt.

Eineinhalb Stunden lang hielten wir uns im Naumburger Dom auf, zum Schluss mussten wir uns telefonisch verständigen, um uns wiederzufinden. Der Weg nach Merseburg war nur 30 km, wegen einer Baustelle in Naumburg mussten wir allerdings einen großen Umweg fahren. Am frühen Abend kamen wir im Radisson in Merseburg

[45] Was uns hier mit den Augen rollen lässt, war im Mittelalter sehr wichtig.

Westlettner im Naumburger Dom

Ekkehard und Uta

an, ein Hotel, das ich von vielen Dienstreisen her kenne und auf das ich mich immer freue: kostenfreie hoteleigene Sauna, die natürlich wegen Corona nicht in Betrieb war, und ein gutes Frühstücksbuffet. Ganz in der Nähe des Hotels ist der Merseburger Dom, ein tausend Jahre alter romanischer Bau. Wir schauten nach: er hatte jeden Tag bis 18.00 Uhr geöffnet, d.h. wir mussten am nächsten Tag eine gute halbe Stunde früher aus Weimar zurück sein. Auch für mich war der Dom im Prinzip Neuland, ich hatte ihn bei einer Tagung 1995 mal von innen gesehen, aber seitdem nicht mehr, trotz vieler Gelegenheiten. Wir gingen weiter. Ich wusste gar nicht, dass Merseburg auch eine Fußgängerzone hat, In die gingen wir rein und suchten uns ein nettes Restaurant. Am Nebentisch waren Mitarbeiter von Leuna, die heftig über ihre Anlage diskutierten; glücklicherweise schaffte ich es, mich da nicht einzumischen.

Das Frühstück nahmen wir am nächsten Morgen auf sachsen-anhaltinisch ein. Handschuhe für das Buffet brauchten wir nicht, die Schnüffeltüte reichte. Wir waren früh aufgestanden und kamen schon gegen 10.00 Uhr in Weimar an. Wir parkten wieder in der Steubenstr. und gingen zum Frauenplan. Eine Schlange war auch diesmal nicht vor dem Haus, aber es hatte geöffnet. Wir nahmen die Führung mit Audioguide.

Goethe bewohnte das Haus zunächst zur Miete und bekam es später von seinem Gönner, Herzog Carl-August, geschenkt. Er baute das Haus teilweise um, auch das wurde vom Weimarer Hof finanziert. Sein Lieblingsprojekt war der große innere Treppenaufgang, der im repräsentativen gelben Zimmer endet. Goethe liebte Treppen, er unterschied sich hier grundlegend von seinem Zeitgenossen Thomas Jefferson (S. 87ff.). Das Haus teilt sich ein in einen vorderen und einen hinteren Bereich. Das Vorderhaus war der repräsentative Bereich, in dem Goethe seine Sammlungen zeigte, Empfänge gab und Gesprächsrunden abhielt. Schon der Audioguide merkt hierzu an, dass diese Gesprächsrunden wenig kontrovers verliefen; Goethe hatte für Widersprüche zu seinen Ansichten nicht viel übrig. Im Hinterhaus, das parallel zum Vorderhaus verläuft, waren die Stallungen, Wirtschaftsräume, die Stellplätze für die Kutschen und Schlitten und die privaten Arbeits-, Aufenthalts- und Schlafräume. Beide Teilhäuser sind durch Gänge und Treppen miteinander verbunden. Von Goethe selbst wurde das sog. Brückenzimmer hinzugefügt, das mittig über den Hof führt. Von dort kann man über eine Treppe den Garten erreichen, der von einer Mauer umschlossen ist. Sehen kann man Teile von Goethes Sammlungen. Neben Büchern und antiken Büsten sammelte er leidenschaftlich Majolikas, bemalte Porzellanteller, die offenbar damals "in" waren. In seinem Arbeitszimmer befindet sich ein großer Tisch in der Mitte, an dem er wahlweise sitzen oder stehen konnte; über Ergonomie hat man sich offenbar schon damals Gedanken gemacht. Die Bibliothek ist eine Arbeitsbibliothek, Goethe legte Wert auf schnelle Verfügbarkeit, Prachtbände bedeuteten ihm nichts. Sehen kann man auch sein Sterbezimmer, in dem er am 22.03.1832 verschied; seine letzten Worte sollen "mehr Licht" gewesen sein, und es ist nicht klar, was er damit gemeint haben könnte. Etwas, woran ich mich genau erinnern kann, konnte man auf dem Rundgang nicht sehen. Über einer Eingangstür war ein Regenbogen abgebildet, wie Goethe ihn sich vorstellte; die Farben in einer falschen Reihenfolge und scharf voneinander abgesetzt, kein kontinuierliches Spektrum. Goethe betrachtete seine Farbenlehre als mindestens gleichwertig zu seiner Dichtung, sein Leben lang versuchte er, die Newtonsche Lehre zu widerlegen. Er lehnte das Experiment als Mittel zur Wahrheitsfindung kategorisch ab, man "presse die Natur in ein Korsett". Noch 1810 schrieb er über Newton: "Entspringt aber in so einer tüchtigen genialen Natur irgend ein Wahnbild,

... so kann ein solcher Irrthum nicht minder gewaltsam um sich greifen und die Menschen Jahrhunderte durch hinreißen und übervortheilen." Aus heutiger Sicht ist seine Farbenlehre mehr Esoterik als Naturwissenschaft. Zur damaligen Zeit führende Naturwissenschaftler wie Lichtenberg waren von den Briefen des Herrn Geheimrat auch eher genervt als begeistert.
Man kann auch noch die Dauerausstellung zu Goethe besuchen. Das ist während Corona etwas umständlich, die Zahl der Besucher in der Ausstellung wird streng überwacht. Die Ausstellung zeigt viele Gegenstände und Schriften, die mit Goethe zu tun haben, so z.B. seinen Mantel oder seine Uniform, die er als Begleiter des Herzogs 1792/93 in den ersten Revolutionsgefechten mit den Franzosen trug.

Wenn man vom Goethehaus zweimal um die Ecke geht, kommt man zum Wohnhaus von Friedrich von Schiller. Schiller war, entgegen mancher Darstellung, kein armer Mann. Um einen gewissen Lebensstil im teuren Weimar aufrechtzuerhalten, musste er aber mit seinem Etat haushalten. Das Wohnhaus musste abbezahlt werden, was zum Zeitpunkt seines Todes zu einem großen Teil geschafft war. Schiller verdiente nur einen Bruchteil des Salärs von Goethe, er konnte wohl den Haushalt mit einigen Bediensteten aufrechterhalten, für Extravaganzen blieb aber nichts übrig. Schiller bezog das Haus 1802 und bewohnte es bis zu seinem Tode 1805. Bei der Besichtigung, auch wieder mit Audioguide, kommt man zunächst im Erdgeschoss in das Zimmer von Schillers persönlichem Diener Georg Gottfried Rudolph, der auch Kopier- und Schreibarbeiten für Schiller übernahm. Dementsprechend hat das Zimmer neben Bett und Schrank auch einen Schreibtisch[46]. Im 1. Obergeschoss sind das Wohn- und Esszimmer für die Mahlzeiten im Familienkreis, das Gesellschaftszimmer, in dem die Dame des Hauses Gäste empfing, und Privaträume von Frau Schiller und den Kindern. Das 2. Obergeschoss umfasst ein Empfangszimmer und ein zweites Gesellschaftszimmer, in dem Schiller Gäste zu Gesprächen, Diskussionen und Lesungen empfing. In dem Zimmer ist ein Tisch mit einem eingelassenen Oval zum Abstellen der Getränke. Schiller beschreibt diesen Tisch detailliert, er entspricht dem Original wahrscheinlich sehr gut. Das Arbeitszimmer sieht wahrscheinlich so aus, wie es zu Schillers Zeiten wirklich war. Auf dem Schreibtisch entstanden seine letzten Dramen "Die Braut von Messina" und "Wilhelm Tell". Auf dem Tisch liegen Notizen zu "Demetrius", den er nicht mehr vollenden konnte. Es geht um die russische "Zeit der Wirren", in der die Nachfolge Iwans des Schrecklichen nicht geklärt war und plötzlich ein Dimitri auftauchte, der vorgab, der für tot gehaltene Sohn des Zaren zu sein. Neben dem Schreibtisch steht das Bett, in dem Schiller 1805 starb. Das Obergeschoss wird komplettiert durch ein Schlaf- und ein Ankleidezimmer mit einem imposanten Wandschrank. Bei Umbauarbeiten entdeckte man vor ein paar Jahren Spielzeug - möglicherweise von Schillers Kindern.

[46]Es kann nicht davon ausgegangen werden, dass das Mobiliar authentisch ist; es ist eher in plausibler Weise nachgestellt.

Schillerhaus in Weimar

Friedrich von Schiller

Friedrich von Schiller wurde 1759 in Marbach am Neckar geboren. Er studierte Jura und Medizin und wurde 1780 Militärarzt. 1782 wurde sein erstes Drama, "Die Räuber", uraufgeführt. Wegen unerlaubter Entfernung von der Truppe drohte ihm Festungshaft; Schiller wurde steckbrieflich gesucht und floh nach Thüringen. Die nächsten Jahre waren wirtschaftlich wacklig. 1789 nahm Schiller eine außerordentliche Professur für Geschichte an, inzwischen nach Medizin und Jura sein drittes Fach, und seine finanzielle Situation stabilisierte sich. Schiller war extrem populär, seine Vorlesungen waren stets überfüllt. 1790 heiratete er Charlotte von Lengefeld. 1791 erkrankte er schwer, vermutlich an Tuberkulose. Das Gerücht von seinem Tod ging bereits um. Nach seiner Krankheit fand er Gönner, die ihm drei Jahre lang eine stattliche jährliche Pension gewährten, so dass Schiller zunächst einmal keine finanziellen Sorgen mehr hatte und sich aufs Dichten und Schriftstellern konzentrieren konnte.

Seit 1794 war Schiller eng mit Goethe befreundet. Ehe Goethe und Schiller zu dem legendären Freundespaar wurden, das sich fast täglich besuchte und sich gegenseitig motivierte, waren sie Konkurrenten. Goethe fühlte sich vom wachsenden Ruhm des Jüngeren bedrängt. Für ihn war Schiller zunächst nichts anderes als eine lästige Erinnerung an seine Werther-Zeit und den eigenen, inzwischen überwundenen Sturm und Drang. Was die beiden Rivalen später verband, war die gemeinsame Arbeit am eigenen Werk. 1802 wurde Schiller in Weimar geadelt, so dass er sich "von Schiller" nennen durfte. Schiller erkrankte in den folgenden Jahren immer häufiger und heftiger. Im Alter von nur 45 Jahren starb er, vermutlich durch Tuberkulose.

Goethes Gartenhaus

Friedrich von Schiller (Forts.)

Schillers Werk ist auch heute noch lesbar und bedeutungsvoll. Ein Stück wie "Wilhelm Tell" kann immer noch aufgeführt werden; Szenen wie der Apfelschuss oder der Mord an Geßler sind tief emotional. Seine Balladen, wie "Die Kraniche des Ibykus", "Die Glocke" oder "Die Bürgschaft" empfand man als Schüler beängstigend lang, man musste sie schließlich auswendig lernen. Einer der Höhepunkte ist sicherlich "Der Handschuh". Keine langweiligen Kreuz- oder Paarreime, die Reime scheinen Lautmalerei zu sein und unterstützen dabei, das Gedicht spannend vorzutragen ("... und hinein mit bedächtigem Schritt ein Löwe tritt"). Und bei der Schlusspointe ("Den Dank, Dame, begehr ich nicht") freut man sich richtig, dass es mal kein Happy-End gibt.

Wir schauten auf die Uhr. Zwei Uhr durch. Der Tag war schon irgendwie ungemütlich auf Kante genäht, weil wir ja um 17.30 Uhr wieder in Merseburg am Dom sein wollten. Das waren noch knapp zwei Stunden für Weimar. Auf unseren Mittagskaffee verzichteten wir und gingen stattdessen in den Park zum Gartenhaus von Goethe. Der hatte in seiner Anfangszeit in Weimar dieses kleine Haus finanziert bekommen. Bis Juni 1782 bewohnte er es. Im Alter wurde es für ihn ein Refugium, in dem er ungestört arbeiten konnte. Von der originalen Ausstattung ist nur die Küche erhalten. Das Haus ist schlicht und funktional gehalten; vieles vom ursprünglichen Inventar wurde nach 1782 in das Haus am Frauenplan gebracht. So auch die Bücher; nur ein Regal blieb übrig, ein Nachbau aus dem Frauenplan. Auffällig ist wieder das Stehpult mit einem Sitzbock, der den Wechsel von Sitzen und Stehen bei der Arbeit ermöglichte.

Eines fehlte uns noch. Weimar war schließlich der erste Sitz der Weimarer Republik. Das Parlament tagte im Nationaltheater, vor dem zwei überlebensgroße Statuen von Goethe und Schiller stehen. Die Stadt macht daraus nicht viel. Das Nationaltheater kann man nicht besichtigen. Gegenüber gibt es das "Haus der Weimarer Republik",

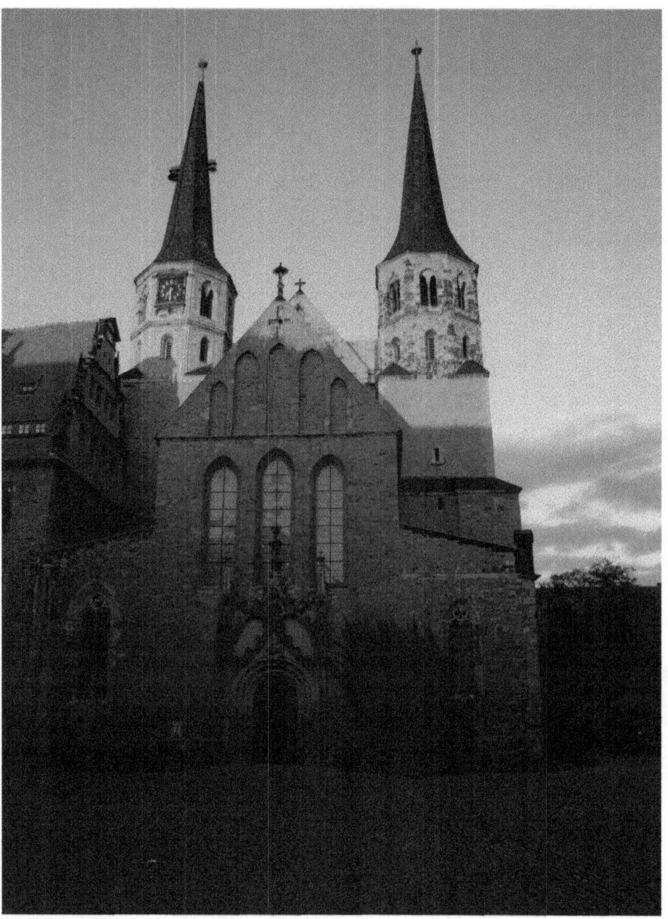

Merseburger Dom

in dem sich eine Multimedia-Ausstellung befindet. Im Prinzip eine überdimensionale Zeittafel, für die man eine Stunde braucht. Es gibt noch ergänzendes Filmmaterial, aber da fehlte uns jetzt doch die Zeit. Das meiste war auch keineswegs neu für uns.

Wir machten uns auf den Weg zurück nach Merseburg. Wir kamen kurz nach 17.30 Uhr am Dom an und erhielten noch Eintrittskarten. Der Merseburger Dom ist im Prinzip ein Flügel des Merseburger Schlosses und wurde 1021 zum ersten Mal geweiht. Er ist eines der eindrucksvollsten Bauwerke der Straße der Romanik in Sachsen-Anhalt, zu der auch der Naumburger Dom gehört. Im 16. Jahrhundert wurde der Dom unter dem Bischof Thilo von Trotha im spätgotischen Stil umgestaltet. Innen sind später noch ein paar barocke Elemente hinzugefügt worden. Außerhalb des Doms befindet sich ein großer Vogelkäfig. Der Sage nach ließ der im 15. Jahrhundert in Merseburg regierende Bischof Thilo von Trotha seinen treuen Diener hinrichten, weil dieser in den Verdacht geraten war, seinem Herren einen wertvollen Ring gestohlen zu haben. Nach längerer Zeit wurde bei Dacharbeiten am Merseburger Schloss der Ring in einem Rabennest entdeckt. Zur Mahnung, niemals im Jähzorn zu richten, ließ Thilo von Trotha einen Raben in Gefangenschaft nehmen. Aus Reue änderte er sein Familienwappen und übernahm einen Raben mit einem goldenen Ring im Schnabel in sein Schild. Seither wurde das Wappen mit dem Raben, der einen Ring im Schnabel trägt, an vielen öffentlichen Bauwerken angebracht. Noch heute lebt daher ein Rabenpärchen im Merseburger Schloss.

Abends gingen wir wieder in Richtung Fußgängerzone und aßen in einem indischen Restaurant. Das war sehr lecker und gar nicht so "hot" wie damals in London.

Am nächsten Morgen brachen wir dann früh in Richtung Potsdam auf, mit einer Zwischenstation in Wittenberg, wo Martin Luther seine 95 Thesen an die Schlosskirche genagelt hatte. Genauer heißt es "Lutherstadt Wittenberg", diese etwas umständliche Bezeichnung sei aber im Folgenden weggelassen.

Martin Luther

Es ist gar nicht so sicher, dass Martin Luther 1483 in Eisleben geboren wurde, aber so liegt man zumindest nicht viel mehr als ein Jahr daneben. Er besuchte als Sohn relativ wohlhabender Eltern gute Schulen und studierte dann, zunächst eine Art Kunst, später dann Jura in Erfurt. Angeblich geriet er im Juli 1505 in ein schweres Gewitter und gelobte in seiner Angst, er wolle Mönch werden, wenn er überlebte. Bereits zwei Wochen später wurde er im Augustinerkloster in Erfurt aufgenommen. Dort begann er das Studium der Theologie. Etwa um 1510 unternahm er eine Reise nach Rom, die für ihn prägend war. Er beobachtete Verfallserscheinungen wie z.B. den Ablasshandel; ob ihn das damals schon im Glauben an die Kirche beeinträchtigt hat, ist unklar. 1511 übersiedelte er nach Wittenberg. Er promovierte in Theologie und bekam einen Predigtauftrag.

Der Ablasshandel nahm immer mehr zu. 1515 erließ Papst Leo X. eine Anordnung, wonach der Ablasshandel den Neubau des Petersdomes unterstützen sollte. 1517 wurde die Ablassanweisung in der Weise gesteigert, dass auch der Vertrieb zu seinem Geld kam. Zuständig war der Dominikaner Johann Tetzel ("Sobald das Geld im Kasten klingt, die Seele in den Himmel springt"). Am 31. Oktober 1517 schlug Luther seine 95 Thesen an das Hauptportal der Schlosskirche von Wittenberg, in denen er den Ablasshandel verurteilte. Gegen ihn wurde ein Verfahren eröffnet, das sich hinzog; zum einen, weil er in seinem Landesherrn und Kurfürsten Friedrich dem Weisen einen mächtigen und klugen Fürsprecher hatte, zum anderen, weil 1519 der neue Kaiser Karl V. gewählt wurde. 1521 wurde Luther exkommuniziert; Friedrich der Weise erreichte immerhin, dass er auf dem Reichstag zu Worms noch einmal seine Position darlegen durfte. Luther widerrief nicht und wurde für vogelfrei erklärt. Um ihn zu schützen, ließ Friedrich der Weise ihn zum Schein entführen und auf die Wartburg bringen. Dort blieb er zehn Monate und übersetzte in dieser Zeit das Neue Testament ins Deutsche (S. 190). Nach der Wartburgzeit wirkte Luther als Prediger in Wittenberg. Er heiratete die ehemalige Nonne Katharina von Bora, mit der er sechs Kinder hatte; für den konservativen Klerus eine ausgesprochene Provokation. Die Familie bewohnte und bewirtschaftete ein Haus im Zentrum von Wittenberg. Luther starb 1546 in Eisleben.

Das Wirken Luthers zog die Spaltung der Kirche in Katholiken und Protestanten nach sich und damit auch den 30jährigen Krieg, für den man Luther aber in keiner Weise verantwortlich machen kann.

Es war gar nicht so einfach, aus Merseburg herauszukommen. Auf dem Autobahnzubringer war eine Baustelle, und pro Grünphase kamen gefühlt nur zwei Autos durch. Wir brauchten eineinhalb Stunden nach Wittenberg, dort war dann freilich alles einfach. Wir sahen die Schlosskirche schon von weitem, und ganz in der Nähe war dann auch ein öffentlicher Parkplatz.

Vom Original der 95 Thesen und der Holztür ist nichts mehr übrig, die gingen bei einem Brand verloren. Man sieht heute eine Bronzetafel, in die der Text eingraviert

Schlosskirche zu Wittenberg

ist. Im Besucherzentrum um die Ecke gibt es eine Wandtafel damit. Wir haben keine rechte Vorstellung davon, wie das damals gegangen ist. Obwohl wir interessiert waren, dämmerten wir spätestens nach der 20. These langsam weg. Die meisten beziehen sich gar nicht auf den Ablasshandel und sind keineswegs hochbrisant. Die Leute damals konnten vermutlich nicht ganz so flüssig lesen wie wir (immerhin!) und ahnten auch nicht, dass das für sie wichtig sein könnte. Es wäre schon interessant zu erfahren, wieviele "Gefällt mir"-Klicks die Thesen heute im Internet bekommen würden.

Wir wollten zunächst einmal in die Kirche rein und dann hoch auf den Turm, was bei uns Nicht-Schwindelfreien immer ein kleines Abenteuer ist. Wir mussten für die Tickets in das Besucherzentrum gehen, das im ehemaligen Schloss selbst lag. Und als erstes war dann der Turm dran, weil in der Kirche gerade ein Gottesdienst stattfand. Nachdem uns die Dame an der Ticketkasse Mut zugesprochen hatte, machten wir uns auf den Weg. Der Anfang war anstrengend, aber kein Problem; eine enge Wendeltreppe, die gelegentlich über ein Fenster einen Blick nach draußen erlaubte, aber nach unten sehen konnte man nicht. Bei Gegenverkehr war es etwas umständlich. Dann ging das ganze über in eine Gittertreppe, schon nicht mehr ganz unsere Spezialität, aber wir schafften es bis nach oben. Der Ausblick entschädigt für die Mühen, aber sind wir ehrlich: es ist nicht New York oder Barcelona, sondern Wittenberg mit 45000 Einwohnern. Wir kamen sogar ohne größere Phobieerlebnisse wieder nach unten, aber die Kirche selbst war immer noch nicht offen. So gingen wir in die Innenstadt, die im Wesentlichen aus einer gut besuchten, durchaus schicken Straße besteht, die in der Mitte auf einen großen, repräsentativen Platz mündet.
Ich hatte Wittenberg im Herbst 2004 anläßlich einer Tagung schon einmal gesehen. Gut erinnere ich mich daran, dass ich mit meinem Freund Sönke einen Trabi gemietet habe. Eine Stunde durften wir ihn fahren, es war ein echtes Erlebnis. Die Lenkradschaltung, von der ich dachte, es sei der Blinker! Die Bremsen, die nicht sofort, aber dafür unerwartet unstark zupacken. Und das Raumangebot - in welchem Auto schafft man es, vom Fahrersitz aus mit der Hand die Heckscheibe freizuwischen? Da merkt man, wie groß bei den Autos die Kluft zwischen Ost und West war. Gern hätte ich das auch mit Torsten gemacht, aber einen Hinweis auf einen Veranstalter sahen wir nicht.
Wir gingen zum Lutherhaus, das der Maddin nach seiner Rückkehr nach Wittenberg bewohnt hatte. Von Luther selbst ist kaum noch etwas übrig, nur das Arbeitszimmer mit seinem Pult geht wohl auf ihn zurück. Ansonsten ist es eine Sammlung von Bildern, Schriften und Exponaten aus der Reformationszeit. Auf dem Rückweg tranken wir noch einen Kaffee und gingen dann in Richtung Schlosskirche. Wir kamen an einem der Cranachhöfe vorbei. Lucas Cranach der Ältere (1472-1553) war einer der bekanntesten Renaissance-Maler und ein Zeitgenosse und Freund Luthers. Nach der Wende wurden die Cranachhöfe und Grund auf saniert und gehören nun wieder zu den Schmuckstücken Wittenbergs. Gezeigt wurde ein großformatiges Foto aus der DDR-Zeit; man hatte die Cranachhöfe gnadenlos verfallen lassen.
Die Schlosskirche war nun wieder für Besucher geöffnet, und wir konnten endlich hinein. Es handelt sich um einen spätgotischen Bau, der im 19. Jahrhundert nach alten Aufzeichnungen wiederhergerichtet worden ist. In der Kirche befinden sich die Grabmale von Martin Luther und seinem Weggefährten Philipp Melanchthon. Wir waren die einzigen Besucher; Corona hatte auch auf den Tourismus in Wittenberg seine Auswirkungen.

Dann machten wir uns auf den Weg nach Potsdam. Noch einmal etwas mehr als eine Stunde Fahrt. Am späten Nachmittag kamen wir dort an. Das Hotel fanden wir mit Hilfe der Navi sehr leicht. Die Corona-Regeln in Brandenburg waren nun wieder ausgesprochen streng, worauf uns der Empfang im Hotel gleich aufmerksam machte. Das hoteleigene Parkhaus war komplett belegt; wir mussten auf das öffentliche 100 m weiter ausweichen, was aber überhaupt kein Problem war. Das Hotel war herrlich zentral gelegen, gleich an der Potsdamer Version des Brandenburger Tores. Sofort mussten wir uns um das Frühstück für den nächsten Morgen kümmern. In Brandenburg wird das so gehandhabt, dass man sich wie im Krankenhaus das Essen auf einem Zettel zusammenstellt. Wir wussten nicht so genau, ob unsere Angaben für eine Person oder für uns beide galten; es ging auch letztlich schief, aber so eng wurde es dann vom Hotel doch nicht gesehen, und wir wurden schon beide am nächsten Morgen hinreichend satt. Dann brachen wir zu einem unserer Abendspaziergänge auf. Wir wollten ja von Potsdam nicht unbedingt die Schlösser wie Sanssouci oder Cecilienhof (S. 1) sehen, sondern die Stadt selbst.

Das Treiben in der Stadt war geprägt von den Vorbereitungen zur Feier "30 Jahre Deutsche Einheit". Jedes Bundesland hatte irgendwo in der Stadt seinen Platz, auf dem es sich vorstellte, etwa mit Filmausschnitten, Lasershows oder kleinen Vorführungen. Wir gingen durch das Brandenburger Tor in die Fußgängerzone. Viele Leute saßen in den Restaurants und Eisdielen beim tollem Wetter noch draußen. Wir wollten zum Holländischen Viertel und fanden es auch bald. Um niederländische Handwerker nach Potsdam zu locken, ließ es der Soldatenkönig Friedrich Wilhelm I. zwischen 1733 und 1740 errichten. Der zu den ersten Siedlern gehörende Baumeister Jan Boumann bekam die Leitung übertragen. Das zentral gelegene und in sich geschlossene Quartier besteht aus 134 Häusern aus rotem Ziegelstein, die durch zwei Straßen in vier Blöcke aufgeteilt werden. Es ist wirklich hübsch, alle Häusern sehen mehr oder weniger gleich aus, und Torsten vermutete und hoffte, dass der als knauserig berüchtigte Friedrich Wilhelm dem Architekten nur einmal Honorar gezahlt habe.
Viele kleine Cafés lächelten uns an, aber wir blieben hart gegen uns selbst, im Rahmen unserer Möglichkeiten. "Holländischer Käsekuchen mit Schokoladensoße" war dann zuviel für uns, aber wir beließen es dabei, uns die Lage des Cafés zu merken und am nächsten Tag dort die Reise ausklingen zu lassen.

Begrenzt wird das Viertel vom Nauener Tor. Es stammt aus dem Jahr 1755 und entstand auf direkte Anordnung Friedrichs II. Ob dieser damit eines der ersten Beispiele der von England ausgehenden Neogotik auf dem europäischen Kontinent schaffen oder an sein Schloss Rheinsberg erinnern wollte, ist unklar. Der Platz vor dem Nauener Tor ist mit vielen Cafés, Restaurants und Bars ein Treffpunkt der Potsdamer und deren Gäste.

Wir gingen weiter durch die Stadt. Eines der auffälligsten Gebäude Potsdams ist die Nikolaikirche mit ihrer Kuppel im klassizistischen Stil. Sie wurde von 1830-1837 nach Plänen von Karl Friedrich Schinkel gebaut. Die Kuppel des 77 m hohen Gebäudes wurde in der Zeit von 1843 bis 1850 errichtet. Sie hat einen Durchmesser von 24 m und eine Höhe von 13 m. Wir konnten hineingehen; das Innere ist eher schlicht. Gegenüber der Nikolaikirche ist der Brandenburger Landtag. Und dann sahen wir endlich unseren ersten Trabi! Allerdings als Kunstwerk auf vier Beinen.

Es wurde Zeit, Essen zu gehen. Potsdam hat ein russisches Viertel, Alexandrow-

Holländisches Viertel

Nauener Tor

Trabi auf vier Beinen

ka, etwa 1 km vom Nauener Tor entfernt. Es entstand in den Jahren 1826/1827 für die letzten zwölf russischen Sänger eines Chores. Durch die verwandtschaftlichen und freundschaftlichen Beziehungen zwischen den Häusern Hohenzollern und Romanow wurde die Kolonie als Denkmal der Erinnerung nach dem 1825 verstorbenen Zar Alexander I. benannt. Die Siedlung besteht aus insgesamt dreizehn Fachwerkhäusern. Die Außenwände der freistehenden ein- und zweigeschossigen Giebelhäuser sind mit halbrunden Baumstämmen verkleidet und erinnern an russische Blockhäuser. Wir spekulierten, dass da doch bestimmt auch ein russisches Restaurant sein müsste, und so war es denn auch.

Natürich begannen wir, wie sollte es anders sein, beide mit einer Borschtsch. Torsten nahm dann eine Art Gulaschsuppe, ich selbst wie üblich Pelmeni. Und zum Nachtisch drucksten wir ein wenig herum - und nahmen dann wieder jeder eine Borschtsch. Der Ober, sichtlich irritiert, machte es möglich, obwohl die Küche bereits in den letzten Zügen für diesen Tag lag. Bei den Getränken probierte ich zunächst die "Cola aus Sowjetzeiten". Keine Coca-Cola, ganz klar, aber auch nicht vergleichbar mit der DDR-Cola, an die ich mich noch gut erinnere und die ich immer für eine Mischung aus kaltem Kaffee und Mineralwasser hielt. Mein zweiter Versuch war Kwas, ein in Russland sehr beliebtes Getränk, das aus vergorenem Brot hergestellt wird. Schmeckt ein bisschen wie Dunkelbier. Und als drittes orderte ich eine heiße Zitrone mit Honig - hervorragend!

Unser erstes Ziel am nächsten Morgen war das Potsdamer Filmmuseum. Es wurde 1981 als Filmmuseum der DDR gegründet. Im Zentrum der Ausstellung stehen das älteste Filmstudio der Welt in Babelsberg, seine Produktionen und die Schauspieler. Man sah Armin Müller-Stahl in jungen Jahren, schwer zu erkennen. Die erste Verfilmung der "Nibelungen" wurde gezeigt, Regie: Fritz Lang, aus dem Jahre 1924; die Bilder hatten gerade erst laufen gelernt. Was damals Hightech war, ist natürlich heute eher schrullig; vor dem Drachen fürchtet sich heute kein zweijähriger mehr. Und die Kulisse aus Pappmaschee mit dem Siegfried auf seinem Schimmel im Hintergrund - einfach liebenswert. Immerhin: dem Darsteller des Hagen von Tronje möchte

Neues Palais

ich nicht im Dunkeln begegnen. Als Hitchcock-Fan war ich begeistert von einem Interview mit ihm. Hitchcock sprach fließend deutsch, das wusste ich überhaupt nicht. Er hatte mal in Babelsberg gearbeitet, in seinen jungen Jahren.
Nach der Wiedervereinigung wurden in der Regel die Produkte aus der DDR durch solche aus der Bundesrepublik ersetzt, mit wenigen Ausnahmen. Eine davon war das Sandmännchen. Gegen den Ulbricht-Sandmann, wie unser Vater ihn wegen des Spitzbartes immer nannte, hatte der West-Sandmann keine Chance. Ich habe das als Kind immer sehr gerne geschaut. Mal kam er mit einem Lastwagen, mal mit einem Trabi, dann mit dem Fahrrad, dann mit dem Hubschrauber oder mit dem Flugzeug - als Autonarr fand ich das immer spannend. Und auch die Geschichten waren besser. Ich erinnere mich an einen Zeichner, Taddeus Punkt, der in den fünf Minuten mit einem Kohlestift immer ein bemerkenswertes Bild zu Papier brachte. Schwerpunkt der Ausstellung waren Sandmännchens Specials. Nachdem Jurij Gagarin (S. 154) im Weltraum war, kam das Sandmännchen dann halt mit einer Rakete - interessanterweise mit offenem Cockpit - viel Luft zum Atmen brauchte das Sandmännchen wohl nicht.

Wir beschlossen, doch noch einmal zum Schloss Sanssouci zu gehen, wenn wir nun schon einmal da waren. Wir mussten durch den ganzen Park durch, ein ordentlicher Fußmarsch. Zuerst erreichten wir das Neue Palais, das Friedrich der Große als Schloss für die Gäste seines Hofes gedacht hatte. Für Wilhelm II. war es der Hauptwohnsitz. Schließlich erreichten wir die Terrassen von Schloss Sanssouci. Eine schöne Erinnerung an unseren Trip vor mittlerweie 30 Jahren. Auch ein Schild nach Eiche-Golm sahen wir. Inzwischen gibt es eine Veränderung: Das Grab Friedrichs des Großen ist jetzt, wie er es sich gewünscht hatte, auf der obersten Terrasse, in einer Gruft, neben seinen Hunden. Wir wollten noch ins Schloss rein, aber die nächste Möglichkeit dazu war erst um 16.00 Uhr - zu spät für uns.

Vor der Heimfahrt wollten wir noch einmal Essen gehen. In der Fußgängerzone fanden wir einen Vietnamesen, den nahmen wir. Und im Holländischen Viertel war ja noch der Käsekuchen, doch daraus wurde nichts, auch hier gab es eine halbe Stunde Wartezeit, bis man einen Platz bekommen hätte. Wir gingen zwei Straßen weiter, und am Nauener Tor konnten wir einen Kaffee trinken, und beim Käsekuchen konnten wir auch hier nicht widerstehen.

Das war sie also, unsere Tour im Corona-Jahr. Sicher nicht so aufregend wie vie-

Schloss Sanssouci

le andere unserer Trips. Aber wir haben das beste daraus gemacht, mehr ging in diesem Jahr kaum. Ich brachte Torsten zum Bahnhof. Wir verabschiedeten uns. Ich fuhr allein nach Frankfurt zurück, zunächst auf dem gleichen Weg, den wir schon zusammen zurückgelegt hatten: Merseburg, Naumburg, Hermsdorfer Kreuz, Weimar, Erfurt, Drei Gleichen, Eisenach - dann war ich nicht mehr wehmütig, und es wurde eine ganz normale Heimfahrt, wie von einer Dienstreise.

Und im nächsten Jahr sind wir wieder unterwegs!